Klaus Paffrath

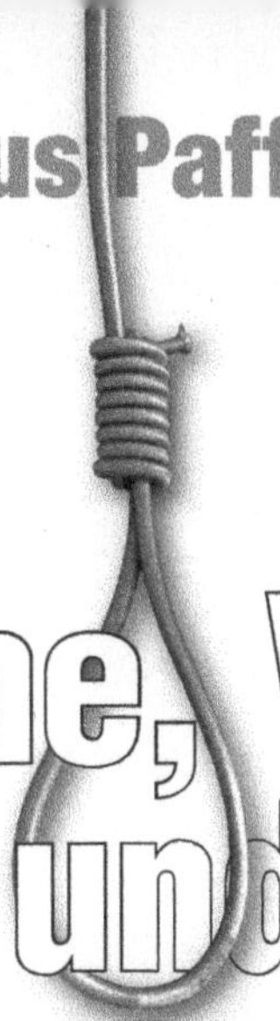

Sonne, Wind und TOD

Ein Thüringen-Krimi

SUTTON KRiMI

Sutton Verlag GmbH
Hochheimer Straße 59
99094 Erfurt
www.suttonverlag.de
www.sutton-belletristik.de

Gestaltung und Satz: Sutton Verlag
Cover: Sutton Verlag, unter Verwendung einer Aufnahme von Norbert Windecker, Dippoldiswalde
www.norbert.windecker.de

ISBN: 978-3-95400-349-5

Druck: CPI books GmbH, Leck

DER AUTOR

Klaus Paffrath, Jahrgang 1961, ist seit 1993 als Jurist in der Thüringer Landesverwaltung tätig. Aber das ist nicht der einzige Grund für mörderische Phantasien: Seit vielen Jahren schreibt er Kurzkrimis, schaffte es beim Thüringer Krimipreis 2012 auf die Longlist und veröffentlichte 2010 unter dem Pseudonym Johannes Goettsche »Kanzlerbonus«, seinen ersten Krimi um Johannes Fielding.

1. Teil

Ungefähr zur gleichen Zeit, als Johannes Fielding, Referent von Bundeskanzler Werner Kolb, in vertraulicher, dienstlicher Mission von Berlin aus in Richtung Thüringen unterwegs war, parkte die Büroangestellte Sandra Eckert ihren Wagen unterhalb der Veste Wachsenburg. Der unbefestigte Parkplatz wird gerne von Wanderern angefahren, die durch Holzhausen kommend geradewegs die Burgstraße hoch auf die märchenhafte Kulisse der Burg auf einem Kegelberg zuhalten. Sandra Eckert versuchte, einmal in der Woche den Gustav-Freytag-Weg auf der Schlossleite entlangzuwandern, einem langgestreckten bewaldeten Bergrücken zwischen der Wachsenburg und der Mühlburg, um den Kopf vom Datengewirr einer international agierenden Spedition wieder frei zu bekommen, aber auch um ihrem Langhaardackel Alex mehr zu gönnen als eine kurze Runde durch die Wohnstraße. Zudem wollte sie sich die Tüte in der Hand ersparen, die alles aufzunehmen hat, was einen Hundeorganismus in den wenigen Minuten des Auslaufs verlassen kann. Am heutigen Donnerstag hatte sie endlich freibekommen, sie konnte Überstunden abbauen, was nicht selbstverständlich war. Meistens verfielen sie, der Chef zuckte in diesen Fällen nicht einmal mit den Schultern und fand eigentlich die Regelung der Japaner ganz in Ordnung, die nur eine Woche im Jahr Urlaub bekämen und selbst auf diese Handvoll Tage oft verzichten würden.

Fielding sah von der märkischen Heide nur Kiefernwälder jenseits des breiten Bandes aus Beton oder Asphalt, das schnurgerade

Richtung Süden lief. Er hatte auf der A9 fahrend den Fläming in der Mark Brandenburg passiert und auf den blauen Autobahnschildern wiesen bereits Flughafenpiktogramme auf die nahenden Städte Leipzig und Halle, als Sandra Eckert die Heckklappe ihres Wagens öffnete und Alex mit erwartungsvollem Bellen heraussprang. Sie verzichtete wie immer in der freien Natur auf die Leine, ging über den Platz zu dem kleinen Wegweiser, der wie auch am Rennsteig üblich aus einem oben in Äste verzweigten, glatten, braun lackierten Stamm bestand, an dem einige weiß gerahmte, grüne Schilder befestigt waren. Aufstieg zur Wachsenburg, Schlossleite mit Mühlburg und Burg Gleichen waren ausgewiesen, Wegweiser, die sie nur noch wahrnahm, wenn die Schilder nach Himmelfahrt oder wie es hier hieß, Männertag, zerlegt am Boden lagen. Alex lief übermütig hin und her, schnüffelte und hob an allen Ecken das Bein, an denen irgendwelche Artgenossen vor ihm ihre Duftmarken hinterlassen haben mussten. Sandra Eckert pfiff ihren Hund heran, ging in die Hocke, weil sich ihr Schnürsenkel am rechten Schuh gelöst hatte. Energisch band sie einen stabilen Doppelknoten, zog ihn kräftig zusammen und gerade in dem Moment, in dem sie sich hier am Waldsaum mit seinem dichten, fast undurchdringlichen Gestrüpp aufrichten wollte, blickte sie in Kopfhöhe auf ein paar schwarze Lederschuhe, frei in der Luft schwebend.

Beim zweiten ungläubigen Blick hingen sie an zwei Hosenbeinen, darüber ein träge baumelnder Oberkörper und ein zur Seite abknickender Kopf, der fast schon die Schulter berührte. Das Seil, das dem Toten eng um den Hals lag, endete im grünen Dickicht, irgendwo an einem nicht auszumachenden Ast.

Ihr Entsetzen, ihr Schreck, der mit lähmender Erstarrung einherging, entlud sich in einem gellenden Schrei, der über die kargen Muschelkalkwiesen flutete. Einer herannahenden Ohnmacht konnte sie nur entgehen, indem sie sich zwang, nicht in das Gesicht des Strangulierten zu blicken, sondern so schnell wie möglich von diesem Ort zu fliehen. Zeugen aus dem nahen Holzhausen sagten später, sie hätten den Schrei gegen 9 Uhr 15 gehört, die Kirchturmglocke habe kurz vorher einmal zur Viertelstunde geschlagen. Eine Frau sei schreiend aus Richtung des Wachsenburgparkplatzes gerannt gekommen. Nein, sie sei nicht ins Auto gestiegen, sondern wie von Furien gehetzt die Burgstraße bergab ins Dorf gelaufen, so die Aussage der Zeugen. Dort habe sie den Ersten, den sie im Garten antraf, wie von Sinnen angeschrien, ein Toter hinge da oben am Parkplatz. Die Alten im Dorf schälten sich mühsam aus den Häusern, aber keiner traute sich, den Hang zur Burg hochzulaufen, das ganze Jahr über nicht, weil es ihnen zu mühsam war, warum also jetzt. Das ist ein Tatort, meinte einer, da hätten sie nichts zu suchen. Außerdem, Polizei und Rettungswagen seien ziemlich schnell gekommen, fand ein anderer, er habe sich gerade erst die festen Schuhe angezogen und den Stock geholt, da wäre schon das Martinshorn aus Arnstadt zu hören gewesen, klar und deutlich, bis es einen Moment später eiernd und ohrenbetäubend jaulend an ihnen vorbeiheulte. Der Rettungswagen kehrte allerdings bald darauf vom Parkplatz zurück und fuhr ins Dorf, die Besatzung nahm sich der zitternden Sandra Eckert an, die Nachbarn auf eine Bank vor einem Haus gesetzt hatten, mit einer wärmenden Decke über den Schultern und mit ihrem Hund zu Füßen. Der Rettungswagen sei leer gewesen, was auch niemanden verwundert hätte, denn Tote würden ja vom Leichenwagen und nicht vom Krankenwagen abgeholt. Ein Leichenwagen sei jedoch von niemandem bemerkt worden. Als wenig später doch ein paar Dorfbewohner hoch auf den Parkplatz stiegen, standen dort zwar noch der Wagen von Frau Eckert und am Wegweiser ein Polizeiwagen, mehr war jedoch nicht zu sehen, kein Trassierband, kein Wachposten, keine weiß vermummten Mitarbeiter des kriminaltechnischen Dienstes. Die Polizei war anscheinend noch im Gelände unterwegs. Der Rettungswagen hatte die unter schwerem Schock stehende Sandra Eckert in die Arnstädter Klinik gefahren, vielleicht auch, weil eine Leerfahrt immer so kompliziert abzurechnen sei, wie einer der Nachbarn meinte, der selbst bei einer Betriebskrankenkasse beschäftigt war.

Johannes Fielding war am Hermsdorfer Kreuz in Richtung Frankfurt abgebogen, an der längeren Gefällstrecke vor Jena konnte er westlich auf einem Kegelberg eine Burg sehen. *Sieht aus wie die Wachsenburg,* dachte er, es war aber die Leuchtenburg bei Kahla. Früher waren sie mal dort im Rahmen eines Betriebsausflugs gewesen. Der alte brummige Dieselmotor wurde auf der Gefällstrecke lauter, als würde er das endlose graue Asphaltband durch den Kühler schlürfen, schreddern, häckseln und hinten die Krümel gemahlen als schwarzes Pulver ausstoßen. Fielding bog den Rückspiegel in seine Richtung. Er sah wieder fit aus, was allerdings mit dreißig nicht sonderlich schwer sein sollte, aber gestern Abend war es spät geworden und heute Morgen musste er wegen der Fahrt von Berlin nach Thüringen früher als gewohnt aufstehen. Seine dunkelblonden Haare lagen fast zu akkurat und waren gescheitelt gefallen, so dass er sich mit der Hand durch die Haare fuhr und die Strenge in der Frisur etwas lockerte. Die Krawatte lag auf dem Rücksitz. Er hasste Krawatten und am Steuer war ein Schlips durch den Gurt oft so eingeklemmt, dass er ihm noch enger den Hals zuzog und an ein Strangulationswerkzeug erinnerte. Wann immer möglich verzichtete er ganz auf eine Krawatte, er gab sich gerne lockerer, aber nichts war ihm unangenehmer, als underdressed im Mittelpunkt stehen zu müssen. Und wer wusste denn, welche Geschütze sie gleich auf der Wachsenburg auffahren würden, Landrat, Bürgermeister, das war nicht ungewöhnlich, aber es könnte auch der Ministerpräsident dabei sein oder mindestens eines der Kabinettsmitglieder.

Der Wirtschaftsminister, der Innenminister, er musste mit allen rechnen. Fielding bog den Rückspiegel wieder in Position. Um elf Uhr war der Termin auf der Burg, er hatte noch Zeit.

An den Ausfahrten Erfurt-Ost und -West war er vorbeigefahren, jetzt kam die Senke des Erfurter Kreuzes, von der ein winziger Moment lang der Blick auf das Molsdorfer Schloss möglich war, dann fuhr er bei Thörey ab. In Höhe Ichtershausen, am Gewerbegebiet Erfurter Kreuz, standen linker Hand riesige Hallen der Solarbranche, in denen Solarmodule gefertigt wurden, geradeaus ein Werk, das Düsentriebwerke wartete. Vor wenigen Jahren waren hier nur Ackerflächen und Wiesen. Er kannte die Gegend von einigen Radtouren aus der Zeit, als er noch in Erfurt gearbeitet hatte. Wie damals mit dem Rad nahm er jetzt mit seinem Wagen diesen unscheinbaren, aber breiten Feldweg, der geradewegs nach Rehestädt führte, durchfuhr den kleinen Ort, freute sich über die Abkürzung und darüber, dass ihn keiner kontrolliert hatte, denn der Weg war nur für landwirtschaftliche Fahrzeuge freigegeben. Sein schwarzer Golf Diesel zählte da nicht, auch wenn er wie ein Traktor nagelte. Er hatte seinen Privatwagen genommen, um flexibel zu sein, einige Tage dranzuhängen und die Gegend zu erkunden oder Bekanntes wiederzuentdecken, was mit einem Dienstwagen wegen der umständlichen Dienstreiseabrechnung nur schwer möglich war. Privatfahrten waren im Grunde genommen komplett untersagt. An der Ortsausfahrt von Rehestädt ging es bergauf.

An der Deponie und einem Solarfeld hielt er an und stieg erstmals seit Berlin aus dem Wagen. Noch eine Stunde bis zum Termin. Er streckte sich, steif war er geworden. Von hier sah er runter auf Haarhausen und den dahinterliegenden Ort Holzhausen, Dörfer, deren rote Dächer sich wie Küken unter die Flügel mürrischer Glucken in Kirchturmform duckten. Darüber thronte wie ein stolzer Hahn die Veste Wachsenburg, imposant, ein Märchenschloss im Bilderbuch, das feuerrote Dach des Bergfrieds wie der geschwollene Hahnenkamm, dazu ein paar Nebengebäude und das Hotel, gerade so viele Gebäude, wie auf dem Bergkegel Platz fanden. Da ihm das Deponiegelände wenig einladend erschien, fuhr Fielding weiter, kam durch die beiden Ortschaften Haarhausen und Holzhausen, die er aus der Ferne gesehen hatte, folgte der Ausschilderung zur Burg und parkte schließlich unterhalb der Wachsenburg auf dem kleinen Wandererparkplatz. Er wunderte sich nur kurz über den verlassenen Streifenwagen. *Sie denken eben an alles,* fiel ihm ein, selbst bei seinem Ein-Mann-Vorauskommando des Bundeskanzleramts sicherten sie die Zufahrten zur Burg ab, das gab schon mal einen Pluspunkt. Die Sonne brach zwischen den Wolken hervor und sofort wurde es warm. Es war Ende April, der Mai nicht weit, die ersten warmen Nächte waren möglich und nährten die Hoffnung auf heiße, ja schwüle Sommernächte, ehe der Mai mit den Eisheiligen wieder Abkühlung bringen würde.

Sein Jackett wollte Fielding zunächst im Auto lassen, dann hinderten ihn aber sein Handy und seine Brieftasche am Gehen, also steckte er sie ins Jackett zurück und warf es am Finger hängend über die Schulter. *Krawatte ja oder nein?,* fragte er sich. Wenn sie hier schon einen Polizeiwagen platzierten, roch das stark nach Anwesenheit des Ministerpräsidenten und er sollte sich das Teil doch besser um den Hals binden, beschloss er. Also griff er nach der Krawatte und hängte sie sich lose um, später würde er sie noch stramm ziehen. Er verschloss sein Auto und ging in Richtung Streifenwagen. *Lage erkunden, ein paar Meter Richtung Wald und dann langsam hoch zur Burg,* überlegte er. *Seltsam, niemand zu sehen, sieht man selten, einen verlassenen Wagen der Polizei, vor allem, weil es darin Ausrüstungsgegenstände gibt, die so mancher haben möchte, der eigentlich auf der anderen Seite von Recht und Ordnung steht.* Er ging näher. In den

Scheiben spiegelte sich der Wald der Schlossleite als schwarzer, fotorealistischer Scherenschnitt auf ölig glänzender Folie. Er legte eine Hand auf die Scheibe, um die Spiegelung zu überlisten, und im Schatten sah er eine Person auf dem Rücksitz. Fielding zuckte zurück.

Da schlief einer, in Zivil. Er sah noch mal hinein. Der Mann lag auf der Rückbank, die Gliedmaßen merkwürdig verdreht. Der Kopf lag mit dem Gesicht auf dem Sitz, die Nase tief in das Polster eingesunken. Jeder Lebende wäre so erstickt. Da lag, wie Fielding entsetzt erkennen musste, ein Toter. Fielding begann zu zittern. Eine Gänsehaut prickelte ihm wie eine La-Ola-Welle über den Körper. Ein Toter in einem Polizeiwagen. Niemand von der Spurensicherung in der Nähe, kein Polizist, niemand. Und der Wagen stand in der prallen Aprilsonne. Wer war der Tote? Ein Polizist in Zivil? Er ging einmal um den Wagen herum. Im Zündschloss steckte kein Schlüssel, es hing auch keiner an der Tür. Gerade, als er am Griff ziehen wollte, raschelte es am Waldrand. Fielding ging hinter dem Wagen in Deckung. Egal, was es war, mit dem Wagen zwischen ihm und dem Unbekannten im Unterholz hatte er Abstand, der Zeit zum Reagieren ließ. Das Rascheln kam näher, jetzt knackten dickere Äste und Zweige, wurden heftiger bewegt, als es ein Windstoß vermocht hätte, es klang, als würde sich eine Kuh oder ein Bulle durch das Unterholz wälzen. Er tastete nach dem Schlüssel zu seinem Wagen. Aber der Golf stand zu weit weg. Jetzt war es für eine Flucht zu spät. Er hätte hinlaufen, die Tür aufschließen und starten, wenden und runter ins Tal fahren müssen. Die knackenden Schritte im Unterholz kamen näher. Die Sonne blendete, er konnte nur mühsam in die Richtung sehen und hielt sich eine Hand über die Augen. Zudem verstellten Krüppelkiefer und das frisch ausgetriebene Grün der Heckenrosen den Blick in den Wald. Jetzt kam erneut Bewegung in die Sträucher und mit einem Knacken berstender Äste teilte sich die grüne Wand. Ein Uniformierter brach sich den Weg frei und sprang über einen Graben auf den Schotterplatz.

Fielding atmete erleichtert auf. Der Polizist sah aus wie nach einem Nahkampf, das Hemd war ihm aus der Hose gerutscht, die Mütze saß schief auf dem Kopf, die dunklen Haare staken zerzaust in wirren Strähnen darunter hervor. Er hatte eine leicht gedrungene Statur. Fielding hatte er noch nicht wahrgenommen, er öffnete die Hosenschnalle, zog den Reißverschluss herunter und stopfte sich das Hemd wieder in die Hose. *Ein ziemlicher Bauch,* dachte Fielding. Der Polizist zog den Reißverschluss wieder zu, schloss den Gürtel, nahm die Mütze ab und kämmte sich.

»Jetzt haben sie mich aber erschreckt«, sagte Fielding, kam aus der Hocke hinter dem Polizeiwagen hervor und ging auf den Polizisten zu, der zusammenzuckte.

»Oh, sind Sie schon lange hier?«

»Mein Name ist Johannes Fielding, ich bin eben aus Berlin aus dem Kanzleramt gekommen.«

»Carlo Schneider, Polizeistation Arnstadt, ein bisschen viel Aufwand, deswegen aus Berlin zu kommen.«

»Na ja, hat man nicht alle Tage – und in Ihrer Region wird es in den nächsten Jahrzehnten so etwas nicht wieder geben.«

»Ihr Wort in Gottes Ohr, wäre froh drum«, sagte der Polizist.

»Wäre aber gut für den Tourismus.«

»Für den Tourismus oder den Terrorismus?«, Schneider zuckte die Schultern. »Kann ja manchmal das Gleiche sein.«

»Sie sind ja komisch drauf«, sagte Fielding, sah auf seine Armbanduhr und blickte zur Burg.

»Wollen Sie da hoch?«

Fielding nickte. »Da muss ich hin.«

»Kommen Sie, ich fahre Sie«, sagte Schneider, schloss den Wagen auf und wies mit dem Kopf auf die Beifahrertür.

»Nein, danke«, sagte Fielding energisch und schüttelte den Kopf. »Ich gehe zu Fuß, bei Ihnen werde ich nicht mitfahren«, dabei deutete er auf die Leiche im Fond. »Was ist denn passiert, wieso liegt der da hinten drin?«

»Blöder Streich, das soll der Holland sein – ach, Sie denken …«, Schneider musste lachen. »Dann kommen Sie mal näher. Sie denken, ich fahre hier einen Leichenwagen? Ich hab keine Ahnung, was ihr da in Berlin so treibt, aber wir haben hier strikte Aufgabenteilung, Tote kommen uns nicht in den Wagen«, Schneider musste grinsen. Dann warf er ein Schild in den Fond. »Das hing dem Typen um den Hals.«

Fielding kam näher, öffnete die hintere Wagentür. Die bedauernswerte Leiche erwies sich als 1,85 Meter langer Dressman mit Idealmaßen und dem mitteleuropäischen Einheitsgesicht eines 25-jährigen gelangweilten und ausdruckslos dreinblickenden Dummys für einen gehobenen Herrenausstatter. Das weiße Schild, das Schneider auf den Körper geworfen hatte, war unbeschriftet.

Der Polizist sah an sich herunter und inspizierte seine Kleidung. »Jetzt fehlt mir nur noch ein Winkelriss in der Hose. Dieses elende Brombeergestrüpp. Na ja, immerhin ein Teilerfolg«, sagte er.

»Teilerfolg? Inwiefern?«, fragte Fielding.

»Die Schaufensterpuppe ist vor ein paar Tagen spurlos aus den Auslagen eines Ladens in der Arnstädter Fußgängerzone verschwunden«, sagte Schneider.

»Wer klaut denn eine Puppe? Das ist doch ein Dummejungenstreich oder die Mutprobe von Angetrunkenen«, rätselte Fielding.

»Wir in der örtlichen Polizeistation hatten uns auch schon gewundert. Aber dank unserer intensiven Fahndung können wir heute das Diebesgut sicherstellen.«

»Und der Täter? Wer war es?«

»Wer mit so einem eindrucksvollen Aufwand eine Puppe klaut, sie hierher auf den Wachsenburgparkplatz schafft«, Schneider hielt kurz inne und stellte sich den umständlichen Transport vor, »ihr ein Pappschild umhängt, sie am nächstbesten Baum aufknüpft, nur um sie einem Zufallsfund zu überlassen und sich nicht einmal am Schock der Finder zu freuen?« Der Polizist hob die Schultern hoch und ließ sie wieder fallen, dass der unter dem Hemd gewölbte Bauch wabbelte. »Keine Ahnung, wer so was macht. Neben der Zeugin, die die Puppe gefunden hat, ist angeblich keine andere Person beobachtet worden, hört man jedenfalls im Dorf. Das müsste ich aber in Holzhausen noch mal nachprüfen.«

»Moment mal, darf ich das Schild mal anfassen?«

»Wenn es Ihnen Freude macht«, sagte Schneider lakonisch.

»Ich meine, so ohne Handschuhe.«

Als Carlo Schneider unentschlossen mit den Schultern zuckte, zog Fielding ein Papiertaschentuch aus der Hose, griff nach dem Schild und drehte es um. »HOLLAND! LETZTE WARNUNG!« stand in schwarzen Großbuchstaben aus einem Computerdrucker auf dem Schild.

»Das hing der Figur um den Hals, Sie sind da sicher?«, fragte Fielding erschrocken.

»Ich hab's doch eben abgeschnitten, dachte, ich finde noch mehr, bin deshalb da im Unterholz herumgekrochen. Da war aber nichts mehr.«

»Sie können hierbleiben oder hochfahren, ich komme nach, vorher muss ich aber dringend telefonieren.«

»Was wollen Sie eigentlich oben?«, fragte Schneider.

»Wir haben doch gleich das Treffen mit Landrat, Bürgermeister und Vertretern der Landesregierung, vielleicht ist der Ministerpräsident auch im Anmarsch, hatte ich jedenfalls angenommen, als ich Ihren Wagen hier stehen sah.«

»Und ich dachte, Sie wären wegen der Puppe hier«, sagte Schneider in einem Ton, in dem Enttäuschung mitschwang.

Fielding konnte seinen Ärger und seine Wut nur mühsam unterdrücken. Er war als persönlicher Referent des Bundeskanzlers einiges gewöhnt, Ränkespiele, Intrigen – nicht von der Opposition, schlimmer agierten die sogenannten Parteifreunde –, aber das hier war eine neue Erfahrung, hatte eine neue Dimension. Bis jetzt war er nach seiner Auffassung in einer absolut vertraulichen Mission unterwegs, von der nur eine Handvoll Eingeweihte etwas wissen konnten – nur um sich hier in der Provinz eine Watsche einzufangen. Er musste sofort mit dem Kanzler sprechen und zog sein Handy aus dem Jackett.

Bundeskanzler Werner Kolb sagte nur knapp: »Was gibt's im grünen Herzen?«, als Fielding schon loslegte. »Die haben hier einige Tage Wissensvorsprung, sind offenbar so gut informiert, dass sie Europa und die Welt mit größtmöglichem Sarkasmus empfangen können!«

»Bitte für mich etwas mehr Klartext, Johannes«, mahnte Kolb.

»Du schickst mich nach Thüringen, um einen Tagungsort für den G8-Gipfel auszuloten, alles streng vertraulich, keiner sei eingeweiht, aber hier hängt bereits die erste Puppe am Baum, eine Selbstmörderattrappe, vielleicht sogar das angedeutete Opfer eines Standgerichts, dem man ein Holland-Schild umgehängt hatte, ›Holland, letzte Warnung!‹ steht auf dem Pappschild. Das ist ja wohl mehr als eindeutig, dass hier jemand François Hollande erwartet. Wo ist unser Leck?«

»Es gibt kein Leck, du brauchst nicht weiter zu suchen. Und übertreib mal nicht, denn Thüringen kann ein paar gute Zeilen in der Presse vertragen. Schließlich haben die in vier Wochen Kommunalwahl.«

»Ach daher weht der Wind, ich verstehe schon. Das ist hier also Wahlkampfhilfe, geniale Idee«, sagte Fielding verärgert. »Dann starten wir doch gleich eine Werbekampagne, à la ›Unsere Landräte und Bürgermeister holen die Welt auf die Wachsenburg‹. Du hättest mir sagen sollen, dass du dich hier einbringen willst. Wenn du einen Landrat unterstützen wolltest mit der Vorab-Nachricht, dann ist die Info nicht in gute Hände geraten. Wir müssen die Sicherheitsanforderungen erhöhen. Ich verweise dezent auf Heiligendamm.«

»Komm mal wieder runter Johannes«, versuchte Kanzler Werner Kolb zu besänftigen. »Ja, Asche auf mein Haupt, aber mal den Teufel nicht an die Wand. Wird schon werden, lass die Krakeeler sich austoben, die werden ihr Pulver bald verschossen haben. Wenn es so weit ist, setzt keiner im Umkreis von fünf Kilometern um den Tagungsort einen Fuß auf den Boden, wenn wir das nicht wollen.«

»Werner, wir haben gesagt, drei Orte im Osten werden in die engere Wahl gezogen, da ist der Ilm-Kreis mit der Wachsenburg nur ein möglicher Tagungsort. Egal, wie wir uns später entscheiden, ob wir überhaupt weitere Orte ins Kalkül ziehen, muss die Sprachregelung lauten: Auswahl! Mehrere Orte stehen im Wettbewerb zueinander. Wenn du dich beim Landrat oder beim Ministerpräsidenten jetzt für einen Ort aussprichst, warum muss ich noch großartige Verhandlungen führen, wo bleibt der Konkurrenzgedanke? Wenn wir voreilig zusagen, dann brauchen die hier doch nur die Hand aufzuhalten und sagen, Kanzler Kolb, mach mal, finanzier mal.«

»Nein, nein, ich unterstütze den Landrat bei der Kommunalwahl, trotzdem reden wir wie sonst auch von Optionen.«

»Okay, wollte das nur mal loswerden. Ich gehe jetzt hoch zur Burg.« Fielding beendete das Gespräch, zog die Krawatte fester und stieg die um den Berg gewundene Straße hinauf. Er lechzte nach

Bewegung, um seinen Adrenalin-Spiegel abzubauen, und überließ seinen schwarzen Golf der Sonne am mittlerweile blauen Himmel.

Ein paar Kilometer weiter, in der Polizeistation Arnstadt, die zur Polizeiinspektion Arnstadt-Ilmenau gehört, klingelte das Telefon auf dem Schreibtisch von Hauptwachtmeister Fred Radke. Es konnte nichts Aufregendes sein, wie sein Kollege am Tisch gegenüber aus einem langen Gähnen Radkes schloss, während er dem Anrufer zuhörte, dann winkte der Hauptwachtmeister ärgerlich ab und meinte, der andere solle sich mal beruhigen, sie seien längst informiert und kümmerten sich um die Sache, kein Grund zur Aufregung, die Kollegen seien schon vor Ort. Anscheinend fand er Gefallen an dem, was der Anrufer vortrug, und schaltete das Telefon auf laut.

»Was heißt hier vor Ort?«, fragte eine aufgeregte Stimme. »Hier ist keiner von euren Kollegen, nicht einer. Sind wohl wieder dabei, Parksünder aufzuschreiben. Ich sag ja, braucht man euch, geht ihr in Deckung.«

»Aber ich kann mich nur wiederholen, wir sind über den Vorfall informiert, mehr wie am Fall arbeiten können wir auch nicht. Und jetzt entschuldigen Sie mich, der Fall braucht meine ganze Aufmerksamkeit.« Radke legte auf und lachte erst dann. »Es geht nur um Holland, unser Selbstmorddummy macht Karriere. Jetzt rief schon wieder einer an, die sind alle so aufgeregt, hyperventilieren, nur weil ein Spinner eine Puppe in den Baum gehängt hat, als wär's Weihnachtsschmuck, na ja, vor ein paar Tagen war Ostern, ausgeblasene Puppen statt Eier oder so. Wie geht's eigentlich der Zeugin von heute Morgen, ist die immer noch in der Klinik?«

Rentz, der Leiter der Polizeistation, zuckte mit den Schultern. »Kam nichts Neues rein, aber du bleibst da dran, es handelt sich immerhin um groben Unfug, vielleicht sind Spuren an der Puppe.«

»Kann das nicht Carlo machen, der ist doch sowieso schon vor Ort«, sagte Radke.

»Carlo soll bei diesem Termin auf der Wachsenburg dabei sein, habe ich ihm gerade mitgeteilt. Wenn er schon mal da ist, soll er einfach zuhören, da trifft um elf Uhr ein Typ aus Berlin ein, Mitarbeiter vom Kanzler Kolb. Unser Landrat meint, da kommt eine ganz große Sache auf uns zu: G8, also die acht Regierungschefs der Industrienationen. Das Treffen in Deutschland ist in Thüringen vorgesehen, der Kanzler selbst hat wohl mit ihm gesprochen, er wolle etwas Gutes für die Region tun und nach dem Norden jetzt mal die Kanne über dem Osten ausgießen.«

»Was ist denn so Gutes über den Norden ausgeflossen?«, fragte Radke.

»Das waren etliche Millionen, allein der Zaun um Heiligendamm hatte dreißig Millionen gekostet«, sagte Rentz.

»Heiligendamm? Heilige Scheiße, ich will so was hier nicht haben, das war doch dieser lokale Bürgerkrieg. Ein guter Landrat würde so was verhindern. Kann man dagegen nichts unternehmen?«, schimpfte Radke, dem plötzlich eingefallen war, was G8 bedeutete, allein der hohe Sicherheitsaufwand im Vorfeld und während der Veranstaltung. Von der inhaltlichen Bedeutung ganz abgesehen.

»Radke, du musst noch einiges lernen, das ist die einmalige Chance für eine Region, weltweit in den Medien zu punkten, das ist so, wie wenn –«

»… irgendwas zur Chefsache erklärt wird, ich weiß, alle haben sich zu freuen, aber das Ding da in Heiligendamm, das war Antiwerbung, da kamen auf jeden Demonstranten drei Polizisten und ich will nicht wissen, wie viele zigtausend Demonstranten es an die Ostsee gezogen hat.«

»In Thüringen ticken die Uhren anders, wir sind da von Anfang an entspannter, wirst sehen, im grünen Herzen beleben wir die Flower-Power-Zeit wieder«, lachte Rentz, »Clinton in Eisenach oder Obama in Buchenwald, das lief doch auch geräuschlos ab, das war –«

Das klingelnde Telefon unterbrach Rentz und Radke beeilte sich, den Hörer so schnell wie möglich abzunehmen, um seinem Chef nicht länger zuhören zu müssen.

»Polizeistation Arnstadt«, meldete er sich, hielt aber gleich den Hörer auf Abstand, da der Anrufer offensichtlich laut ins Telefon brüllte. Irgendwann, als die schrille und laute Stimme abebbte, hielt Radke den Hörer wieder ans Ohr. »Sag mal, bist du es Heinz? Ich stell mal laut«, sagte er.

»Fred, ich sag's jetzt zum letzten Mal und wenn du nicht in fünf Minuten hier bist, reiß ich dir den Arsch auf und du hast bei mir das letzte Bier getrunken. Hier hängt der Holland und jetzt komm endlich!«

Radke hasste die verbalen Derbheiten von Heinz. Liebend gerne hätte er auf das Bier im »Spitzen Eck« verzichtet, aber sein Vereinsvorstand hatte sich die Kneipe als Vereinslokal ausgesucht. Zudem fand er immer wieder Verständnis für Heinz, der Türsteher, Wirt und Rausschmeißer in einer Person verkörperte und sich im Laufe seiner Kneipenjahrzehnte ein dickes Fell aneignen musste. Außerdem spendete Heinz viel für wohltätige Zwecke. Diese Großzügigkeit sicherte seiner Kneipe nach wie vor regen Zuspruch, auch wenn die ruppige Art des Wirtes irritierte.

»Heinz, jetzt beruhige dich mal, wir hatten heute Morgen schon eine Menge Anrufe wegen dieser Holland-Puppe, das ist grober Unfug, ich schick bei Gelegenheit mal Carlo rüber, der ist aber noch auf der Burg.«

»Was für eine gottverdammte Puppe? Du kannst dir deine Barbies sonst wohin stecken! Das ist Holland und überhaupt nicht schön anzusehen mit seiner blauen Zunge.«

»Blaue Zunge? Vielleicht ein blaues Tuch oder ein blauer Waschlappen im Mund? Hatte die am Burgparkplatz nicht. Carlo Schneider ist oben, der sagte, es sei eine handelsübliche Schaufensterpuppe. Heinz, ich komme und seh mir das mal an.«

»Ach, ist ja nett, dann warte ich noch ein wenig und sprenge erst später deine Arnstädter Puppenkiste.« Ein heftiges Knacken im Lautsprecher zeigte an, dass der Anrufer aufgelegt hatte.

»Das war Heinz vom ›Spitzen Eck‹, haste mitgehört, Chef?«

»War ja nicht zu überhören. Jetzt fahr endlich los, ich halte hier die Stellung.«

Es war kurz vor elf Uhr, Fielding hatte die Wachsenburg fast erreicht. Mittlerweile ärgerte er sich, dass er nicht den Wagen genommen hatte, denn er schwitzte vom schnellen Aufstieg. Dabei führte eine Teerstraße direkt in den großzügigen äußeren Burghof, umsäumt von Nebengebäuden, in denen früher Personal und Vieh untergebracht waren, und einer robusten Burgmauer mit Zinnen. An Parkplätzen mangelte es nicht, ein paar historische Küchenkräutergärten und Rosengarten würden die Idylle komplettieren, dachte Fielding, als er oben ankam, aber das würde bei einem G8-Gipfel ohnehin totgetrampelt. Er ging zur Burgmauer und blickte auf die sich weit öffnende Landschaft des Thüringer Beckens. Er sah den Sporn am Ende der Schlossleite, auf dem die Mühlburg stand, und die Burg Gleichen auf der anderen Autobahnseite. Der Westwind wehte ihm das Grundrauschen der A4 herüber und trocknete ihn ein wenig.

Der innere Bereich der Burganlage war durch ein großes Tor abgeschirmt, er schlenderte langsam darauf zu und ging an die Nordseite der Mauer, sah in Richtung Erfurter Kreuz, von Weitem blinkte der Tower des Flughafens sein langsames

Morsezeichen, als wollte der Turm: »Kommt endlich her, ihr Flieger« murmeln, um dann doch wegen Unterbeschäftigung einzuschlafen. Die Landeshauptstadt selbst lag geduckt im Tal der Gera, der Steigerwald mit seinen dicken Buchen und Eichen trennte sie wie ein Sichtschutz vom südlichen Umland ab. An der Autobahn, Abfahrt Erfurt-West, ruderten weit ausholende Arme, mächtige Rotoren eines großen Windparks.

Jetzt war es elf Uhr, Fielding ging durch das Tor und kam in einen Innenhof. Der untersetzte Polizist, der sich Schneider genannt hatte, stand im Foyer des Hotels. »Immer durch, immer durch, junger Mann!«, rief er und lotste Fielding salopp wie ein Parkplatzwächter weiter ins Restaurant. Dort hatten sich die Honoratioren versammelt und stellten sich gleich vor, Landrat Soundso, Bürgermeister Anders, Ministerialdirigent Wiederanders aus der Staatskanzlei, namenlose Referenten aus dem Wirtschafts- und Innenministerium. Johannes Fielding verschwammen die Namen und er konnte nur auf ein fehlerfreies Protokoll hoffen, das die Teilnehmer akribisch mit Vor- und Zunamen auflisten würde. Landrat und Bürgermeister hatten ihre Schlipse mit Krawattennadeln gebändigt.

Immerhin hatte sich Fielding einigermaßen die Funktionen seiner Gesprächspartner merken können. Der Landrat des Ilm-Kreises hatte die Begrüßung übernommen und führte auch gleich mit einer Powerpoint-Präsentation in den Kreis ein, Bevölkerungszahlen, Wirtschaftskraft, touristische Ziele, Schulen, Hochschulen. Fielding musste sich zwingen, die Augen aufzuhalten, und nahm noch einen Kaffee. Er dachte an die Puppe, an das Pappschild mit der Warnung an Holland, eindeutig ein Schreibfehler, denn kein anderer als der französische Präsident François Hollande konnte damit gemeint sein, und er überlegte, wie er diesen Vorfall am besten ansprechen konnte. Je länger er puzzleartig zwischen den aufblitzenden Schönwetterbildern des Powerpointers über den Puppenmord-Vorfall nachdachte, desto ratsamer schien es ihm, die Gute-Laune-Stimmung nicht mit schwarzen Spaßbremsspuren zu überdecken. Der Landrat steigerte sich in seiner Euphorie und Fielding hatte den Eindruck, er wolle sich gerne in den Geschichtsbüchern als Entdecker des Ilm-Kreises verewigt wissen. Fielding nahm Milch zum Kaffee, der Landrat unterbrach kurz und reichte ihm die Zuckerdose und diese kurze Unaufmerksamkeit nutzte der Ministerialdirigent aus der Staatskanzlei, um den Ministerpräsidenten zu entschuldigen, der leider in Berlin zu einem unaufschiebbaren Termin eilen musste, während das aufgeregt trommelnde Fingerspiel des Beamten verriet, dass der Ministerpräsident auch ohne anderweitigen Termin nicht gekommen wäre.

Dann endlich, und nur weil der Bürgermeister auf einen Kaffeefleck auf seiner Krawatte stierte und seinen Einsatz verpasste, sprang Fielding in die Lücke, dankte allen für ihr Kommen und übermittelte die Grüße seines Chefs, des Bundeskanzlers Werner Kolb. »Der Grund, aus dem ich hier bin, ist derzeit noch strikt vertraulich zu behandeln«, sagte Fielding und blickte wie zufällig auf den Landrat, der völlig unschuldig tat und deutlich nickte, »weil im Vorfeld ausführlich das Sicherheitskonzept nicht nur von deutscher, sondern auch von internationaler Seite beleuchtet werden muss. Was wir eindrucksvoll finden, diese einmalige Kulturlandschaft mit dem Unikat dieser Burg auf dem Kegelberg, kann die russische oder amerikanische Seite vielleicht ablehnen, weil zu hohe Sicherheitsanforderungen nicht erfüllt werden können. Das heißt, selbst wenn die Standards unserer nationalen Prüfinstanzen wie BKA und BND eingehalten werden, können plötzliche Verschärfungen der Sicherheitsbedürfnisse der anderen Länder eine monatelange Planung zunichtemachen. Das nächste Thema: Gegner hören mit. Je früher wir uns für einen bestimmten Austragungsort entscheiden, desto mehr Vorlauf gestatten wir chaotischen Kräften, die Störungen oder sogar Anschläge auf die Gruppe der Acht, also der G8, planen. Diese Kräfte kommen nicht mehr nur aus dem Land, das den Austragungsort stellt. Die Globalisierung hat längst über das Internet alle Bereiche erfasst, auch Regierungsgegner. Die Occupy- und Blockupy-Bewegungen zeigen, wie perfekt sie vernetzt sind. Wir müssen daher bei einem G8-Gipfel mit allen möglichen Regierungsgegnern, Protestierern und Demonstranten aus den beteiligten Staaten rechnen. Weil das Demonstrationsrecht ein hohes Gut ist, müssen wir diese zulassen und können unsere Grenzen nicht für die Dauer des Gipfels schließen, ich verweise hier auf das Schengener Abkommen. Daher gilt: Absolute Verschwiegenheit im Vorfeld, damit wir wenigstens während der Vorplanung ungestört agieren können! Ist das allen Beteiligten klar?«

Alle Herren am Tisch nickten ernst. Jetzt war der Moment für Fielding gekommen, um aufzudrehen, um ihnen zu zeigen, wer hier der Chef war, dass über Powerpoint lediglich Nettigkeiten transportiert wurden und Grußadressen nicht einen Schritt weiterführten, sondern nur allein strikte Disziplin. »Umso mehr verwundert es mich, dass vor meiner Ankunft heute auf dem Parkplatz unterhalb der Burg eine Puppe aufgeknüpft wurde, die unseren engsten Partner, nämlich Frankreich, brüskiert, unseren Nachbarn, mit dem wir bereits 1973 die Gruppe der Fünf gebildet haben. Nur zur Kenntnis, weil vielleicht nicht alle von Ihnen über den unglaublichen Vorfall informiert werden konnten: Der Puppe hing ein Pappschild um den Hals mit einer eindeutigen Warnung an François Hollande, wenn –«

»Darf ich bitte unterbrechen?«, fragte der Polizist Schneider vorsichtig.

»Nicht jetzt, ich bin noch nicht fertig«, sagte Fielding scharf. »Wenn die Presse über den Vorfall mit Fotos berichtet, brauchen Sie sich über die einmalige Chance, den G8-Gipfel auszurichten, keine Sorgen mehr zu machen, dann ist das hier alles schon Geschichte. Aus und vorbei. Es muss aber jemanden geben, der von dem G8-Treffen in Thüringen im Vorfeld erfahren hat und jetzt seine Spielchen mit uns treibt.« Fielding war aufgestanden und umkreiste den ovalen Tisch, an dem die Gastgeber saßen. Der Ärger über die aufgehängte Puppe ließ ihn nicht still am Platz sitzen. Er musste den Adrenalinspiegel über den ungestümen Bewegungsdrang abbauen. »Ich könnte Sie jetzt fragen, wer von Ihnen die Nachricht über den G8-Gipfel weitergetragen hat!« Mit diesen scharfen Worten wandte er sich vom Tisch weg zu dem kleinen, mit kunstvollen Schmiedeeisen vergitterten Fenster, um nach draußen zu sehen, kehrte den Männern den Rücken zu, die gar nicht auf ihn achteten, sondern sich mit ratloser Miene ansahen und alle zugleich den Arm hoben. Fielding wollte aus dem Fenster sehen, die teure Bleiverglasung ließ aber nur schemenhaft erkennen, welche Sicht sich bei geöffnetem Fenster bieten würde. Als er sich wieder dem ovalen Tisch zuwandte, hatten die Gastgeber ihre Arme wieder gesenkt. Fielding fuhr fort: »Ich verschwende keine Zeit mit der Suche nach dem Datenleck, deshalb nur so viel: Das darf sich nicht wiederholen! Ich denke, wir haben uns verstanden und schlage vor, dass wir uns zunächst über die Eckdaten zum G8-Gipfel unterhalten, konkret welchen Bedarf an Unterbringungsmöglichkeiten haben wir für den engeren Kreis der G8, für den Mitarbeiterstab, für akkreditierte Presse, Sicherheitsorgane, Bereitschaftspolizei, Bundespolizei und Demonstranten.«

»Wir werden uns doch wohl nicht auch um die Unterbringung der Demonstranten kümmern müssen?«, fragte der Landrat mit einem befreienden Lachen.

»Selbstverständlich werden Sie das tun.«

»Das ist doch wohl ein Witz?«, meinte Landrat Kaufmann und der Bürgermeister nickte heftig.

»Wir werden ihnen wie in Heiligendamm ein Camp anbieten, Platz für einige tausend Zelte, eine ordentliche Infrastruktur mit Toiletten. Eine Gesellschaft wird danach bewertet, wie sie mit ihren Gegnern verfährt«, sagte Fielding und überhörte das: »Seit wann?« des Bürgermeisters. »Ich werde Ihnen auch einen Grund nennen, warum wir einen so fürsorglichen Umgang mit den Demonstranten planen. Es ist eine Frage der Führung von Massen. Wir haben den Überblick, wenn wir die Demonstranten gezielt sammeln und einen gemeinsamen Anlauf- und Rückkehrpunkt definieren können. Nichts ist schlimmer für die Polizeiführung als eine zerfasernde Gruppierung, die frei nach der Partisanenstrategie nicht mehr greifbar ist und an allen Stellen gleichzeitig stört.«

»Darf ich doch noch eine kleine Ergänzung anbringen?«, fragte Carlo Schneider und man merkte, wie er versuchte, sich so akzentuiert auszudrücken wie der junge Referent aus dem fernen Berlin.

»Bitte, aber kurz«, sagte Fielding.

»Ich möchte nur anfügen – und bitte, das ist eine erste Vermutung, wir haben die Ermittlungen noch nicht abgeschlossen, aber bei dem Namen Holland muss es sich nicht um François Hollande aus Frankreich handeln. Es könnte auch um Herrn Holland gehen, der hier in Arnstadt wohnt. Er ist ein Unternehmer mit verschiedenen Projekten in dieser Region. Peter Holland.«

»Wenn sich das herausstellen sollte, dann wäre das natürlich eine schöne Sache«, sagte Fielding.

»Als Leiche am Baum? Das dürfte Herrn Holland nicht gefallen«, sagte Schneider.

»Mein Gott, Sie wissen, wie ich das meine.«

»Eine Frage habe ich auch noch«, meldete sich der Landrat. »Ich las jetzt in der Zeitung, dass der G8-Gipfel im Jahr 2015 in Schloss

Elmau, in der Nähe von Garmisch-Partenkirchen, stattfinden wird.«

Schlagartig wurde es ruhig in der Runde.

»Das ist sehr hilfreich und ich möchte Sie bitten, in Gesprächen mit der Öffentlichkeit bei dieser Darstellung zu bleiben.« Fielding beugte sich vor und ergänzte in flüsterndem Ton: »Das bleibt unter uns und verlässt nicht diesen Raum. Es ist ein taktisches Manöver, das es den G8-Gegnern in ihrer logistischen Planung nicht zu leicht machen soll. Daher wird unser Pressestab Schloss Elmau noch öfter erwähnen und erst kurz vor dem Event auf die Arnstädter Region umschwenken. Aus Sicherheitsgründen wird mit Alternativorten geplant.« Mit Blick auf die Ratlosigkeit, die sich in den Gesichtsausdrücken seiner Gesprächspartner widerspiegelte, sah sich Fielding genötigt, weitere Gründe anzufügen. »Schauen Sie, Sie haben doch alle Vertreter, es gibt den Vize-Landrat, den Beigeordneten als Vertreter des Bürgermeisters und für den G8-Gipfel bedarf es einer Reserve-Location. Im Wettbewerb um den möglichen Austragungsort ist diese Region hier unser Trumpf, den wir so spät wie möglich ziehen wollen.«

Als wäre es Fieldings Schlusssatz gewesen, öffnete sich eine Schiebetür und aus dem Nebenraum waberte der Duft eines warmen Buffets, vermengt mit den Spiritusdämpfen der Rechauds, zu den Sitzenden.

»Na, wenigstens das funktioniert«, murmelte Fielding leise.

Wenn man der Schaufensterpuppen-Inszenierung am Waldrand neben dem schweren Schock der Sandra Eckert einen weiteren Effekt zuschreiben wollte, kam man nicht umhin, der örtlichen Ordnungsmacht eine anschließende gewisse Lässigkeit im Umgang mit Notrufen nachzusagen, die vom Fund eines Strangulierten berichten wollten. Nach dem Wirt vom »Spitzen Eck« rief noch eine Anwohnerin des Arnstädter Schlossparks in der Polizeistation an, wo sie denn blieben, der Wirt habe doch schon angerufen und jetzt stünden bereits die ersten Kinder im Park, sie sollten umgehend den Spielplatz im Schlosspark, am besten die gesamte Grünfläche absperren. Rentz, von Schneider und Radke in der Polizeistation allein gelassen, wollte wieder zu seiner Hinhaltetaktik greifen und gemächlich erläutern, dass die Kräfte zur Sicherung von Recht und Ordnung bereits zur Gänze ausgerückt seien, als die Anruferin endlich bestätigen konnte, dass soeben ein Streifenwagen vorgerollt sei.

»Na, sehen Sie, ist doch immer Verlass auf uns«, sagte Rentz. Da hatte die Anruferin längst aufgelegt.

Fred Radke stieg langsam aus dem Wagen, strich die Haare glatt zurück, beugte sich wieder in den Wagen und angelte seine Schirmmütze heraus, die auf dem Armaturenbrett in Richtung Beifahrersitz gerutscht war. Er setzte sie auf und ging ein paar Schritte in Richtung einer kleinen Gruppe Anwohner. Von Weitem erkannte er sofort Heinz, der wütend auf die Uhr sah.

»Ohne Blaulicht, ohne quietschende Reifen, du guckst wohl keine amerikanischen Krimis, nur noch die alten Derrick-Konserven«, sagte Heinz. »Und wo hast du den Notarzt?«

»Der Puppendoktor ist unterwegs«, sagte Radke, kam in lässiger Haltung näher, schwerfällig, als sei er Stunden im Auto unterwegs gewesen, die Hände hinten im Gürtel eingeklemmt. Er scheuchte die ersten Kinder weg und ordnete an, dass die Erwachsenen die Kinder zurückhalten sollten. »Das ist hier jetzt ein Tatort, jeder, der näher kommt, wird verhaftet!«, rief er und ging dann zu dem schwarzen Körper, der wie in der Beschreibung von Carlo Schneider vom Wachsenburgparkplatz an einem Baum hing. Nur mit dem Unterschied, dass der hier mitten in der Stadt, in einem mit Eiben verbuschten Winkel des Schlossparks verdeckt hing. Und – Radke ging noch näher, auf Armlänge heran – er wusste nicht, was Carlo Schneider, der sich jetzt bestimmt an Wurstschnittchen und Soljanka am Büfett in der Wachsenburg delektierte, da in seinem Polizeiwagen gebunkert hatte, wie genau er sich die schwarz angezogene Puppe angesehen hatte. Aber das hier, was bewegungslos in der windgeschützten Ecke an einem Ast hing, sah verdammt nach einer echten Leiche aus. Radke sah in das wächsern-fahle Gesicht von Peter Holland, in starre Augen und auf einen leicht geöffneten Mund, aus dem eine ins lila gehende Zunge ragte.

»Die Puppe scheint echt zu sein«, sagte Radke langsam und bedächtig zu Heinz, »ich meine, das ist jetzt mal eine echte Leiche.«

Heinz, der Wirt, hätte ihn am liebsten angeschrien, doch dann versuchte er mit größter Selbstbeherrschung den lethargischen Tonfall von Radke zu imitieren und fragte langsam zurück: »Was hätte es denn sonst sein können?«

Als Radke spürte, wie das Bild von Holland begann, sich für immer in sein Gedächtnis zu brennen, wandte er sich abrupt ab und stürzte zurück zum Wagen, alarmierte seinen Chef Rentz und forderte einen Notarzt zur Todesfeststellung, die Gerichtsmedizin und den Kriminaltechnischen Dienst an.

Dann sperrte er den Park weitläufig ab und hielt sich von der Leiche fern.

Landrat Kaufmann hielt ein Glas Dornfelder von der Saale-Unstrut hoch, prostete zuerst Fielding, dann den anderen aus der Runde zu und wünschte guten Appetit. Fielding nahm einen kleinen Schluck von dem Rotwein, der sehr angenehm mild den Gaumen verwöhnte und auch ohne die moderne Barriquenote überzeugte, verschaffte sich aber mit dem Wildragout, Thüringer

Klößen und Rotkraut zunächst eine robuste Grundlage, ohne die er den Wein nicht überstehen würde. Mittäglicher Alkohol wirkte bei ihm wie intravenös gespritztes Schlafmittel.

Der Ministerialdirigent spürte bei Fielding die gelöste Stimmung nach dem Schoppen und kündigte die Presse an, die er in Abstimmung mit dem Landrat bestellt hatte.

Fielding war auf einen Schlag wieder nüchtern. »Ich hatte mich doch klar ausgerückt, was die Vertraulichkeit angeht, oder etwa nicht?«

Die Presse war jedoch schon im Anmarsch und mit jedem weiteren Wort wäre die Lokalpresse in Form einer Dame des »Arnstädter Tageblatts« Zeugin einer unangenehmen, für die Öffentlichkeit untauglichen Auseinandersetzung geworden. Sie war jung, Fielding schätzte sie auf Mitte bis Ende zwanzig, schmales, von langen blonden Haaren gerahmtes Gesicht, hübsche Nase mit geradem Rücken und blaue Augen, Blue Jeans und buntkarierte Bluse mit Jeansjacke. Fielding schossen fast zeitgleich drei Argumente durch den Kopf: Erstens: Werner Kolb hatte auf dem Altar diskreter Verhandlungskunst die Vertraulichkeit als Opfergabe für den Gott des Wahlkampfs gereicht. Zweitens: Man wird doch noch eine Ausnahme machen dürfen. Und Drittens: Im Kreis der Altherrenriege dieses engelsgleiche, blutjunge Geschöpf wieder zurück in eine Redaktion schicken zu müssen, wäre eine Schande gewesen. Kurzum, Fielding erinnerte sich an seine Gabe der Flexibilität und strahlte die junge Redakteurin freudig an. »Wir haben Sie schon erwartet!«, log er, ohne rot zu werden. »Wenn Sie bereit sind, können wir mit der Pressekonferenz beginnen. Kommen noch weitere Kollegen?«

Radke schien sich am Trassierband festzuhalten, immer wieder öffnete er die Zufahrt zum Park. Aus der nahen Landeshauptstadt war der Staatsanwalt als Letzter eingetroffen. Man hatte die Leiche vom Baum geschnitten, ohne den Knoten zu berühren. Zunächst schien ein Selbstmord naheliegend, aber warum kündigte man seinen Tod mit einer Puppe an, die den letzten Schritt des Lebensmüden wie in einer Generalprobe inszenierte? Radke hatte seinen Kollegen Carlo Schneider angerufen, der sich nach dem Buffetgenuss in den Wagen setzte und sofort in den Stadtpark fuhr. Er warf einen Blick auf den toten Peter Holland, der zwar doppelt so alt war wie das künstliche Gesicht der Schaufensterpuppe, er trug aber ähnliche Kleidung, schwarze Schuhe, Tuchhose, T-Shirt und Jackett, alles in Schwarz, wie bei der Puppe.

»Wie das jetzt alles zusammenhängt?«, fragte sich Schneider und sah Radke an, der aber auch nur mit den Schultern zuckte.

»Wenn er aufgeknüpft wurde, wieso probt das dann jemand? Schon das Risiko, beim Klauen der Puppe aus der Fußgängerzone gesehen zu werden, das wäre doch irrsinnig riskant«, überlegte Radke.

»Sehe ich genauso. Da ist was oberfaul«, sagte Schneider.

»Sowieso«, sagte Radke und sah auf die Leiche, die in diesem Moment vom Polizeifotografen von allen Seiten abgelichtet wurde, dann der Tatort, die Umgebung, alles. Später würde ein Polizeihubschrauber über dem Fundort kreisen und 3D-Bilder schießen. Mit Spateln wurden Bodenproben genommen und in Klarsichttütchen versenkt. Die einstudierten Griffe und Maßnahmen zur Beweissicherung wollten kein Ende nehmen, bis die Leiche schließlich zur Gerichtsmedizin abtransportiert wurde.

»Die rechte Hand des Bundeskanzlers in unserer Region, das passiert nicht jeden Tag, was ist Ihre Aufgabe hier, Ihr Ziel?«, fragte die Redakteurin.

Fielding musste lachen, weil ihre vorsichtige Frage wie ein Herantasten wirkte und belegen könnte, dass der Grund seines Besuchs vielleicht tatsächlich gegenüber der Öffentlichkeit geheim gehalten wurde. Es konnte aber auch gewiefte Taktik der Journalistin nach dem Motto sein, sich erst mal dumm zu stellen, der Interviewte würde irgendwann mit seinem Herrschaftswissen prahlen. Es war schon ein Affront seitens der Thüringer Gastgeber, ihn zu einem vertraulichen Gespräch über das G8-Treffen einzuladen und dann die Kaltschnäuzigkeit zu besitzen, eine Pressekonferenz anzuberaumen. Aber die Eitelkeit und der Selbstdarstellungstrieb der lokalen Politiker unterscheiden sich eben nur minimal von denen der Bundespolitiker. *Die sind in Berlin um eine Idee kostspieliger, sonst aber genauso ausgeprägt,* dachte Fielding.

»Wir wollen uns über die Entwicklung der Region informieren«, sagte Fielding, »schließlich fließen seit Jahren Fördermillionen hierher, denken Sie nur mal an die Milliarden aus dem Solidaritätszuschlag, und wir sind gehalten, uns über die Nachhaltigkeit der Investitionen ein Bild zu machen. Schließlich verantworten wir dies auch gegenüber den Geberländern, denen es in vielen Bereichen nicht unbedingt besser geht. Wir haben aber auch die Option, Modellregionen zu etablieren. Vieles, was wir hier angefangen haben, trägt mittlerweile Früchte, zum Teil war das auch nur möglich, weil nach der Wende und Auflösung der DDR alles am Boden lag und aus dem Nichts schneller umgestaltet werden konnte als aus einer feststehenden Basis heraus.«

»Das heißt konkret was?«, fragte die junge Frau.

»Wenn Sie Wohnraum brauchen und ein Haus neu bauen, können Sie schneller Richtfest feiern als wenn Sie ein marodes Haus erst abreißen und dann rekonstruieren und aufbauen müssen.«

»Das können Sie auf ganz Deutschland projizieren.«

Fielding nickte und überlegte dabei, in welche unverfängliche Richtung er das Gespräch mit der engagiert fragenden Journalistin lenken könnte, als sie schon nachsetzte.

»Was Sie sagen, weist nicht unbedingt der Region um Erfurt und Arnstadt ein Alleinstellungsmerkmal zu. Hat Ihr Kommen mehr mit der Planung eines G8-Gipfels zu tun?«

Also doch! Die Frage saß. Fielding sah am Anger in Erfurt und am Markt vor Bachkirche und Rathaus in Arnstadt Sandwichmänner flanieren, die vorn und am Rücken Pappschilder trugen mit der Aufschrift »Staatsgeheimnis Nr. 1: G8-Gipfel in Arnstadt!« Er sah nach rechts und links am langen Tisch, an dem die Gastgeber saßen, Landrat, Bürgermeister und dieser Ministerialdirigent, der die ganze Zeit mit den Fingern auf seinem Smartphone herumwischte. Er unterbrach nicht einmal jetzt sein Surfen im Netz, während die anderen noch nervöser ihre Hände und Finger kneteten. Von ihnen kam nur betretenes Schweigen, aber Fielding war es recht, wenn sie im Sumpf sitzend nicht noch mehr strampelten und sich abwärts zogen. *Also Zeit gewinnen und eloquent eine Fluchttür finden,* dachte Fielding.

»Wir haben uns noch gar nicht vorgestellt«, sagte er jovial, »meinen Namen kennen Sie, wie heißen Sie, von welcher Zeitung sind Sie?«

»Tina Brinkts, ›Arnstädter Tageblatt‹.«

»Tina Brinkts!«, wiederholte Fielding langsam. »Klingt wie ein Künstlername.«

»Sagt jeder, wenn er den Namen hört. Ein phonetisches Problem, geschrieben auf Visitenkarte fällt es nicht so auf.«

»Dann sollten Sie mir Ihre Karte geben«, sagte Fielding.

»Damit Sie mich nächstens anrufen können?«

»Nächtens? Oder wieder ein phonetisches Problem? Sie haben ein gesundes Selbstvertrauen. Warum sollte ich?«, fragte Fielding zurück und dachte, er habe sie vielleicht zu deutlich und zu lange gemustert. Sie sah aber auch umwerfend aus, eine natürliche Schönheit, ohne Make-up, ihm gefiel das Burschikose, angefangen bei den braunen, weichen Ledermokassins und der ausgeblichenen, gut sitzenden Jeans bis hin zu den langen blonden Haaren. »Sie sind bei der Zeitung im Politikressort?«

»Sport und Kultur«, sagte Tina Brinkts und lachte dabei, »so wurde ich zunächst eingeteilt. Wir haben hier nur eine kleine Lokalredaktion und ich bin die Stellvertreterin des Lokalredakteurs, mache alles, was kommt. Nach meinem Volontariat bin ich noch nicht lange im Geschäft, daher kam mir es gerade recht, in einer kleinen Redaktion zu arbeiten, ich bin froh, überall reinschnuppern zu können. Aber wir sind vom Thema abgekommen, wie war das mit dem G8-Gipfel?«

»Es gibt keinen G8-Gipfel. Was ich Ihnen mitteilen kann, sind die Festlegungen der Gruppe der Acht, die zukünftige Treffen 2014 in Russland und 2015 in Deutschland vereinbart hat.« Fielding beobachtete, wie ihre Finger geschmeidig den Bleistift über den DIN-A5-Block führten. Man muss der Presse Stoff liefern wie einer Kuh Heu, immer im Überfluss, einen riesigen Berg Heu, sie müssen immer was zum Kauen und Wiederkäuen haben.

»Stimmt, das habe ich im Internet auch schon recherchiert. Also 2015 dann hier auf der Wachsenburg.«

»Ich sagte bereits, es gibt noch keinerlei Festlegungen«, sagte Fielding in einem angestrengt ruhigen Tonfall.

»Ein Dementi klingt anders.«

»Ach ja, das ist der erste Satz, den ihr in der Journalistenschule lernt. Egal, was gesagt wird, eure Antwort ist: ›Ein Dementi klingt anders.‹ Das ist unseriöse Fragetechnik!«, Fielding war ungewollt lauter geworden.

Ein ultrakurzes Handyklingelsignal füllte die plötzliche Stille nach Fieldings verärgertem Ausruf wie ein Aufschrei.

Tina Brinkts fischte ihr Mobiltelefon aus der Jeansjacke und rief die SMS ab. »Ich habe keine Fragen mehr, ich danke Ihnen, muss jetzt aber in die Stadt.«

Aha, geht doch, oder war ich zu ruppig, überlegte Fielding. Sie klappte ihren Schreibblock zu, steckte den Stift in die Jacke und ging, während Fielding ihr hinterhersah und gerne gefolgt wäre, so schnell wollte er sie gar nicht loswerden. Stattdessen fand er sich wieder inmitten der Altherrenriege mit einem Auftrag sitzen, so geräuschlos wie möglich einen Tagungsort für den G8-Gipfel auszuloten.

Fielding erläuterte, mit welchen Größenordnungen die Logistik eines Gipfels rechnen musste. Der Arnstädter Bürgermeister Friedrich Sänger, der noch die Hoffnung hatte, mit Stadthalle und benachbartem Brauhaus den Austragungsort gefunden zu haben, stellte resigniert fest, dass die Kubatur nicht einmal das Pressezentrum mit allen akkreditierten Journalisten würde aufnehmen können, beruhigte sich aber mit der betäubenden Aussicht, bis 2015 noch den ein oder anderen Anbau aus dem Boden stampfen zu können.

Dann ging alles ganz schnell, Bürgermeister und Landrat erhielten zeitgleich einen höchst wichtigen Anruf und verschwanden samt ihrer Referenten mit eiligen Beteuerungen und dem Wunsch nach Fortsetzung des Gesprächs und Fielding saß plötzlich mit dem Ministerialdirigenten allein an der langen Tafel.

»Ja, wie schon gesagt, …«, begann der Beamte aus der Staatskanzlei, aber Fielding war schneller als das Luftholen seines Tischnachbarn.

»Dann werden wir die Gespräche fortsetzen, wenn wir wieder komplett sind. Ich werde mir jetzt noch die Innenstadt von Arnstadt ansehen, bevor ich hier in der Burg Quartier nehme.«

Fielding flüchtete förmlich von der Wachsenburg, bergab kam er schnell auf den Parkplatz am Fuße der Burg, setzte sich in seinen

Golf und merkte, dass er seine Krawatte noch umgebunden hatte. Er öffnete den Knoten, legte sie ab, beschloss, jetzt schon sein Zimmer auf der Burg zu beziehen, sich umzuziehen und leger gekleidet in die Stadt zu fahren. Er startete den Wagen, rollte zur Teerstraße hinüber und wartete, bis der Dienstwagen des Ministerialdirigenten an ihm vorbeigerauscht war, um zu vermeiden, dass er oben noch jemandem über dem Weg lief, der ihn mit Salven langweiliger Anliegen bedeckte. Er belegte ein nettes, mit ausgesuchten Antiquitäten bestücktes Einzelzimmer auf der Burg, zog sich um, setzte sich wieder in seinen Wagen, rollte langsam bergab durch Holzhausen und nahm die neue, glatt geteerte Verbindungsstraße nach Arnstadt, wo er am Alten Friedhof neben der Himmelfahrtskirche parkte. Er hatte sich in Berlin noch einen kleinen Reiseführer zu Arnstadt und Umgebung organisiert und blätterte im Wagen sitzend darin, fuhr mit dem Finger noch mal die Strecke zwischen der Burg und der Stadt ab, ob sie als Joggingstrecke taugen könnte. Sein Zeigefinger hielt auf halber Strecke über einem beigefarbenen Fleck auf der Karte, der mit »Weinberg 338« beschriftet war. Warum redeten eigentlich alle über Klimawandel, wenn vor einiger Zeit hier Weinbau möglich war? Folglich musste die Region doch früher schon wärmer gewesen sein als heute, überlegte er. Dann fand er die Anzeige des Freizeitbades am Wollmarkt, das er bestimmt auch aufsuchen würde, inklusive Sauna. Er suchte im Stadtplan nach dem Wollmarkt. Der war ganz nah, er brauchte nur den Schlossgarten zu durchqueren. Während seiner Erfurter Zeit im Ministerium war er nie hier in der Altstadt gewesen, war mit Katja nur mit dem Rad auf dem Gera-Radweg durch Ichtershausen und Arnstadt bis Plaue gefahren. Von der Stadt selbst hatte er dabei nicht viel gesehen.

An der Himmelfahrtskirche überquerte er die Straße, indem er über die altertümlichen Gitter sprang, die an der unübersichtlichen Stelle als Sperre für Fußgänger montiert waren. *Eine unzureichende Sperre,* dachte Fielding belustigt, wurde aber plötzlich ernst, weil er Carlo Schneider sah, den dicken Polizisten vom Burgparkplatz. Fielding sah sich um, keiner schien seine kleine Verkehrsübertretung bemerkt zu haben. Im Schlosspark scharte sich eine Gruppe, die angestrengt einen unscheinbaren Baum hochblickte, als hätte sich irgendetwas in der Krone der mittelgroßen Linde verfangen, deren frische, hellgrüne Blätter noch nicht lange ausgetrieben waren. Arbeiter des Bauhofs hatten um den Baum herum Eibenbüsche weggesägt, die sie nun etwas abseits lagerten. Fielding kam unbeobachtet langsam näher. Ein Trassierband lag zertreten am Boden, der dicke Polizist reckte die Arme nach oben und deutete auf den einen oder anderen Ast. Das Hemd hatte sich wieder aus der Hose gestohlen und flatterte unter der Jacke hervor. *Hoffentlich öffnet er nicht noch einmal die Hose, um sich neu zu sortieren,* dachte Fielding. Er hatte zunächst nur auf den Polizisten und auf den Baum geachtet, wurde dann durch einen Arbeiter in grauer Cargo-Hose und Blouson mit großem »A&P Design«-Logo auf dem Rücken abgelenkt, der ein Stück neben der Gruppe stand und derb ausspuckte. Jetzt erst sah Fielding überrascht, wer sich alles eingefunden hatte, unter anderem Landrat Kaufmann, Bürgermeister Sänger und die hübsche Redakteurin. Fielding schlich sich näher heran.

»Heimliche Gegenfete ohne mich, wie unfair«, flüsterte er Tina Brinkts ins Ohr. Sie drehte sich abrupt um, schien aber nicht erschrocken zu sein, sondern deutete nur auf Carlo Schneider, der streng darauf achtete, dass niemand das Absperrband niedertrat. Es waren einige weitere Uniformierte bei ihm, Vertreter der Polizeiinspektion Arnstadt-Ilmenau, außerdem Pressefotografen, die alles ablichteten, was irgendwie anders aussah als ein geharkter Schlossgartenweg. Selbst das rot-weiße Trassierband »Polizeiabsperrung« war ein dankbares Motiv.

»Alles Weitere können wir Ihnen erst nach der Obduktion mitteilen«, sagte jemand im feinen Anzug, »sobald wir den Bericht erhalten haben, werden wir zu einer erneuten Pressekonferenz laden. Ich bitte um Verständnis, wenn diese hier den Umständen entsprechend etwas improvisiert stattfinden musste, wir wollten aber Ihrem Informationsbedürfnis Rechnung tragen und die ersten Ergebnisse jetzt und nicht nach Ihrem Redaktionsschluss präsentieren. Mein Name ist Staatsanwalt Dirk Paulsen. Wenn Sie weitere Fragen haben, können Sie sich jederzeit an meine Behörde wenden. Ich bitte aber auch um Verständnis, dass wir aus ermittlungstaktischen Gründen keine weiteren Details mitteilen können, es handelt sich – sofern tatsächlich eine Straftat vorliegen sollte und nicht um Suizid – um Täterwissen. Vielen Dank. Damit ist der Pressetermin beendet.«

Landrat, Bürgermeister und Polizist Schneider folgten dem Tross langsam Richtung Landratsamt, während Fielding die Redakteurin fragte, was vorgefallen sei.

»Oben auf der Burg bekam ich den Hinweis, dass im Schlosspark ein Toter gefunden wurde. Wir haben Personalengpass, wie ich vorhin schon sagte, jeder ist für alles zuständig, also bin ich nichts wie hin. Es war aber alles vorbei, also die Leiche abtransportiert, auch die Leute von der Spurensicherung waren bereits weg und langsam füllte sich der Platz hier, weil jeder wissen wollte, wer der Tote ist. Aber das ist der absolute Hammer.«

»Wieso, ein Promi?«, fragte Fielding.

»Kann man so sagen, es war Holland«, sagte Tina Brinkts.

»Holland! Auf den bin ich heute schon mal reingefallen.«

»Wieso?«

»Ich dachte, Holland steht für François Hollande.«

»Der französische Präsident? Witzig, aber nicht originell. Holland ist oder besser war Peter Holland«, sagte Tina Brinkts.

»Habe ich auch schon mitbekommen. Oben am Burgparkplatz gab es ihn als Puppe.«

»Wie als Puppe?«

»Na ja, ich kannte den Mann nicht, aber es war bestimmt Originalgröße, eine Schaufensterpuppe, dekoriert und zurechtgemacht als Peter Holland. Man hatte der Puppe ein Schild umgehängt, ›Holland – letzte Warnung‹. Was könnte das bedeuten? Er muss Gegner gehabt haben.«

»Ich bin noch nicht so lange Redakteurin, aber der Name Peter Holland begegnete mir oft auf den Sitzungen, die ich besuchen sollte, Stadtratssitzungen, Stadtmarketingverein. Er trat auch als Sponsor auf, überreichte mal hier einen übergroßen Scheck, mal da, immer waren wir präsent, ein paar Zeilen Text und vor allem großformatige Fotos von ihm erscheinen eigentlich ständig in jeder Zeitung der Region, auch in den Werbeblättchen. Ich kann mal welche ausdrucken, wenn es Sie interessiert. Tut es das?«

Johannes Fielding musste nicht lange überlegen, Peter Holland war anscheinend eine Lokalgröße, an der man schlecht vorbeikam, und solche Leute verbreiteten auch post mortem eine Aura, die sich nachteilig auf stabile und verlässliche Zuarbeiten auswirken könnte. Und genau das könnte die Planung des G8-Gipfels tangieren.

»Sicher interessiert mich das. Übermächtige Leute hinterlassen ein Vakuum, das von kleineren Alpha-Männchen gefüllt werden will«, sagte Fielding, »da laufen anfangs die Dinge leider nicht ganz rund. So eine Unwucht kann uns die Planung verderben.«

»Planung für was?«, fragte Tina.

»Wo kann man sich denn hier nett hinsetzen oder sollen wir ein Eis essen?«, lenkte Fielding ab.

»Am Markt gibt es beides, Café und Eisdiele, ist aber noch ein Stück bis dahin, Zeit zum Überlegen.«

»Und zum Reden. Mir sind ein paar Dinge aufgefallen, die anders laufen als sonst. Ich kam hier nur zufällig vorbei, parke hinten an der Kirche und sah von Weitem Schneider, den Polizisten. Er redete über einen aufgefundenen Toten, ich kam näher und neben uns spuckte einer auf den Boden. Das ist als Form der Anteilnahme nicht üblich, um es höflich zu sagen. Eher stellt man Kerzen auf oder legt Blumen nieder. Aber davon keine Spur. Kommt vielleicht noch, oder?«

»Das würde mich dann aber wundern. Holland war zwar überall präsent, auffällig wie ein bunter Hund in seinen Klamotten, edle Sachen, teure Marken, alles in Schwarz. Er hatte Erfolg und demonstrierte das mit schickem schwarzem Porsche, aber beliebt?« Tina sah Fielding an und schüttelte den Kopf.

»Wenn man keinen Geschmack und kein Farbempfinden hat, dann ist Schwarz die Rettung. Womit hat Holland sein Geld gemacht?«, fragte Fielding.

»Er war in der Solarbranche aktiv, aber zunehmend projektierte er Windkraftanlagen, Windparks. Peter Holland war für unser Anzeigengeschäft wichtig. Jede Woche waren Anzeigen geschaltet, Werbung für Investorenmodelle, Untertitel ›Schützen Sie Ihre Rente‹ oder in einer anderen Variante ›Retten Sie Ihr Geld vor der Wirtschaftskrise‹ oder so ähnlich. Es ist noch nicht lange her, da hat er in den Thüringer Zeitungen und in den Werbeblättchen, die sie am Wochenende kostenlos verteilen, für den Windpark Schlossleite geworben.«

»Was denn, der Bergrücken zwischen Wachsenburg und Mühlburg?«, rief Fielding überrascht.

»Genau der. Sie glauben gar nicht, was da los war. Er hatte groß seine Telefonnummer dazu gedruckt, aber viele empörte Leser riefen auch bei uns in der Redaktion an.«

»Und was passierte dann?«

»Die Anzeige erschien am ersten April.«

Fielding stutzte. »Das war doch wohl kein Aprilscherz?«

»Doch, er spielte mit seinen Kritikern. Die werfen ihm oft vor, in landschaftlich sensiblen Gebieten Windparks zu planen, aber diesmal hatte er übertrieben. Er wollte provozieren und spekulierte mit empörten Anrufern. Hinter der Telefonnummer, die er in der Anzeige angegeben hatte, stand ein beauftragtes Call-Center. Die netten Damen und Herren dort klärten alle Anrufer über den Aprilscherz auf, aber da sie ja schon mal angerufen hätten, knüpften sie ein Beratungsgespräch an, ob sie sich denn schon mal Gedanken über eine krisensichere, zukunftsträchtige Geldanlage gemacht hätten. Die Banken würden derzeit nicht mal ein Prozent Zinsen zahlen, bei Peter Hollands Windprojekt gäbe es fette acht Prozent. Ich will nicht wissen, wie viel Geld er mit der Aktion am ersten April akquiriert hat.«

»Cleverer Bursche. Aber wegen so einem Streich bringt man keinen um«, sagte Fielding.

»Wo liegt denn Ihrer Meinung die Grenze zum legalen Mord?«, fragte Tina Brinkts zurück.

»War nicht so gemeint.«

»Schon klar.

»Dass ich jemanden umbringe, nur weil er mir übers Telefon eine Investition aufschwatzt, die vielleicht sogar profitabler als ein Bankgeschäft ist, wird unwahrscheinlich sein.«

Tina nickte zustimmend.

»Es muss ein anderes Motiv geben«, sagte Fielding.

»Aber was ist, wenn die Verzinsung nicht so eintritt wie von Holland zugesichert, wenn plötzlich das halbe Prozent bei der Bank die bessere, weil sichere Anlage gewesen wäre?«, fragte Tina.

Fielding wog den Kopf hin und her. »Die Verzinsung ist nicht schlecht, neulich las ich von einem Anbieter regenerativer Energien, der in seinen Prospekten acht Prozent in den Vorjahren und siebeneinhalb in den kommenden Jahren als Rendite auswies.«

»Die Krisen spielten Holland in die Hände. Zuerst die Euro-Krise. Abwechselnd kommen schlimme Finanznachrichten aus den angeschlagenen Ländern wie Italien oder Griechenland. Das winzig kleine und dann noch mal geteilte Zypern wird völlig übersehen.«

»Kleinvieh macht auch Mist«, warf Fielding ein.

»Genau. Zypern sendet seismische Schockwellen in die Börsen und in die Privathaushalte der Sparer.«

»Jetzt sieht ganz Europa, dass Sparguthaben wie Akkus der überschuldeten Regierungen wirken können«, sagte Fielding, »vielleicht versteht das die Politik als Energiewende.«

»Die geschröpften Sparguthaben sind jedenfalls Signale für andere Länder, genauso zu verfahren. Als dann auch noch Nordkorea mit Raketen droht –«

»... die Fehlalarme mit fatalen Kettenreaktionen auslösen können«, unterbrach Fielding.

»... werden die Bürger verunsichert und über Monate weichgeklopft. Das Geld auf der Bank verfällt, investiere! So tropft es unaufhörlich auf die Köpfe, bis sie bei Peter Holland kaufen.«

»Was hat er ihnen denn angedreht?«

»Ich weiß nicht, was Holland konkret in den letzten Wochen verkaufen wollte, aber das werden wir herausfinden. Statt der Windkraftanlage könnte er auch Genussrechte angeboten haben. Die bergen allerdings Risiken. Auch wenn Holland mit hohen Renditeaussichten geworben haben sollte, weil er die bereits in den letzten beiden Jahren voll ausgezahlt haben könnte, so besteht keine Garantie dafür. Außerdem ist diese Anlageform nicht durch den Einlagensicherungsfonds des Bundes abgedeckt. In den Prospekten müssen wegen der Prospekthaftung die Risiken aufgeführt werden«, erklärte Tina.

»Ich weiß«, sagte Fielding. »Zuerst locken sie auf den Hochglanzseiten mit glücklichen Familien, alle lachen und freuen sich über den gelungenen Coup, doch noch Anteils- oder Genussscheine abbekommen zu haben. Selbst kleine Kinder lachen werbewirksam mit den Eltern um die Wette, obwohl sie nicht wissen dürften, um was es geht. Dann, auf den Schlussseiten, die kaum noch gelesen werden, und zusätzlich so klein wie möglich gedruckt, ein Weltuntergangsszenario, dass durch politische oder ökologische Risiken ein Totalverlust nicht ausgeschlossen werden kann.«

»Ja, und dann stellen Sie sich den vor, der sein Leben lang gearbeitet und seine Ersparnisse in den Holland-Fonds gesteckt hat. Die früheren Jahre hat Holland brav die acht Prozent ausgezahlt und dann ging plötzlich gar nichts mehr, Verschrottung der Anlage oder Rücknahme der Errichtungspläne, da eine Behörde nicht mitspielte. Oder er hat ein gigantisches Schneeballsystem unterhalten, die hohe Verzinsung mit neuen Einlagen finanziert. Das geht so lange gut, bis alle plötzlich Geld sehen wollen.«

»Eine Sache fällt mir noch ein. Das Industriegebiet am Erfurter Kreuz ist extrem gewachsen, fast monatlich wurden dort fußballfeldgroße Hallen hochgezogen, das Areal musste immer wieder erweitert werden, was die anliegenden Ackerbesitzer freuen dürfte. Der Schwerpunkt liegt übrigens im Solaranlagenbau«, sagte Fielding.

»Sie haben sich gut informiert«, sagte Tina anerkennend.

»Ich muss doch wissen, wohin ich reise. Übrigens war ich früher mal hier in der Region. Ich habe ein paar Jahre in Erfurt gearbeitet. An die Hallen am Kreuz kann ich mich gar nicht erinnern. Das waren damals alles Äcker und Wiesen.«

»Jetzt rückten die Hallen dem Windparkvorhaben von Peter Holland immer näher auf die Pelle«, sagte Tina.

Fielding war ein wenig von ihr enttäuscht, hatte gehofft, sie würde nach seiner Erfurter Zeit fragen, Interesse an seiner

Biografie zeigen, aber Tina Brinkts war voll im Thema und kaum zu bremsen.

»Er wollte nämlich auch in der Nähe vom Erfurter Kreuz einen Windpark errichten«, fuhr sie fort, »nachdem er mit einem anderen Standort gescheitert war. Es wurde eine Bürgerinitiative gegründet, die sich wehrte, weil die Anlage zu dicht an Wohnhäuser gebaut werden sollte. Holland trat sogar mal dort auf, brauste mit seinem schwarzen Sportwagen vor und sprang so dynamisch aus den Tiefen des Schalensitzes, als hätte er es eigens für den Vor-Ort-Termin geübt. Er hielt sich gar nicht groß mit Vorgeplänkel auf, obwohl er bei anderen Gelegenheiten den Leuten schon Honig ums Maul schmieren konnte. Er meinte, bei der Aufstellung von Windenergieanlagen seien in deutscher Gründlichkeit immer neue Vorschriften sowie umfassende Gutachten zum Schutz von Anwohnern zu beachten, etwa die technische Anleitung zum Schutz vor Lärm. Sein Unternehmen verwende deshalb nur neueste Produkte, die Spitzenreiter bei allen Emissionsmessungen wären. Immissionsmessungen, rief einer mal dazwischen, ist ja auch schnell zu verwechseln, aber Holland war aus dem Konzept gebracht und brauchte eine Weile, um sich mental zu erholen. Auch für eine Optimierung des Schattenwurfs hätten sie die Rotorblattformen verbessert, mit neuesten Dämmschäumen und niedrigeren Rotordrehzahlen die Wettbewerber abgehängt. Außerdem würden die vorhandenen Umgebungsgeräusche wie Wind, Waldrauschen und vor allem die von der stark befahrenen A4 die Geräusche seiner Windenergieanlagen überlagern. Angeblich sollte man sie kaum noch wahrnehmen können.«

»Sie kennen sich ja gut aus«, sagte Fielding bewundernd.

»Ich wurde von meinem Chef öfters zu den Sitzungen geschickt. Das war wie Abendschule. Die Bürgerinitiative hatte sich vorher aber auch schlau gemacht und von der Technischen

Universität Ilmenau einen Ingenieur eingeladen, der einen Kurzvortrag über Schall mit sehr niedrigen Frequenzen, sogenannter Infraschall, hielt.«

»Moment, nicht so schnell. Infraschall. Was soll das sein?«

»Ein Kleinkind hört die Frequenz zwischen zwanzig und zwanzigtausend Hertz, wir Erwachsenen haben ein deutlich verringertes Spektrum. Im Alter verlieren wir zuerst für hohe Frequenzen das Gehör, überhören das helle Klingeln zum Beispiel. Infraschall ist der Bereich, der von uns nicht wahrgenommen wird. Elefanten unterhalten sich über große Entfernung im Sechzehn-Hertz-Bereich. Für uns nicht hörbar. Umfassende Untersuchungen des Bundesgesundheitsamtes haben angeblich gezeigt, dass Infraschall, wie er beispielsweise von Windturbinen oder Klimaanlagen ausgeht, für den menschlichen Organismus keinerlei negative Auswirkungen hätte. Damit war für Holland das Thema erledigt, auch wenn immer wieder über andere Experimente berichtet wurde, die bei tiefen Frequenzen zu Übelkeit bei Menschen geführt haben.«

»Und das hatte Holland nicht gejuckt. Die herrschende Meinung, wie die Juristen sagen, bestätigte ihn«, fasste Fielding seine Vermutung zusammen.

»Genau. Holland war abgebrüht, er hat bei den Ausführungen gelächelt, genickt und zum Schluss, als alle dachten, jetzt haben wir ihn, sagte er, er kenne diese Befürchtungen, die ihm oft vorgetragen würden. Der Kollege Herr Wissenschaftler reise wie auf Tournee durch die Lande und halte die Mär vom Infraschall aufrecht.«

»Ist es nicht häufig so, dass man in der Auseinandersetzung gerne ein Gutachten mit einem Gegengutachten erschlägt?«, fragte Fielding eher rhetorisch.

»Aus Naturschutz- und landesplanerischer Sicht gab es keine Bedenken gegen den geplanten Windpark am Erfurter Kreuz, denn das große Industriegebiet hat bereits riesige Flächen belegt, die ICE-Neubautrasse verläuft hier und die A4 wird von der A71 gequert. Der Rest schien für Peter Holland ein Kinderspiel gewesen zu sein.«

»Angesichts der Zersiedelung der Landschaft war dann eine Gefahr für das touristische Image nicht gegeben, oder?«, fragte Fielding.

»Holland hatte mit dem Argument Tourismus wenige Angriffe auszuhalten. Obwohl Windkraftanlagen nicht unerheblich in das Landschaftsbild eingreifen, haben wir in Thüringen noch ein positives Image bei Windkraftanlagen. Der Ilm-Kreis hatte eine Kampagne für den aktiven Klima- und Umweltschutz gestartet.«

»Sicher waren Sie bei der Präsentation der Kampagne durch den Landrat zugegen«, sagte Fielding in leicht gestelztem und spöttelndem Ton, der Tinas Vortrag unterbrechen sollte, denn inzwischen waren sie am Marktplatz angekommen. Fielding ging geradewegs auf das Bachdenkmal zu. Er hatte den jungen Bach, der sich wie ein Schnösel da hinrekelte, bislang nur auf Bildern gesehen. Er fand es mutig, einem Genius der Musik ein Denkmal zu widmen, das gerade die Sturm- und Drangzeit des Künstlers einfing, die Ecken und Kanten, die er in Arnstadt gezeigt hatte, und ausgerechnet die Konflikte in Bronze konservierte, mit denen er als spätpubertierender Organist den Arnstädtern in Erinnerung blieb.

»Sind die Arnstädter ein nachtragendes Völkchen?«, fragte Fielding und zeigte auf den lässig angelehnten Bach.

»Ach, über die Konflikte wird gerne bei Führungen erzählt«, sagte Tina. »Bach war bestimmt ein Hochbegabter, der nicht wusste, wie er sein Talent am besten einsetzte. Dann kommt es zu Übersprungshandlungen. Heute ist die Stadt stolz auf den großen Sohn. Ich denke, man wollte ihn mit dem Denkmal auch ein wenig erden, er war ein Mensch wie du und ich.«

Sie umrundeten das Denkmal mit dem Johann Sebastian Bach, der sich nicht nur lässig dahinfläzte, auch die übergroßen, nicht im Originalmaßstab dargestellten Gliedmaßen ließen eher auf eine Karikatur schließen.

»Noch mal zur Windkraft. Sie müssen bedenken, dass wir gerade hier am Erfurter Kreuz viele Unternehmen haben, die mit regenerativer Energie ihr Geld machen und Hunderte Arbeitsplätze geschaffen haben. Jeder, der sein Geld mit Solar- oder Windenenergie verdient, wird der Technik positiv gegenüberstehen. Es ist so wie bei Bürgerkraftwerken. Wer dort Mitglied ist und mit der neuen Technik Geld verdient, ist ein glühender Verfechter der Solardächer oder der Windparks. Holland war nicht ohne Grund in der Region aktiv, weil hier weniger Gegenwind zu befürchten ist als in anderen Gebieten«, sagte Tina.

»Die positive Stimmung müsste aber doch einen Dämpfer abbekommen haben. Viele Solarfirmen schwächeln oder gehen sogar pleite«, sagte Fielding.

»Ja, unsere Region hat es jetzt auch erwischt. Das sind Prozesse, die ich nicht überblicke«, sagte Tina.

»Das hat so was Nomadenhaftes. Die satten Förderwiesen werden abgegrast und dann ziehen die Unternehmen weiter, sobald es Probleme mit dem Absatz gibt. Aber sich selbst um neue Absatzmärkte kümmern? Fehlanzeige.«

»Tja, sie gehen den Weg des leichtesten Widerstands. Wer macht das nicht?«, gab Tina zu bedenken.

»Mir fällt gerade ein, dass es doch um die Wartburg in Eisenach Querelen gab. War dort nicht der UNESCO-Kulturerbe-Status in Gefahr?«

»Oh, Herr Fielding, gut informiert, ich will ja nicht immer so angeben und sagen, dass ich auch bei der Pressekonferenz auf der Wartburg war, aber der Burghauptmann hatte geladen –«

»… und Ihr Chef hatte Sie nach Eisenach geschickt.«

»Hey, woher wissen Sie das?«, sagte Tina lachend. »Das ist eben der Job bei einer kleinen Zeitung, die aktuell sein will wie die großen, man muss überall sein und das mit einem Mini-Mitarbeiterstab. Der Burghauptmann erinnerte an die unverstellte Sicht von der Burg in die waldreiche Umgebung. Wenn die verloren geht, weil ein Investor auf dem Milmesberg in der Nähe der Wartburg eine Windkraftanlage plant, sei auch der Kulturerbetitel weg.«

»Wenn das addiert wird, was mit der Planung, den Genehmigungsverfahren und Rechtsstreitigkeiten für so eine Anlage aufgewendet werden muss – da werden Millionen verbraten, bevor überhaupt das Fundament der Anlage errichtet ist.«

»Es sind aber auch Milliarden Euro in den Sparstrümpfen der Leute, die nur darauf warten, sinnvoll investiert zu werden. Ich finde es jedenfalls sinnvoller, in moderne Technologien zu investieren, als einige Brillanten im Tresor schlummern zu lassen. Peter Holland war in der Einwerbung von Geldern sicher ein gewiefter Vertriebsprofi. Mit seinem genialen April-Werbescherz kamen einige Millionen dazu, aber über einen großen Nachteil ist er dann doch gestolpert: Die Leute haben ganz genau hingesehen, wo er jetzt seine Spargelstangen hinstellen wollte. Die Schlossleite war es nicht, aber das Thüringer Becken blieb es. Dann die technischen Details.«

»Die kennen Sie auch? Sie haben doch früher in der Branche gearbeitet?«, fragte Fielding anerkennend.

»Wie gesagt, es hatten sich schnell Bürgerinitiativen gegründet, ich musste fast auf jede Sitzung, auf jede Demo und dann berichten. Wenn man so viele unterschiedliche Stimmen zu einem Großprojekt hört, glaubt man irgendwann, mitreden zu können. Mein Chef hatte weniger Geduld als ich und bald die Nase voll. Also schickte er mich immer hin. Das Thema haben sich die Leute wund gelesen, meinte er, aber wenn wir mal nicht berichtet haben, kamen gerade die Anfragen, warum haben wir nicht, da war doch was.«

»Also, die Technikdetails«, ermunterte Fielding die Journalistin.

»Zuerst die Sorten, ich denke, bei dem Wetter nehmen wir Eis und ich zeige Ihnen die Altstadt.«

»Joghurt und Schoko und Sie? Ich lade Sie ein.«

»Eigentlich müsste ich Sie bestechen«, sagte Tina Brinkts.

Als beide ihr Hörnchen in der Hand hatten, stieß Fielding sachte gegen Tinas Eis. »Ich heiße übrigens Johannes.«

»Und ich Tina. Eine Regel heißt aber eigentlich, Abstand wahren.«

»Doch nicht bei euch Journalisten. Wenn ich da an die Duzmaschinen im Fernsehen beim Fußball denke. Die sind doch mit allen per du«, sagte Fielding.

Tina nickte, während sie am Eis leckte. »Die Details sind: Nabenhöhe über hundert Meter und zwei Komma fünf Megawatt Leistung pro Anlage.«

»Das ist viel und hoch.«

»Na, auch ein wenig Ahnung von den Teilen?«

»Nur ein wenig. Ich kenne den Betreiber des Windparks bei Waltersleben. In meiner Zeit hier war er ein Tennispartner von mir. In den Sommermonaten haben wir so manchen Abend auf dem Tennisplatz verbracht. Als Elektriker hat er sich früh mit regenerativer Energie beschäftigt und als einer der Ersten Solarmodule aufs Elternhaus geschraubt. Dann ist er aus dem Elektrobetrieb ausgeschieden und wurde Geschäftsführer des Windparks. Ich werde ihn wohl mal besuchen.«

Eine Weile gingen sie schweigend über das holprige Pflaster und aßen ihr Eis. Tina fragte wieder nicht nach seiner Erfurter Zeit. Andererseits steckte er gerade mitten in einem anderen Krimi, es ging um einen anderen Toten und es schien ihm jetzt zu kompliziert, Tina von seiner Arbeit im Ministerium zu erzählen und dabei immer die mysteriösen Morde an seinem

Chef und später an einem seiner Kollegen auszulassen. Denn schließlich hing sein Weggang aus Erfurt auch mit diesen Morden zusammen. Das konnte er ihr irgendwann in Ruhe erzählen, aber nicht jetzt.

»Bei der Bürgerinitiative waren wir stehen geblieben«, erinnerte Fielding.

»Richtig, es gab einige, denen passte das Vorhaben von Holland nicht, die Betreiber der Veste Wachsenburg störte, dass der Blick auf den Kegelberg beeinträchtigt wäre, man würde nur auf die Rotorblätter sehen und nicht mehr die schöne Burg im Hintergrund wahrnehmen. Holland hat dann eine Computersimulation erstellt.«

»Und alles entkräftet.«

»Nein, im Gegenteil, das sah schon etwas monströs aus, war auch nicht nur meine Meinung«, sagte Tina.

»Gab es noch andere Gegner? Wie haben sich die Naturschützer verhalten?«

»Das war auf beiden Seiten ein Lernprozess. Am Anfang, als die ersten Windparks errichtet wurden, hatte man dramatische Auswirkungen auf Vögel und andere Tiere prognostiziert. Erschlagene Vögel wurden dann auch registriert, wobei sich die Betreiber herausredeten, Tierschützer hätten die Kadaver unter den Anlagen abgelegt.«

»Das sind doch sich relativ träge drehende Rotoren«, sagte Fielding, »und keine offen liegenden Häcksler.«

»Mit eindeutigen Aussagen bin ich vorsichtig, wir von der Presse müssen beide Seiten beleuchten. Wenn ich sehe, was auf Straßen so alles platt gefahren wird, von Windschutzscheibe oder Kühlergrill im Flug erfasst oder an Hochspannungsleitungen verendet, dann liegt das Gefahrenpotential von Autos und Stromleitungen weit vor dem von Windenergieanlagen. Bei Wildtieren tritt, wie Jäger angeblich bestätigt hätten, meist nach kürzester

Zeit ein Gewöhnungseffekt ein. Für Nutztiere wie Pferde oder Kühe müsste dann das gleiche gelten. Neugierige Besucher verscheuchen mehr Wild als die Windenergieanlage selbst. Auch Pilzsucher oder Mountainbiker würden mehr Wild vertreiben als diese Giganten auf den Wiesen.«

»Wenn Geschäftspartner auch von dem Vorhaben profitierten, würden sie mangels Motiv ausscheiden. Es sei denn, Holland hätte sie übervorteilt.«

»Es gibt die Grundbesitzer, denen die Äcker gehören. Holland hat sie zu einem frühen Zeitpunkt eingefangen und über notarielle Vorverträge gebunden. Falls die Genehmigungsbehörden den Windpark versagt hätten, kam er aus den Pachtverträgen wieder raus, die Verpächter hatten aber kein besonderes Kündigungsrecht. Es waren also recht einseitige, in dem Geschäft aber übliche Verträge, wie ein Anwalt der Bürgerinitiative einräumen musste.«

»Soviel ich weiß, sind die Verträge für die Verpächter nicht schlecht, die Windkraftbetreiber zahlen doch mehr als die Bauern oder die Agrargenossenschaften?«

»Ja, das schon, aber wie eben schon gesagt, das Gewerbegebiet am Erfurter Kreuz ist das am schnellsten wachsende in Thüringen, ständig wird das Areal erweitert und wird wieder zu klein, so rückte es auf die Fläche vor, die der Windkraft vorbehalten war. Die Grundstückseigentümer erkannten, dass sie sich mit dem Landverkauf als Gewerbeflächen eine goldene Nase hätten verdienen können. Stattdessen waren sie an die Pachtverträge gebunden.«

»Vielleicht ein Motiv. Ein Mord für ein paar Millionen. Das kommt mir bekannt vor«, sagte Fielding. »Aber der Mörder musste doch davon ausgehen, dass gleich der nächste Glücksritter gekommen wäre, nachdem er Holland beseitigt hatte. Der hätte dann die Planung für den Windpark umgesetzt, das läuft doch ab wie ein ausgeschlagener Zahn in einem Haifischgebiss.«

»Ach ja? Und wie läuft das denn ab in einem Haifischgebiss?«

»Der Hai hat ein Revolvergebiss«, dozierte Fielding. »Hinter jedem vorderen Zahn stehen mehrere Folgezähne. Fällt bei einem Beutebiss ein Zahn aus, rückt der Nächste nach ein paar Tagen nach. Wird also Holland ausgeschaltet, steht der nächste Investor bereit, um das lukrative Geschäft zu machen.«

»Ich weiß nicht, ob man das so sagen kann. Holland trat immer allein auf, ein zweiter Mann blieb, wenn es ihn denn gab, unsichtbar. Für mich – und den Eindruck mussten auch andere haben – stand und fiel das Projekt mit Peter Holland«, sagte Tina. »Aber noch wissen wir gar nicht, ob es Mord war. Er könnte sich auch umgebracht haben, wenn zum Beispiel seine Finanzierung wie ein Kartenhaus zusammengebrochen wäre. Platzt der Windpark, hätte er Millionen zurückzahlen müssen, Geld, was er vielleicht nicht mehr hatte? Er lebte auf großem Fuß, hieß es. So einen Gesichtsverlust kann man nur schwer verdauen. Gerade einem Angebertypen fallen die Sympathien nicht zu, das wusste Holland. Aber Vorsicht, das ist alles pure Spekulation.«

Sie gingen auf dem buckligen Pflaster an alten Fachwerkhäusern hoch zum Neutor, und dann nach links an der alten Stadtmauer entlang mit Blick auf einige extravagante Villen entlang der Marlittstraße.

»Ein Selbstmord ist unwahrscheinlich. Denk an die Puppe als Warnung. Da hat ihm jemand einen Schuss vor den Bug gesetzt und als der Warnschuss nicht zum Erfolg geführt hat, wurde er niedergeschlagen, aufgehängt und alles als Selbstmord getarnt«, sagte Tina, als sie nach dem großen Bogen am späten Nachmittag wieder beim Parkplatz am Alten Friedhof ankamen.

»Jetzt haben wir die ganze Zeit über mögliche Täter aus der Wirtschaft spekuliert. Dabei stammen die meisten Täter aus dem persönlichen Umfeld und sind mit dem Opfer verwandt«, gab Fielding zu bedenken.

»Richtig. Oder verheiratet. Aber da muss ich passen. Seinen privaten Umgang habe ich nicht kennengelernt. Überhaupt war der private Peter Holland in den Medien ausgespart. Es gab keine Bilder mit seiner Frau, seinen Kindern oder gar irgendwelche Homestorys«, sagte Tina. »Deshalb sieht man Ermittler oft auf Friedhöfen bei Beerdigungen, um die Trauergäste unter die Lupe zu nehmen.«

Fielding fischte die Autoschlüssel aus seiner Jacke und öffnete die Wagentür. »Vielen Dank für den schönen Nachmittag«, sagte er, während er überlegte, wie er den Abschied von Tina noch etwas hinauszögern könnte. »Hast du noch Zeit, um mit mir essen zu gehen?«

»Gerne können wir mal essen gehen. Ich danke auch fürs Detektivspiel, aber ich bin hier nicht im Urlaub. Ich muss noch in die Redaktion, werde fürs Schreiben bezahlt, nicht nur für Interviews.« Sie lachte. Sie gaben sich die Hand. Fielding stieg in seinen Golf, Tina ging in die nahegelegene Redaktion. Er winkte ihr zu und beim Abbiegen auf die Erfurter Straße sah er, dass sie sich noch einmal umgedreht hatte und ihm hinterhersah. Das war doch schon mal ein guter Anfang, fand Fielding, bis auf ihre Bemerkung, sie sei hier nicht im Urlaub. Er auch nicht. Ob auf der Wachsenburg der G8-Gipfel stattfinden könnte, war noch offen, und mit der Prüfung stand er erst am Anfang. Für heute war genug passiert. Fielding dachte mit Grausen an die nächsten Treffen mit Landrat, Bürgermeister und irgendwelchen Kabinettsmitgliedern.

Die erste Nacht auf der Veste Wachsenburg war ein Genuss. Aber für den Mega-Tross der Staats- und Regierungschefs, den riesigen, bei jedem neuen Gipfel immer größer werdenden Mitarbeiterstab und die ebenfalls stetig zunehmende Zahl der Berichterstatter war das hier alles zu kleinteilig, fürchtete Fielding. Das aber konnte er unmöglich den Lokalfürsten an den Kopf werfen. Er musste diesen ersten Eindruck so gut und schmuckvoll verpacken, dass sie erst einmal andächtig das Gipfelgeschenk wie ein goldenes Kalb umkreisten. Ausgepackt würde es erst ganz zum Schluss.

Der Freitagmorgen entwickelte sich weiterhin geschmackvoll: an einem reich gedeckten Frühstückstisch inmitten eines ritterlichen, schlossähnlichen Ambientes. Entspannt blätterte er durch die Zeitung. Zurück in sein Zimmer kam Fielding durch Flure mit Nischen, in denen Ritter ohne Füllung standen, die aber glänzten wie frische Konservendosen, an denen man die papierene Banderole abgezogen hatte. Da draußen im äußeren Burghof stand ein verzinkter, einbrennlackierter und trotzdem rostender fünfzehnjähriger Golf, der zwei- oder dreihundert Jahre jünger war als diese puren Eisenrüstungen, die im Laufe der Jahrhunderte schon feuchte, ungeheizte Schloss- und Burgflure gesehen haben mussten. Warum die ohne Korrosionsschutz dennoch intakt waren, das blieb Fielding genauso schleierhaft wie die Berichte über die alten Ägypter, die vor ein paar Tausend Jahren schon Operationen am Menschen durchgeführt hatten.

Wenig später stieg Fielding in seinen Wagen und brach zu einem Abstecher nach Erfurt auf, hielt in der Werner-Seelenbinder-Straße, das Rote Kloster im Rücken, und sah auf den Neubau des Regierungsviertels. Hier waren die Kollegen also hingezogen. Nett, die luftig-leicht wirkende Architektur der Ministerien, viel Glas und bernsteinfarben lasierte Lärche war verbaut, in gehobener Wohnlage im Erfurter Süden, kein Vergleich zur lauten Innenstadt, damals auf dem Areal der alten Malzfabrik am Ende des Juri-Gagarin-Rings, Anfang Johannesstraße. Kurz nach der Wende war er das erste Mal in Erfurt gewesen, schwach erinnerte er sich noch an das blassgrüne Gebäudeungetüm der Malzfabrik. Beim nächsten Besuch war alles planiert und binnen

Wochen wurde ein Billigbürohaus hochgezogen, Styroporkörper, ausgegossen mit Beton, Papptüren zweigten von schmalen Fluren ab, eine Kollegin wollte mit dem Knie die Tür aufdrücken, die der Durchzug packte und zuschlagen wollte, ihre Arme beladen mit Akten und folglich eingeschränkt im Multitasking. Ihr Knie durchbrach das Türblatt. Im Treppenhaus knirschten die Fliesen. Risse durchzogen den weißen Putz in den Fluren. Er dachte an die damalige Dynamik, das Improvisieren, bis Gesetze, Verordnungen und Erlasse durchgepeitscht waren, alles schien in Bewegung, das Gebäude auch. Kunst am Bau, von Volkmar Kühn im Eingangsbereich, schien kostbarer als der gesamte Bürokomplex.

Fielding rang nicht wirklich mit sich, ging nicht hinein in sein ehemaliges Ministerium, wollte sich nicht an Namen fast vergessener Mitarbeiter erinnern, deren Bild er noch gespeichert hatte und die ihm über den Weg laufen würden, wollte nicht eindringen in eine Geschäftigkeit, die ihm nichts mehr bedeutete. Er dachte an damals, als er den mysteriösen Todesfall seines Chef aufklärte und dabei einigen derart auf die Füße getreten war, dass man ihm nahelegte, die zukünftige Lebensaufgabe außerhalb des Ministeriums zu suchen. Diese ganze verlogene Kritik des Staatssekretärs perlte damals an ihm ab wie Öl, doch danach, als er sich als frisch zugelassener Rechtsanwalt mit Wohnzimmerkanzlei wieder bei den Eltern einmietete, bestand seine Hauptbeschäftigung darin, eine Bewerbung nach der anderen zu schreiben. Irgendwann schwappten sie allesamt mit beigefügten Absagebriefen wie eine Flutwelle zurück und seine ölige Imprägnierung löste sich auf wie Wachs im Ofen. Selbstzweifel krochen wie Zecken an ihm hoch, winzig, still, nicht zu spüren, aber plötzlich riesig groß, vollgesogen mit dem bitteren Saft der Enttäuschung über die Absagen. Nein, das Gebäude mochte er nicht mehr betreten. Stattdessen drehte er sich um.

Den Komplex des Roten Klosters dominierte ein weißer Plattenbau, Wind und Wetter schmirgelten die Fassade grau, hobelten die weiße Tünche runter wie die Geschichte des Gebäudes, kaum einer kannte noch die ursprüngliche Aufgabe, nur der Widerspruch in der Bezeichnung forderte zum Nachdenken. Rot stand für das farbliche Etikett von Kommunismus bis Sozialismus und Kloster für eine Weltabgeschiedenheit, für klösterliches Eremitenleben mit dem kleinen Webfehler, dass die Mönche hier sich nicht einem Schweigegelübde unterwarfen, sondern ihre Ideen einer idealistischen sozialistisch-kommunistischen Gesellschaftsordnung in der DDR umsetzen wollten. Früher also Bezirksparteischule, Kaderschmiede der SED, eine Zeit lang Audimax der Fachhochschule, heute Wohnheim, Investorenprojekt und Location für den jungen zeitgenössischen Film, Drehs, bei denen unverfälschte DDR-Atmosphäre gefragt war und das Low Budget durch Verzicht auf teure Kulisse geschont wurde. Fielding hatte genug gesehen und wollte nach Arnstadt zurückfahren. Warum der Ausflug? Fielding wusste es selbst nicht, vielleicht, um innerlich abzuschließen mit dem »damals«, mit Kollegen, die sich nicht einmal bei ihm gemeldet hatten.

Dann fiel ihm sein ehemaliger Tennispartner ein, Christian Stephan, jetzt Geschäftsführer des Windparks in Waltersleben. Er wohnte in Erfurt-Süd, nicht weit vom Ministerium entfernt. Fielding parkte seinen Golf an der Thüringenhalle oberhalb des Steigerwaldstadions und ging an der denkmalgeschützten Tankstelle gegenüber dem Landtag Richtung Hopfenberg. Früher war er immer an der Tankstelle vorbei runter in die Stadt gefahren, wobei er den sogenannten Kaffeetrichter passiert hatte. Die Tankstelle mit dem großen ovalen Dach und dem verloren wirkenden Glashaus darunter für Kasse und Zubehör hatte ihn nach Feierabend in der Novemberbeleuchtung immer an »Nighthawks« erinnert, das kalte, einsame Bild von Edward Hopper, im Ohr ein depressiv-düsteres Trompetensolo von Miles Davis. Hier irgendwo musste Christian wohnen. Sie hatten sich oft am Abend zu einem Tennismatch in der Arndtstraße getroffen, nur wenige Schritte vom Ministerium entfernt. Das Elternhaus von Christian war auch ganz in der Nähe, manchmal zogen sie sich nach dem Spiel auf ein Bier auf die elterliche Terrasse zurück.

Wenn er nicht umgezogen war, müsste er hier wohnen. Tatsächlich, sein uriger Elektrowagen stand vor der Tür, langgestreckt wie eine Zigarre, erinnernd an die Messerschmitt-Kabinenroller, vorne ein Rad, hinten zwei, flach, weißer Kunststoff, Glasfaser vermutlich. Ein orangefarbenes Stromkabel hing dem Wagen aus einer Seitenklappe, das ins Haus führte. Autos sind an der Leine zu führen. Fielding klingelte. Es dauerte eine Weile, dann öffnete Christian die Tür, zuckte ein wenig zurück und schien eine Millisekunde überlegen zu müssen.

»Johannes Fielding! Stimmt's?«, rief er und winkte den Gast herein. »Was für eine Überraschung – und Glück gehabt, wollte gerade losfahren und nach der Anlage sehen. Kaffee, Tee?«

»Kaffee wäre toll«, sagte Fielding und freute sich über den herzlichen Empfang. Er war noch nie im Haus gewesen, damals waren sie immer über den Garten auf die Terrasse gelangt. Jetzt, im Hausflur, wusste er nicht, wohin er zuerst sehen wollte, überall standen Ausstellungsvitrinen mit alten Radios in allen Ausführungen, zumeist aber große Gehäuse aus lackiertem Sperrholz oder mit Bierlack überzogen, Skalen und große Rädchen rechts und links zur Sendereinstellung. Mit hellem Stoff bespannte Rahmen schützten Lautsprecher, schwere, unhandliche Röhrenempfänger, teils groß wie Kommoden, auch Fernseher, schwere Monolithen auf Beistelltischen, stille Zeugen alter Ingenieurskunst.

Sie waren die Treppe nach oben in den ersten Stock gegangen. Glich das Haus von außen einem frisch renovierten Siedlungshaus aus den fünfziger Jahren, so war der Retro-Look im Inneren verloren gegangen und hatte sich in ein modernes Appartement mit viel Glas und Holz verwandelt.

Der Hausherr führte ihn ins Wohnzimmer. Auch hier ein ähnliches Bild, auf dem Sideboard alte Exponate von Radios und Fernsehgeräten, dazu Bakelit-Telefone mit Wählscheibe, Grammophone, Schreibmaschinen. Christian hatte sich überhaupt nicht verändert, vielleicht hätte ihn das Leben im Ministerium schneller altern lassen, hier jedoch, als freier Geschäftsführer, nur der Gesellschafterversammlung und vor allem dem Wind unterworfen, konservierten ihn offensichtlich entspannende, windreiche Tage wie Stockfisch an der Wäscheleine. Er sah, wie Fielding interessiert eine alte Reiseschreibmaschine ansah.

»Wie würdest du Kindern eine Schreibmaschine beschreiben, bei der jeder Buchstabe über ein kompliziertes Hebelsystem an einem langen Gestänge gedrückt werden muss, anschließend auf eine Walze schlägt, vor die ein mit Farbe getränktes Band gespannt ist, und der Aufschlag des Buchstabens sich durchdrückt bis auf das Blatt Papier. Für Kinder dann die nächste Überraschung: War der kleine metallene Buchstabe am Ende des komplizierten Gestänges noch spiegelverkehrt, ist er auf dem Papier nun richtig und lesbar. Das ist in der theoretischen Beschreibung so abstrakt, dass es sicher einfacher ist, dies am alten Gerät zu demonstrieren. Oder erinnerst du dich noch an das Rattern einer Telefonwählscheibe? Oder wusstest du, dass das Drehen der Wählscheibe auch durch das Drücken der Gabel ersetzt werden kann? Wenn du die Nummern vier, fünf, sechs und sieben anwählen wolltest, konntest du diese Zahlen wie üblich andrehen, du hättest aber auch, was kaum einer wusste, einfach viermal, dann fünf-, sechs- und siebenmal auf die Gabel drücken brauchen und wärst verbunden gewesen. Das alles kann ich mit den alten Geräten noch nachvollziehen. Aber was sage ich, es gibt kein Zurück, immer nur ein Vorwärts.«

Christian ging an den Vitrinen weiter und hatte mit Sicherheit zu jedem der Geräte eine Geschichte parat, eine über die Innereien, die verbauten Kondensatoren, Röhren und Schaltungen, eine über den Gebrauch und eine weitere über die bewegte Geschichte des jeweiligen Geräts, ob er es aus Familienbesitz, vom Flohmarkt oder aus einem Nachlass erhalten hatte. »Halt!«, rief er und blieb stehen, »der gute alte Plattenspieler kommt wieder, nicht dieses Grammophon, das hatte wirklich keine Klangqualität nach unseren heutigen Maßstäben, aber der moderne – und das muss ich wirklich in Anführungsstriche setzen – der moderne Plattenspieler mit Diamantnadel hatte eine ganz andere Klangdynamik als eine CD. Musikliebhaber greifen immer öfter zur Vinylplatte, die haben schon wieder siebenstellige Verkaufszahlen. Aber ich will dich nicht langweilen, meine Frau sagt immer, ich halte zu lange Vorträge, wenn es um mein Lieblingsthema geht.« Er lachte und rieb sich das Kinn, als hätte er vorher einen Bart gehabt und könne von der Angewohnheit des Bartzupfens nicht lassen.

»Bist also verheiratet«, sagte Fielding.

»Stimmt, das hast du gar nicht mitbekommen. War halt Zeit, das größte Problem waren meine Eltern, die meinten, ich würde immer sonderlicher, hätte nur meinen Elektrokram im Kopf. Na ja, das mit Heike kam schnell, wie lange sind wir jetzt verheiratet? Fünf oder sechs –«

»Jahre?«

»Nein, Monate. Und soll ich dir was sagen: Wir sind immer noch zusammen. Sie ist Lehrerin, also bis in die Nachmittage außer Haus. So funktioniert es.«

»Klingt ja schwer verliebt«, sagte Fielding.

»Nee, ist schon in Ordnung. Und bei dir, wie sieht es aus mit einer Freundin, von wo kommst du überhaupt her, bist du nicht nach Berlin gegangen? Einige sagen sogar, als rechte Hand des Kanzlers.«

»Und die anderen sehen mich als linke Hand des Kanzlers«, warf Fielding ein. »Aber ja, stimmt, da bin ich gelandet. Und noch solo. Du bist nach wie vor froh und glücklich mit deinen Windmaschinen da draußen? Bin eben vorbeigefahren, bei der Abfahrt Erfurt-West grüßen mich immer die elf Riesen mit den langen Greiferarmen.«

»Du kannst dich auf die Couch setzen, ich gehe kurz in die Küche«, sagte Christian und war schon im Flur verschwunden. »Ich mach uns erst mal Kaffee. Stark oder schwächer?«, rief er aus der Küche.

»Medium«, rief Fielding zurück. Er setzte sich und griff nach einer der Illustrierten, die auf dem Couchtisch lagen. »Am Donnerstag bin ich nach Arnstadt gekommen, genauer gesagt hatte ich einen Termin auf der Wachsenburg. Abends gab es noch einen Zwischenfall, ein gewisser Peter Holland wurde tot aufgefunden, erhängt. Kennst du den?«, rief er gleich darauf in die Küche.

»Peter Holland? Ach Gott, natürlich, den kenne ich ganz gut. Aufgehängt, sagst du?«, Christian kam aus der Küche zurück und schüttelte den Kopf. »Ich habe die Nachrichten gestern Abend nicht gesehen und heute früh nur die Schlagzeilen in der Tageszeitung gelesen, als ich sie aus dem Briefkasten genommen und meinen Eltern vor die Tür gelegt hatte. Die Zeitung lesen wir nacheinander, vormittags meine Eltern und abends legen sie sie uns auf die Treppe. Peter Holland war das also. In der Zeitung hieß es nur, ein Unternehmer sei im Arnstädter Schlosspark tot aufgefunden worden, nichts Näheres. Das haut mich jetzt wirklich um. Er ist nicht der Typ, der sich einfach aufhängt, wenn etwas nicht klappt. Oder es war alles Show, diese Überheblichkeit. Er hatte etwas Großspuriges, wenn der irgendwo reinkam, füllte sich der Raum allein durch seine Präsenz. Er konnte polarisieren und nutzte alle Kniffe wie die Großen in der Politik. Wer nicht für seine Anlage war, war gegen ihn, und die Gegner hatten nicht mehr viel zu lachen. Der war immer auf hundertachtzig, nicht nur mit dem Porsche«, Christian lachte kurz. »Aber so dauerhaft könnte sich doch keiner verstellen, nein, das war ein vom Erfolg getriebener Mensch, der sich und den anderen keine Ruhephasen gönnte. Das war kein Typ für den Selbstmord.«

Aus der Küche röchelte und zischte es. Offenbar hatten noch Wassertropfen an der Kaffeekanne gehangen, die jetzt auf der heißen Platte unter Zischen und Fauchen verdampften.

»Es gibt aber auch andere Beispiele aus der Politik, Männer, die ähnlich agierten und endeten, denk an Möllemann. Als Bundesminister hatte er das Ziel, jeden Tag mit einer Meldung in der Zeitung zu stehen, immer in den Medien präsent zu sein. Das hat er auch geschafft, musste dann aber wegen einer Lappalie zurücktreten und kam später wie ein Stehaufmännchen wieder. Aber irgendwann, als es zu eng wurde, hat er nicht mehr gekämpft. Er muss seine endlos scheinende Energie verbraucht haben und zog bei einem Fallschirmabsprung einfach nicht mehr an der Sicherheitsleine«, sagte Fielding.

»Ja, ich erinnere mich, aber ob es Unfall oder Selbstmord war? Ich denke, es wurde nicht mehr aufgeklärt. – Moment, der Kaffee müsste durch sein.« Christian ging in die Küche. Das abgestumpfte Klirren von Porzellan war zu hören und das helle Scheppern von Besteck. Mit einem Tablett kam er wieder, stellte alles auf den Couchtisch und verteilte zwei Gedecke. »Ja, irgendwann ist die Energie erloschen«, nahm er den Faden wieder auf. »Bei vielen ist es auch so, dass sie sich für andere aufzehren und dann die Kraft weg ist, um für eigene Angelegenheiten einzustehen. Aber was philosophieren wir, das war doch nicht der Grund deines Kommens, oder wolltest du mal mit auf die Anlage steigen?«

»Das würde ich tatsächlich gerne. Aber noch eine Frage zu Holland. Kanntest du sein letztes Projekt, ein Vorhaben, an dem er arbeitete?«

Christian musste nicht lange überlegen. »Klar, wir sind schon gut untereinander vernetzt, aber die Fakten habe ich nicht von Holland, sondern von anderen erfahren. Er plante eine größere Anlage am Erfurter Kreuz, direkt neben dem Gewerbegebiet Richtung Rudisleben. Das war eine größere Anlage, aber wie es immer so ist, es kommen Abwägungen der Landschaftsverbände dazu, Einwände der Umweltverbände und –«

»Nicht so schnell, bitte«, unterbrach Fielding.

»Wenn du es so ausführlich wissen willst, bitte. Also, in den Regionalplänen werden für bestimmt Gebiete Höhenbeschränkungen festgelegt, zum Beispiel hundert Meter, was sich auf die Gesamthöhe der Windkraftanlage bezieht. Die Nabenhöhe, die dann zulässig ist, ergibt sich aus den hundert Metern abzüglich Rotorradius. Diese Tatsache steht noch vor der Finanzierung fest.«

»Soweit komme ich noch mit«, sagte Fielding, »aber was ist, wenn er Investoren gefunden hat und erst danach verringert sich die Nabenhöhe?«

»Das wäre gravierend«, sagte Christian, »darauf bauen dann auch die Windgutachten und letztlich die Finanzierung. Erst in den Höhen weht es stabiler und kräftiger, jeder Meter wirkt sich umsatzmäßig aus.« Er reichte Fielding eine Tasse und schenkte Kaffee ein.

»Wie sieht es mit Konsequenzen aus, wie reagieren dann die Geldgeber, wenn sich die Höhe reduziert?«

»Ein Fall, bei dem zuerst Kapital eingeworben wurde und dann eine Nabenhöhenreduzierung zu Mindererträgen führt, ist mir noch nicht untergekommen.«

»Es gibt immer ein erstes Mal«, überlegte Fielding laut.

»Es wäre wirklich ein kritischer Moment. Die Aussagen zur Renditeerwartung werden hinfällig, da kommen wir schnell in die Prospekthaftung. Die Informationen müssen nachgeliefert werden mit der Folge, dass dann einige aussteigen werden und die Banken das gesteigerte Risiko mit Aufschlägen auf den Kreditzins beantworten. Aber wie gesagt, ich halte das für nicht wahrscheinlich, habe ich noch nie erlebt.«

»Ist ein Ausstieg aus dem Projekt immer möglich?«

»Es gibt Planungskosten, jede Menge Vorarbeiten, bis das Genehmigungsverfahren durch ist, angefangen mit der Netzwerkverträglichkeitsprüfung des Netzbetreibers, die schon Gebühren abverlangt und dauern kann. Da werden im Vorfeld Summen fällig, bei denen einem schwindelig wird. Sollte dann das Projekt scheitern, haben viele ihr Geld zum Fenster …«, er machte eine kleine Pause und schien sich dann zu korrigieren, »können Investoren ihr eingesetztes Kapital in den Wind schreiben.«

»Das schafft keine Freunde«, sagte Fielding.

»In der Tat. Aber das ist risk capital, Risikokapital. C'est la vie. Aber trinken wir den Kaffee, bevor er kalt wird. Holland war kein Techniker, ich glaube, Jurist oder Volkswirt. Aber vor allem war Holland ein Seelenfänger, ein windiger Unternehmer, der nur die Ertragsseite, die Rendite sah. Er hatte ein Händchen für den Vertrieb und soll mit hohen Summen jongliert haben. Aber für die eigentliche Technik?«, Christian schüttelte den Kopf. »Dafür hat er sich nie interessiert. Ich bin nebenbei noch Vorsitzender eines Technik-Museums in Gotha, in Vereinsform geführt. Der war noch nie da. Letzter Stand, den ich gehört hatte, war übrigens eine Rücknahme des Projekts am Erfurter Kreuz, da sich die Investition nicht mehr trug. Aber das sind nur Gerüchte, nichts Verbindliches.«

Fielding trank von seinem Kaffee und überdachte den Satz mit dem Risikokapital. »Wäre das nicht auch ein Motiv für Mord, ich meine, wenn so ein Großprojekt platzt und er zuvor Erwartungen hochgeschraubt hatte?«

»Mord? Schweres Geschütz! Wenn sich einer aufhängt, denke ich nicht gleich an Mord.« Christian schien einen Moment nachzudenken. »Fingierter Selbstmord, meinst du? Jetzt wird ja eine ganz böse Geschichte daraus.«

»Ist nur eine Annahme, eine von mehreren Hypothesen.«

»Zurück zu deiner Frage. Wer hier Millionen hineinpumpt, der macht das nicht ohne Netz und doppelten Boden. Das ist wie beim Aktienkauf, bei dem ich nicht das Geld einsetzen darf, auf das ich angewiesen bin, sondern nur das, was in der Portokasse so herumliegt. Risikokapital setzen Unternehmen ein, die mit einem Totalverlust umgehen können und diese Verluste steuermindernd geltend machen können.«

»Wer keine Steuerabschreibungen nutzen kann?«

»Für den wird's eng, dann würde der ein oder andere die Faust in der Tasche ballen.«

Wäre also wieder ein Motiv, Mord aus Rache, dachte Fielding. *Jemand setzt seine Lebensversicherung oder einen anderen hohen Betrag ein, den er für die Altersversorgung vorgesehen hat, in die nach Hollands Worten mündelsichere Anlage – und verliert sie. Aber passt das zusammen, brave Leute mit Lebensversicherung und Bausparvertrag als Spekulanten, die bei Totalverlust aus Rache morden?*

»Hätte Holland selbst auch viel Geld verloren?«, fragte Fielding.

»Holland? Der?« Christian musste lachen. »Ich kenne Holland nicht weiter, besonders seine finanzielle Situation nicht. Es gab ja keine Selbstauskunft, aber sieh dir die Villa an, dann seinen Fuhrpark, der lebte zumindest sichtbar auf großem Fuß und egal, wie seine Projekte verliefen, ob positiv oder negativ, er machte immer einen guten Schnitt. Er zahlte sich ein Geschäftsführergehalt. Aber es gibt eine Einschränkung: Wenn ein Projekt für Investoren floppt, dann kratzt das natürlich am Renommee. Der Name Peter Holland wäre für den nächsten Windpark verbrannt – es sei denn, die Ursachen für den Baustopp liegen in unvorhersehbaren Bereichen, die weder von Holland noch von anderen seriösen Anbietern hätten erkannt werden können.«

Nachdem beide zwei Tassen Kaffee getrunken hatten, fragte Christian: »Wie wär's, kommst du mit nach Waltersleben? Eine Fahrt im E-Mobil inklusive! Ich muss nur an den zweiten Sicherungsgurt und Helm denken.«

»Sind die E-Mobile so gefährlich?«

»Die nicht, jedenfalls nicht gefährlicher als ein Auto, vielleicht sogar ungefährlicher, denn es läuft kein Benzin aus. Nein, es geht um die Windkraftanlage. Wir müssen den Turm hochklettern – und das könnte dann ohne Gurt die Herausforderung des Jahres werden. Nein, ohne Witz, das ist Pflicht und so vorgeschrieben.«

Fielding, den Blick wieder auf die Exponate im Flur gerichtet, folgte ihm nach draußen. Christian zog den Stecker und rollte das Kabel ein, verstaute es im Wagen und hob die Kanzel hoch, um einzusteigen. Genauso, wie Kampfpiloten ihren Düsenjet besteigen, so musste Fielding hinter ihm Platz nehmen. Dann zog Christian die Glaskanzel zu und gab Strom. Surrend schoss die Zigarre mit enormer Beschleunigung los, alles andere als geräuschlos, denn die Glasfaserkarosserie ächzte, rappelte und hielt alles vibrierend in Bewegung, was nicht fest verschraubt war. Auf der Teerstraße durch den Steiger wurde es ruhiger, es lag also an den derben Pflastersteinen. Waltersleben war schnell erreicht. Sie hielten an der ersten Windkraftanlage neben dem Möbelzentrum.

Unmittelbar vor der Anlage stehend wirkte der Turm gewaltig, nichts erinnerte an den spöttischen Begriff einer Spargelstange. Die tiefe Gründung mit schwerem Stahlbetonkern ließ sich nur erahnen, selbst das Podest auf der ebenerdigen Plattform mit den vier Stufen, die mit Geländer entsprechend deutscher Gründlichkeit DIN-gerecht zur Stahltür führten, war von Weitem nicht sichtbar, da sich die Füße der Windkraftanlagen irgendwo im hohen Gras verloren. Mit geübten Griffen legte Christian sich das

Geschirr für den Sicherheitsgurt um und half Fielding, es auch bei sich richtig festzuzurren. Beide setzten den Schutzhelm auf. Dann erst stieg der Windmüller die vier Stufen zur Tür hoch und schloss sie auf. Ein Quietschen und Zirpen empfing sie, laute, schrille Frequenzen. Fielding wünschte sich einen Gehörschutz und hielt sich die Ohren zu.

»Das sind die Wechselrichter«, schrie Christian, »sie sind ein wenig größer als die kleinen Hausanlagen für die Photovoltaik.« Zu dem schrillen Lärm kam die enorme Abwärme der Wechselrichterschränke. »Bitte so schnell wie möglich in die Richtung«, rief Fielding laut und zeigte nach oben. Christian klinkte einen Karabiner am Sicherheitsgurt in die Sicherungsschiene, die mittig an einer senkrecht nach oben führenden Leiter montiert war. »Oben, ein Drittel unter dem Maschinenhaus, ist eine Zwischendecke mit Luke, nicht den Kopf stoßen, sondern mit dem Arm aufstoßen und durchklettern. Ich gehe vor. Wenn die Kraft dich verlässt, kannst du nicht fallen, der Gurt hält dich. Den Karabiner möglichst waagerecht vorm Körper bewegen, sonst greift die Sicherungssperre. Wenn die Sperre arretiert, kommst du nicht mehr hoch und runter und hängst zwischen Himmel und Erde fest. In diesem Fall mit dem Karabiner in die Waagerechte kommen, bis sich die Sicherung wieder entsperrt.«

Kann ja heiter werden, dachte Fielding, *aber mitgegangen, mitgehangen.* Die Röhre, die sie nach der kurzen Einweisung durchstiegen, wirkte wie ein Kamin. Kühler wurde es nicht, die Abwärme der Wechselrichter zog den Turm hoch und hüllte die Kletterer ein wie warme Wollpullover im Hochsommer. Nur der infernalische Lärm der Wechselrichter ließ in der Höhe leicht nach, wie Fielding dankbar feststellte. Er passierte die Luke, die bereitwillig aufflog und sich nach ihm durch eine Rückholfeder wieder schloss. Auch die Luke dämmte leicht den Schall, der von unten hochhallte. Dann erreichten sie endlich das Maschinenhaus. Von Weitem, als sie auf den Windpark zugefahren waren, sahen die Turbinenhäuser auf dem Turm so klein aus, dass in ihnen nur Platz für Technik enthalten sein könnte, nun entpuppten sie sich als überraschend geräumig, wie gemacht für eine Fete im intimen Kreis. Ein gewaltiger Generator mit der Nabe füllte den Raum nur zum Teil, eine weitere Stiege führte zu einer Luke in der Decke, die ins Freie auf die Kanzel führte. Christian schob sie wie ein Schiebedach zur Seite, kletterte raus und sicherte sich mit einem Klick seines Karabiners an einer umlaufenden Stahlreling. Fielding folgte seinem Beispiel. So saßen sie wie auf einer Yacht schwankend gut 65 Meter über dem Grund, sahen runter auf die Spielzeugautos, die auf der A4 vorbeifuhren, auf den Besucherparkplatz des Möbelhauses, bis sich Fielding in die andere Richtung umdrehte.

Gewaltig, wie eine riesige Walfluke, tauchte aus dem Nichts von links unten das riesige weiße Rotorblatt auf, richtete sich in aller Größe kurz vor ihm auf, um lautlos nach rechts unten wie ein Wal in der Tiefe zu verschwinden, nur um sofort dem nächsten Rotorblatt Platz zu machen. *Gigantisch,* dachte Fielding, *was für eine Masse hier bewegt wird, dabei wirkte der Tag nicht einmal windig, ein laues Lüftchen vielleicht, nicht mehr.*

»Sind hier schon welche seekrank geworden?«, fragte Fielding.

Christian schüttelte den Kopf. »Heute ist ja kaum Wind, es schwankt kaum. Ich war aber beim Orkan Kyrill hier oben. Da ging es zur Sache. Die Turbinen stellen sich bei Orkan nicht ab, können durchlaufen. Wenn es ihnen zu turbulent wird, stellen sich die Rotoren aus dem Wind und drehen sich langsamer weiter. Nein, die einzige Hürde ist der Aufstieg. Wer keine Kondition hat, starker Raucher ist, schafft es nicht. So mancher schaut nach oben, zeigt auf die senkrechte Leiter und sagt, danke, aber ohne mich.«

Der Wind schob dunkle und helle Flecken übers Land. Der Thüringer Wald mit dem Großen Inselsberg hatte im blassen Hellblau nur geringen Kontrast zum Horizont, Arnstadt glänzte mit roten Dächern und weißen Fabrikhallen. Die Reinsberge hinter Arnstadt und Plaue leuchteten im Wechselspiel der Wolken mal hellgrün oder im Schatten dunkel.

»Ich sitze oft hier oben, man kann wunderbar die Zeit vergessen, schaukele sanft im Wind, fange die Sonne ein und spiele Helikopter«, sagte Christian nach einer Weile. Dann schwieg er wieder. Beide genossen die Aussicht, das sanfte Schwanken im Spiel des Windes hier oben auf dem dünnen, von ihnen aus nicht sichtbaren Turm. Von ihrem Aussichtspunkt aus hatten sie das Gefühl, sie flögen auf einer Yacht durch den endlosen Raum. Fielding konnte gut nachvollziehen, was Christian hier oben fand, Ruhe, Abgeschiedenheit, hoch über allem, den Problemchen, der Enge, dieses leichte Schaukeln wie in einer Kinderwiege. Das war wie der Blick auf den nie endenden Wellengang, das Formen der Wellen durch den Wind, der das Wasser vor sich herdrückt, aufstaut, bis sich der obere Wellenkamm mit weißer Gischt überschlägt und anlandet, während sich im Hintergrund die nächste Welle aufbaut. Erholung ist hier das pure Abschalten oder die Beschäftigung mit Dingen, indem man das Alltagsgeschäft ausblendet.

Fielding wunderte sich ein wenig, dass er in Erfurt nur zu Christian gefahren war und keinen seiner früheren Kollegen aufgesucht hatte. Christian war ein Musterthüringer, bodenständig und herzlich. Letzteres konnten die Menschen hier allerdings auch gerne verbergen, dezent wie hinter einer spanischen Wand, sie brauchten Zeit zum Auftauen. Oder lag es an Fielding selbst, lag es am schlechten Gewissen, war etwas offengeblieben, das zu schließen er nicht in der Lage war? Hatte er etwas hinter einen Paravent geschoben, was ins Licht gezerrt gehört hätte? Er hatte sich nicht nur einmal gefragt, ob der Weggang aus Erfurt nicht auch eine Flucht gewesen war, das Eingeständnis, versagt zu haben, als Kollege, als jemand, der dem Korpsgeist nichts abgewinnen konnte und deshalb die Konsequenzen gezogen hatte. Irgendwann, mit Blick auf den Kamm des Thüringer Waldes, zerhackte die stetige Rotation der Flügel die Gedanken Fieldings und er fand Ruhe im Auf- und Abtauchen der Rotoren.

»Das sind Therapieplätze«, sagte Fielding. Christian nickte, schien aber weit weg zu sein.

Als Fielding von Christian an der Thüringenhalle abgesetzt wurde und er über Eischleben, Ichtershausen und Rudisleben in Richtung Arnstadt zurückfuhr, überlegte er noch mal, was Christian gesagt hatte. Wenn Hollands Projekt gestoppt worden wäre, hätten Investoren ins Trudeln kommen können, vielleicht der ein oder andere private Anleger. Deshalb ein Mord? Es hatte schon Tote gegeben wegen einer Zigarette oder eines Groschens. Abwegig war das nicht. Er musste noch mehr Material sammeln.

Er hatte Rudisleben verlassen und durchfuhr zwei Verkehrskreisel, die keine 500 Meter auseinanderlagen, als wollten sie Besucher über Fliehkräfte in andere Bahnen lenken. Sie kamen Fielding vor wie Modelle überdimensionierter Teilchenbeschleuniger, dann folgte die Ichtershäuser Straße, eine holprige, löchrig gepflasterte Einfallstraße als nächste Hürde, sollte der tapfere Ritter immer noch auf dem Pferd sitzen. So kam er in die Innenstadt von Arnstadt und stellte den Wagen am Bahnhof ab, wollte sich zunächst zu Fuß ein wenig umsehen, einfach näher dran sein an der Stadt. Im Hintergrund hatte sich längst die Idee festgesetzt, bei Tina in der Redaktion vorbeizusehen. Am Bahnhof gab es viele freie Parkplätze, gebührenfrei. Dennoch wirkte alles so verlassen, als würde der Bahnhof in einer Stunde schließen. Für immer. Als er hinter dem Bahnhof durch die Straßen lief, tauchte vor ihm ein großer, modern wirkender Krankenhauskomplex auf, der sich, etwas überraschend, aus schmalen Gassen riesig vor ihm erhob. Die Krankenhausnähe war jedenfalls wichtig für eine Erstversorgung im Fall einer Krise während des G8-Gipfels, dachte Fielding. Er ging zur Erfurter Straße, überquerte den dritten Kreisel, offensichtlich ein modernes »must have« der Stadt- und Verkehrsplaner. Früher, als mit der kommunalen Überschuldung noch kokettiert wurde, bauten sie im Westen zuerst Schwimmbäder und danach Kunsthallen. Er kam an der Himmelsfahrtskirche vorbei, dem unaufdringlichen Achteckbau am Alten Friedhof, dem man einige Grabsteine zur Aufwertung an die Seite gestellt hatte, Grabsteine der Familie Bach, der Autorin Marlitt oder des Schriftstellers Willibald Alexis. Tina musste mit der Redaktion irgendwo nebenan sein.

Fielding fand die Stadt klein genug, um ohne Stadtplan herumzulaufen, und verschätzte sich. Er ging nicht in Richtung Neideckturm und Schlosspark, in der die Leiche von Peter Holland gefunden worden war, er ging über den Parkplatz neben der Kirche und kam zum Bustreff. Ein paar verwahrloste Leute hielten sich an Bierflaschen fest. Die, die standen, schwankten und die, die saßen, spukten auf den Boden. Busse kamen weder an noch fuhren ab. *Wer heute nicht weg ist, fährt nirgendwo mehr hin,* dachte Fielding. Rilke? Ja, Rilke. An Kultur denken, an das Gute in der Stadt. Und er hatte als tapferer Ritter alle Hürden genommen, die sich ihm in den Weg gestellt hatten, und Dornröschen wach geküsst, fand jetzt auch die Gassen wieder, durch die er mit Tina gestern noch eisessend geschlendert war. Jetzt war seine Orientierung wieder da, er fand die unscheinbare Redaktion in der Seitengasse versteckt. Wie die Heimat eines Untergrundmagazins zwängte sich das Haus mit schmalem Fenster und Tür zwischen zwei bessere Bürgerhäuser und öffnete sich erst im Hinterhof.

Im Schatten der benachbarten Häuser lebte die Redaktion im Dauerlicht greller Neonlampen. *Ausgeprägter Neonvitalismus,* dachte Fiedling, wusste aber nicht mehr, was der ursprüngliche Begriff des Neovitalismus bedeutete. Die aquarienähnliche Transparenz der Redaktionsräume verriet ihm auf den ersten Blick, dass Tina nicht da war. Ein älterer Herr stand vom Computerplatz auf und nahm einige Plakate von der Scheibe ab, Blätter und Plakate mit überschrittenem Verfallsdatum? Er sah sie sich kurz an und knüllte sie in den Papierkorb. *Der Putzerfisch ist vermutlich der Chefredakteur,* dachte Fielding.

Die Redaktion schien wie eine geschmähte Basisstation. Tagsüber flogen die Redakteure raus an die Orte des Geschehens, um abends die Berichte in Dateien zu pressen, die am Layout-Tisch zu Zeitungsseiten montiert werden. Das Ganze wurde mit Werbung garniert und in die Überschriften mehrmals »Thüringer« eingefügt. Die Thüringer sind stolz auf ihren Freistaat und scheinen ein Bedürfnis nach Selbstvergewisserung zu haben und so hatte sich die Redaktion angewöhnt, bei allem und jedem ein »Thüringen« oder »Thüringer« anzufügen, wenn etwas oder jemand einen Bezug zum Land hat, sei es, jemand war zu Besuch, hier geboren oder auch nur durchgereist. Bei einem Sportwettkampf titelten sie sogar mal, dass der Sieger mit Thüringer Schnitzel im Bauch die Medaille geholt hätte. Das galt einem siegreichen Amerikaner, der weder hier geboren noch auf Besuch war, also war dies der einzige Ansatzpunkt, um eine Beziehung zum Land herzustellen. Immerhin gab es beim Medaillenspiegel keine vierte Rubrik, wer mit Thüringer Bratwurst oder Brätel gewonnen hatte.

Fielding verließ die Redaktion und schlenderte zurück durch die Gassen der Altstadt. Er sah auf die Uhr. Viel zu früh für einen einsamen Abend im Hotel. Er dachte an Tina. Eigentlich wusste er nichts von ihr, lediglich ihre derzeitige Tätigkeit, aber Privates hatten sie nicht angesprochen, Partnerschaften, Familie. Fielding dachte auch nicht an ein Herantasten, sondern nur an die Möglichkeit, den Freitagabend in Gesellschaft verbringen zu können. Er hätte auch nach Berlin zurückreisen können, um nächste Woche die Recherche fortzusetzen, er hatte aber von Anfang an das Eintauchen dem bloßen Antippen vorgezogen. Wie bei allem, was er anfasste. Wenn schon, dann richtig. Und eine Sache zu prüfen hieß für ihn, sie von allen Seiten zu beleuchten. Es reichte ihm nicht, dass die befragten Lokalpolitiker die Idee des G8-Gipfels in ihrer Stadt für großartig hielten, das Dargebotene musste den Anforderungen Stand halten. Noch waren die Größenordnungen rund um den G8-Gipfel nur knapp umrissen. Die Kapazitäten waren allerdings knapp bemessen, das war für Fielding schon erkennbar. Mit Tina hätte er gerne mehr und unabhängiger Details zur Stadt erkundet. Dann fiel ihm ein, dass sie doch abends immer die Redaktion aufsuchte, um die Berichte zu schreiben. Also beschloss er, nach einer langen Runde durch die Altstadt bis hoch auf die Alteburg wie zufällig erneut bei der Redaktion vorbeizusehen.

Diesmal hatte er Glück, er sah sie neben dem älteren Herrn an einem anderen Computertisch sitzen. Fielding klingelte an der Tür. Tina öffnete und schien überrascht über den späten Gast, freute sich aber, war gerade dabei, an Artikeln für die Samstagsausgabe zu basteln – und auch schon im Vorrat für die Montagsausgabe. Die Beiträge für morgen waren so gut wie fertig. Ob sie das für Montag heute oder morgen abschloss, sollte keine Rolle spielen, sie war froh über die Ablenkung, meinte sie und verließ mit ihm die Redaktion, nachdem sie die letzten Formulierungen überprüft, gespeichert und an den Chefredakteur gemailt hatte.

Er dachte, sie führte, sie meinte, er hätte die Richtung eingeschlagen, so waren sie versunken im Gespräch am Schlossmuseum vorbei und durch den Torbogen am Landratsamt in den Schlosspark geraten und fanden sich unvermittelt in der Nähe des Fundortes von Peter Holland wieder. Tina hielt plötzlich Fielding am Arm zurück, der gerade von seinem Treffen mit Christian erzählte, und deutete auf eine Baumgruppe. Eine Frau kniete vor dem Baum, an dem Holland erhängt gefunden worden war, und zündete eine Kerze an. Es war eine Grabkerze, wie man sie am Totensonntag auf die Gräber stellte, roter transparenter Kunststoff leuchtete auf. Das Kerzenlicht erhellte matt gedimmt das Gesicht der Frau.

»Wir sehen den Baum und die Frau im Schatten schon aus dieser Entfernung, wie hatte die Leiche so lange dort hängen können, bis sie dem ersten Passanten aufgefallen ist?«, wollte Fielding flüsternd wissen, kam Tinas Ohr ganz nahe, ihre nach Shampoo riechenden Haare wehten ihm ins Gesicht. »Oder anders ausgedrückt: Wenn jemand Selbstmord begehen will, dann hängt er sich nicht in einem öffentlichen Park auf. Er hängt nicht zappelnd am Seil, bis der erste Zeuge kommt und ihn losschneidet.«

»Das sind Appellselbstmorde von Menschen, die mit dem Suizidversuch nur auf sich aufmerksam machen, aber nicht ernst machen wollen. Sie nehmen Schlaftabletten, keine letale Dosis, rufen Freunde, Polizei oder Rettungsdienst an und lassen sich retten. Sie appellieren an ihre Umwelt, dass sich etwas ändern müsse, während diejenigen mit Bilanzselbstmord auf Nummer sicher gehen, neben der Überdosis Schlaftabletten lassen sie sich von einem Lkw überrollen oder jagen sich noch eine Kugel in den Kopf«, sagte Tina. »Sie übertöten sich, sagen die Psychologen dazu.«

»Berichtest du öfters über Suizide in der Stadt?«

»Nein, drei Semester Psychologie«, sagte Tina leise, »dann habe ich gemerkt, dass es doch nicht das richtige Fach für mich ist. Wollte in den Bereich Journalistik wechseln, deshalb absolvierte ich vorab erst mal ein Volontariat und dann bekam ich hier beim ›Arnstädter Tageblatt‹ die erste Stelle in einer Redaktion.«

Sie waren in einiger Entfernung stehen geblieben und taten so, als würden sie wie ein Elternpaar Kinder auf dem Spielplatz beobachten.

»Nach allem, was ich bisher über Peter Holland gehört habe, wirkte er nicht wie jemand, der Appell- oder Bilanzselbstmord begeht«, sagte Fielding.

»Ich kenne auch den Park besser, dort wuchsen neben dem Baum noch Eiben, die ein dichtes Buschwerk bildeten. Der Tote hing dahinter verdeckt am Baum, vom Weg hätte man ihn nicht sehen können. Ein Parkarbeiter hat ihn gefunden, als er Müll einsammelte. Die Polizei ließ bei der Spurensuche die Eiben wegsägen. Deshalb sieht das so kahl aus.«

Die Frau hatte sich inzwischen aufgerichtet und verließ den Park – in Richtung der beiden. Trotz der Dämmerung trug sie eine Sonnenbrille.

»Sie kommt, nicht wegsehen, ich will wissen, wer das ist«, raunte Fielding zu Tina. Sie drehten sich vom Spielplatz weg und gingen ihr unauffällig entgegen. Fielding sah die Frau zum ersten Mal, bei der improvisierten Pressekonferenz am Donnerstag am Tatort war sie ihm nicht aufgefallen. Und das wäre sie bestimmt. Trotz Sonnenbrille war deutlich zu erkennen, dass die linke Gesichtshälfte angeschwollen war. *Bestimmt hat sie ein Boxerveilchen,* dachte Fielding.

Sie gingen aneinander vorbei und hielten es wie alle in einer Stadt, sie grüßten sich nicht, die Unbekannte vermied den Blickkontakt und sah angestrengt vor ihre Füße.

Als sie außer Hörweite war, fragte Fielding: »Und, bekanntes Gesicht?«

»Ich hätte sie beinahe nicht erkannt, aber es muss die Frau von A&P Design sein, die haben eine Autolackiererei, folieren aber auch, was der neueste Trend ist.«

»Wahnsinn, wie viele Einwohner hat denn Arnstadt, und du kennst alle?«

»Purer Zufall, sie haben vor ungefähr einem Dreivierteljahr ihre Geschäftseröffnung gefeiert. Das war meine Feuertaufe, ich sollte mal hingehen, sagte der Chef, es war nach dem Volontariat mein erster Arbeitstag als Redakteurin bei der Zeitung. So was merkt sich jeder. Ist mir nicht schlecht gelungen, der Chef war zufrieden. A&P ist ein Zwei-Mann-Betrieb, er lackiert oder klebt Folien und Beschriftungen auf die Autos, sie macht die Buchhaltung, Auftragsannahme, Rechnungen und was im Büro so anfällt.«

»Und sie ist die Erste, die überhaupt um Holland trauert, denn so sieht es doch aus«, sagte Fielding. Sie hatten den Auffindeort erreicht, die Kerze war der einzige Trauerschmuck, der an die Tragödie an der Stelle erinnerte.

»Er war vielleicht ein guter Kunde«, vermutete Tina.

»Hast du ihre Verletzung gesehen? Sie sah aus wie nach einer Prügelei. Vielleicht war Peter Holland wirklich ein guter Kunde, möglicherweise der Beste, der sich allerdings ein paar Dinge rausgenommen hat. So eine Neugründung muss nach der Geschäftseröffnung eine gewisse Durststrecke überstehen, bis der erste Gewinn eintritt. Wenn das Unternehmen aber einen zahlungskräftigen Mäzen hat, der sie mit Aufträgen in der schweren Anfangsphase über Wasser hält, dann läuft es einfach besser. Peter Holland könnte mit dem vielen Geld auf dumme Gedanken gekommen sein, dass er sich auch andere, nicht käufliche Dinge würde leisten können.«

»Ein wenig mehr Klartext bitte!«, mahnte Tina.

»Als Journalistin müsstest du auch zwischen den Zeilen lesen können.«

»Nicht käufliche Dinge für einen Unternehmer wie Peter Holland, der Geld hat? Was soll das sein?«

»Ist nur eine Vermutung, dass er vielleicht eine Affäre mit der Frau von A&P Design hatte«, sagte Fielding. »Der Partner kommt dahinter, verprügelt seine Frau, deshalb die Prellungen im Gesicht, und am Nebenbuhler rächt er sich, indem er ihn beseitigt.«

»Puh, das sind ja kühne Unterstellungen, kennst du solche rauen Sitten aus Berlin?«, fragte Tina.

»Hey, es gibt in so einem Fall keine Denkverbote, mit allem, selbst mit den dümmsten Sachen, musst du rechnen. Und oft musst du wirklich rechnen. Mensch, jetzt fällt es mit wieder ein, A&P Design, das stand gestern bei einem Typen auf dem Blouson. Der stand genau an dieser Stelle, als wir am Donnerstag von dem Polizisten Schneider und dem Staatsanwalt informiert worden sind. Ich kam ja zu spät, kam aus Richtung Kirche, und der Mann mit dem Werbeaufdruck auf dem Rücken stand etwas abseits. Ich fand es merkwürdig, dass der ausspuckte. Wenn das ein Zwei-Mann-Betrieb ist, dann muss das der Partner oder Ehemann von der Frau gewesen sein. Findest du es nicht seltsam, dass die Frau trauert, eine Kerze aufstellt und der Mann spuckt aus? Wir sollten den beiden auf den Zahn fühlen. Das wäre immerhin ein Motiv, Ehebruch, Nebenbuhler ausschalten. Meistens geschehen Morde oder Totschlag im Affekt im familiären Umkreis.«

»Das ist ein Motiv, ein möglicher Täter neben vielen anderen, die ihr ganzes Vermögen in den dubiosen Geschäften Hollands verloren haben könnten, die müssten wir dann auch noch abklappern. Was ist dagegen schon ein Ehebruch? Wir leben nicht mehr in der sittenstrengen Kaiserzeit. Heute verliert keiner mehr sein Gesicht, wenn der Partner fremdgeht. Paare finden und verlieren sich wieder, eine Scheidung ist kein Skandal mehr, Patchworkfamilien sind gängige familiäre Verhältnisse«, sagte Tina.

»Kannst ja recht haben, aber irgendwo muss man doch anfangen. Wir kennen nicht die geschäftlichen Kontakte Hollands, hier haben wir mal etwas ganz offen und transparent vor uns liegen«, sagte Fielding. »Außerdem: Auch wenn heute Patchworkfamilien üblich sind, wenn Partnerschaften eher zerbrechen und Scheidungen nicht mehr ausgrenzen, so wird ein Treuebruch den ein oder anderen doch noch umhauen und aus der Bahn werfen. Sicher, viele leben sich auseinander und trennen sich, weil sie nicht mehr sich und der Umwelt eine heile Welt vorspielen wollen, aber andere fühlen sich durch einen Partner, der sie verlassen hat, wie vom Blitz aus heiterem Himmel getroffen – und die schlucken das nicht ohne weiteres herunter«, sagte Fielding.

»Das stimmt«, sagte sie leise und wandte sich ab, ging allein in Richtung Himmelsfahrtskirche.

Fielding wollte weiterreden und merkte plötzlich, dass sie nicht mehr neben ihm stand. Überrascht lief er hinter ihr her.

»So transparent ist das auch wieder nicht«, sagte Tina, als er sie eingeholt hatte. »Das sind deine Vermutungen, aber sie könnte einen kleinen Unfall gehabt haben, einen Sturz, und er war bestimmt ein guter Kunde, deshalb ist es ein netter Zug von ihr, ihm eine Kerze zum Gedächtnis aufzustellen. Nicht mehr und nicht weniger«, sagte Tina.

»Sag mal, ist was mit dir? Habe ich was Falsches gesagt?«

»Nein. Alles in Ordnung«, meinte sie nur.

»Du bist so plötzlich weggegangen. Irgendetwas stimmt doch nicht?«

»Es ist alles in Ordnung. Mir ist nur Ähnliches passiert. Mein Partner hat mich verlassen. Ist noch ziemlich frisch, sorry!«

»Tut mir leid, das konnte ich ja nicht wissen«, sagte Fielding lahm, der sich schon gewundert hatte, dass sie offenbar ohne private Verpflichtungen jetzt am Abend mit ihm durch die Altstadtgassen spazierte. Er dachte, dass es so attraktive Singles wie Tina eigentlich gar nicht mehr geben würde. Fielding wusste aber auch, dass er kein wirklicher Trostspender war, weil ihm zu solchen »Katastrophen« eher dämliche Witze einfielen und er sich zwingen musste, dass ihm nicht einer rausrutschte im Sinne von: »Hoffe, dein Freund hing heute nicht am Baum« oder ähnliches. So kämpfte er mit sich in einem Moment, in dem er irgendetwas hätte sagen müssen, darum, die richtigen Worte zu finden.

»Das Scheitern einer Beziehung ist immer der Nährboden für eine neue Verbindung«, hörte er sich plötzlich sagen. Das Beste, was ihm dann einfiel war: »Themenwechsel. Ich kann mich irren, keine Frage, aber wie wäre es, du machst eine Reportage über Firmenneugründungen in der Stadt, berichtest, wie es ihnen im ersten Geschäftsjahr ergangen ist, fragst nach Tipps für Leser in ähnlicher Lage. Das schmeichelt, Ratgeber zu sein, und du kommst ungezwungen mit den beiden ins Gespräch.«

»Ach, ich soll zu A&P gehen?«

»Ja, sicher, mit denen fängst du an und erinnerst an deinen ersten Besuch und wie es den beiden jetzt geht«, sagte Fielding.

»Begeistert bin ich nicht, aber das Thema ist nicht schlecht, muss ich ja zugeben«, sagte Tina. »Mein Chef wollte auch gerne eine Reportage über das Leben und Sterben von Peter Holland, so nach dem Motto: Thüringer starb wie er lebte: atemlos.«

»Oh, bedenklicher Titel für einen Erhängten, klingt eher nach schwarzer Satire.«

»Ja, stimmt, hatte ich deshalb auch verworfen. Aber mein Chef meint, wir müssten offensiver titeln, provokanter werden. Um für eine Sache zu brennen, und damit meinte er bestimmt unsere Zeitung, braucht man eine Reibfläche. Der Titel wäre so was in der Richtung.«

Das Handy von Fielding vibrierte mit einem dumpf heiseren Summen. Er sah auf das Display. »Meine Eltern. Das ist ganz selten. Meistens rufe ich sie an.« Er nahm das Gespräch an. »Ja, Johannes hier, was gibt es?« Dann hielt er kurz das Handy zur Seite. »Es ist meine Muter«, flüsterte er in einem verwunderten

Ton zu Tina. »Ist was passiert? – Mhm, mit Vater. Im Krankenhaus. Ist es schlimm? – Beklemmungen im Brustkorb, aha. Bypass oder Stents. – Ja, mach dir keine großen Sorgen. Sie haben ihn jetzt an die Überwachungsapparate angeschlossen, das sieht schlimm aus, aber es sind Routinemaßnahmen. Ich versuche auf jeden Fall, das nächste Wochenende zu kommen, vielleicht komme ich am Donnerstag schon hier weg. Was macht Axel? – Aha. Na ja, ich vermisse ihn auch. Bin ja bald wieder bei ihm. Ich bin hier noch in einer Besprechung, ich ruf dich später aus dem Hotel noch mal an. Grüß Papa, ja, alles Gute. Bis bald.«

Fielding steckte sein Handy in die Innentasche des Jacketts. »Hast ja gehört. Meinem Vater geht es schlecht. Liegt in der Klinik. Irgendwann kommen diese Anrufe. Sie sind noch gar nicht so alt, Anfang sechzig. Sie werden es in den Griff kriegen.«

»Hast du einen Bruder?«, fragte Tina.

»Nein, ich bin Einzelkind. Warum? Merkt man das? Einzelkinder gelten ja als ziemlich verwöhnt. Ich hoffe nicht, dass ich so wirke. Also, wo waren wir? Wann fängst du an?«

»Kann gleich beginnen, wenn ich jemanden bei A&P antreffe. Was machst du in der Zeit?«

»Ich könnte nachdenken, mich auf eine Parkbank setzen, den Ellenbogen aufs Knie und die Stirn aufgestützt auf die Hand. Berühmte Denkerpose, wie eine Plastik von Auguste Rodin. Nein, was mir die ganze Zeit nicht in den Kopf geht, ist doch das Zusammentreffen der Puppe mit dem Holland-Schild und der echten Leiche. Zufall? Glaube ich nicht. Das muss doch zusammenhängen.«

»Die Puppe war eine Warnung. Wir wissen aber nicht, wie lange sie schon da hing. Die Frau, die mit ihrem Hund am Donnerstag Gassi ging, war zufällig an dem Tag draußen am Parkplatz. Benutzt wird der doch nur am Wochenende, sonst ist da oben nicht viel los. Die meisten, die auf der Burg essen wollen, fahren bis zum äußeren Burgring. Die Puppe konnte schon eine

Weile da hängen. Sie wurde nicht gefunden, die Warnung an Holland geht ins Leere, das weiß der Täter nicht und schlägt aus Wut zu, weil Holland nicht reagiert und irgendeine Forderung nicht erfüllt«, sagte Tina.

»Das ist auch ein Punkt, der mit meiner Eifersuchtsthese nicht zusammenpasst. Ein gehörnter Ehemann hält sich nicht mit Spielereien um eine Schaufensterpuppe auf, das wäre viel zu umständlich. Der will jetzt sofort seinen Zorn und seine Wut an dem Liebhaber seiner Partnerin auslassen.«

»Aber in welchem Fall greift man zu einer Puppe als Warnung?«, fragte Tina.

»Keine Ahnung, vielleicht ist das auch purer Zufall, dass hier zwei Taten aufeinandertreffen, und keine hat mit der anderen zu tun.«

»Dann hat Holland mehrere geschädigt und der eine reagiert gehemmter, der andere unerbittlich«, sagte Tina.

»Und schließlich kommt heraus, dass es doch Selbstmord war«, sagte Fielding.

»Wären wir enttäuscht? Es ist nicht uninteressant, einem Verbrechen auf die Spur zu kommen.«

»Investigativer Journalismus heißt das. Ob du aber beim ›Arnstädter Tageblatt‹ dafür richtig bist, das wäre eher was für ein Nachrichtenmagazin wie den ›Spiegel‹«, sagte Fielding.

»Also machen wir weiter«, sagte Tina, »und gehen chronologisch vor. Das Erste, was passierte, war die Puppe, der Fund. Noch irgendwann vorher kippte mit dem Diebstahl der Puppe der erste Dominostein um.«

»Musste der Täter davon ausgehen, dass Holland selbst die Puppe sieht, ging er zum Beispiel regelmäßig dort joggen? Er hat einen auffälligen Wagen. Wenn der Täter ihn regelmäßig am Burgparkplatz gesehen hätte, wäre es naheliegend, dort die lebensgroße Warnung zu platzieren.«

»Aber was ist das für ein Täter?«, fragte Tina.

»Du meinst aus der Profiler-Sicht? Da müsste ein Polizeipsychologe gefragt werden. Ich schätze, der Täter meinte es ernst, das war keine pure Spielerei. Da hat einer viel Energie aufwenden müssen. Die Puppe war geklaut, das muss man erst mal bringen, am helllichten Tag eine lebensgroße Schaufensterpuppe aus der Auslage klauen und keiner will etwas gesehen haben. Also entweder war der Ladeninhaber oder ein Verkäufer der Täter, oder die sind beide blind.«

»An dem Tag soll es stark geregnet haben.«

»Das bedeutet was?«, fragte Fielding.

»Ich überlege ja auch, wie man eine Puppe stehlen kann. Stell dir vor, es regnet. Du nimmst einen Schirm, dein Partner trägt auch einen Schirm. Sind beide aufgespannt, können sie die Blicke von Zeugen auf zwei Seiten abschirmen. So gehe ich in den Eingangsbereich des Ladens, beobachte die Verkäufer und vielleicht einen Kunden oder den Geschäftsführer im Laden. Blicken sie in die andere Richtung, greife ich mir die Puppe, die direkt neben mir stehen muss, hake sie ein und zu dritt verlassen wir so schnell den Eingangsbereich, dass den Mitarbeitern nichts auffällt. Beide Schirme decken geschickt den unbeweglichen, starren Mann in der Mitte ab und fertsch!«, sagte Tina.

»Fertsch? Was heißt fertsch?«, fragte Fielding.

»Fertsch heißt fertsch, ist thüringisch, im Rheinland hieße das fertich – oder wie du sagen würdest fertig«, sagte Tina.

»Wieder was gelernt und auch gut kombiniert. Aber so einen großen Aufwand für eine Warnung betreibt man nicht nebenbei, der oder besser die Täter mussten eine hohe kriminelle Energie aufbringen, um eine solche Auftaktaktion durchzuführen. Das war kein Spaziergang. Die waren zu allem entschlossen und gingen ein kaum zu beherrschendes Risiko ein, nur um Holland zu zeigen, wenn er nicht spurt, dann passiert was jenseits eines Diebstahls. Und das geht mir nicht in den Kopf! So was zu üben, ist nicht so einfach, keiner hat eine Schaufensterpuppe zu Hause stehen, mit der man die Abschirmung trainieren könnte.«

»Eine dritte Person spielt toter Mann und ist starr wie eine Puppe«, sagte Tina.

»Dann hast du aber einen weiteren in den Plan eingeweiht, der Dritte kann nach der Todesmeldung von Holland eins und eins zusammenzählen und erkennt, wer der Täter ist«, gab Fielding zu bedenken. »Und je mehr Mitwisser dabei sind, desto größer die Gefahr, dass sich einer verplappert oder bei der Auslobung einer Belohnung schwach wird. Bei Kapitalverbrechen ist sie schon mal fünfstellig, das ist eine Masse Geld auf einem Haufen.« Er wollte noch etwas sagen, schüttelte nach einer Weile aber nur mit dem Kopf, als hätte er einen spontanen Einfall verworfen.

»Eine weitere Idee?«, fragte Tina.

»Dass jemand so riskant klaut, um danach noch einen Mord zu begehen. Wer jetzt als Puppendieb überführt wird, auf den muss auch der Verdacht fallen, der Mörder zu sein.«

»Wenn es denn Mord war. Dann müssten wir in der Tat einen Wahnsinnigen suchen oder einen, dem es egal wäre, wenn er geschnappt würde.«

»Ja, einer, der am Ende ist, finanziell oder gesundheitlich.«

»Oder jemand, der auch ein Selbstmordkandidat ist. Jemand, der mit allem abgeschlossen hat und nur noch diesen einen Rachefeldzug startet«, sagte Tina.

»Denkst du wieder an diesen Typen von A&P Design?«

»Nicht auszuschließen. Aber ich kann mir den nicht als Puppenklauer vorstellen, der ihr dann auch noch schwarze Klamotten anzieht. Der würde eher die Reifen zerstechen«, meinte Tina.

»Oder den Lack zerkratzen«, sagte Fielding grinsend.

»Neulackieren könnten die Erben dann bei A&P Design in Auftrag geben, das ist dann noch ein kleiner Mehrwert der Tat.« Auch Tina musste grinsen.

»Für die Kleidung der Puppe könnte seine Frau zuständig sein«, sagte Fielding, jetzt wieder ernst.

»Ich gehe zu den beiden hin und frage sie aus wegen der Reportage.«

»Wann, heute noch?«

»Nein, wir haben sie doch eben am Tatort gesehen. Ich rechne nicht damit, dass sie heute Abend in der Verfassung ist, ins Plaudern zu kommen. Besser morgen früh im Geschäft, sie könnten aufhaben«, sagte Tina.

»Sollen wir noch essen gehen?«, fragte Fielding.

»Sei mir bitte nicht böse, aber das war heute für mich ein anstrengender Tag, vielleicht morgen, wir könnten auf dem Markt einkaufen und zusammen kochen«, schlug sie vor.

»Gerne, wir telefonieren morgen, dann gehe ich jetzt aber noch zu Schneider in die Polizeistation.«

Sie trennten sich, aber nicht ohne dass sich Fielding erklären ließ, wie er auf kürzestem Weg zur Polizei gehen konnte.

Carlo Schneider hatte Spätschicht und freute sich über Ablenkung. Fielding wollte nicht zu neugierig erscheinen und schob den nächsten Gesprächstermin zum G8-Gipfel vor. Nur zufällig sei er vorbeigekommen und wollte fragen, ob Schneider am Montagvormittag ebenfalls auf der Wachsenburg sei.

»Ich bin dabei«, sagte der Polizist, »wir müssen ja über das Sicherheitskonzept reden, LKA und BKA sind doch von Ihnen bestimmt einbezogen worden.«

»Ja, aber wir machen nichts ohne Sie«, sagte Fielding. »Apropos, liegt der Obduktionsbericht von Holland schon vor und was war mit der Puppe am Burgparkplatz in Holzhausen?«

»Oh, Herr Fielding, das sind Interna!«, wehrte Schneider mit etwas schmalziger Überbetonung ab.

»Sie meinen, ich soll mir das Sonntagsblättchen kaufen, da steht dann alles drin.«

Schneider lachte. »Gut pariert. Also gut. Von der Gerichtsmedizin wissen wir noch nichts, das kann dauern. Die Puppe? Komische Sache. In Toms Modeboutique soll sie geklaut worden sein. Vor ein paar Tagen wurde Anzeige erstattet. Täter findet man bei so etwas kaum, das hatte ich Tom, so heißt der Ladeninhaber, gesagt. Er hätte die Anzeige ja auch nur wegen der Protokoll- und Tagebuchnummer erstattet, die seine Versicherung verlangen würde. Ich habe ihn übrigens heute Morgen angerufen. Er kann die Puppe abholen, die von der Spurensicherung haben alles untersucht. Wissen Sie, was er darauf gesagt hat?«

»Sind doch sowieso wieder Interna«, stichelte Fielding, aber er ahnte, Carlo Schneider hatte Langeweile, eine Spät- oder Nachtschicht zieht sich, da ist man froh, man hängt nicht allein auf dem Revier.

»Er hat gesagt, er brauche sie nicht.«

»Na und?« Fielding zuckte mit den Schultern. »Wenn Sie mit der Puppe fertig sind, kann der sie doch nicht mehr ins Schaufenster stellen. Erkennungsdienstliche Behandlung, alle Finger voll blauer Tinte.«

Schneider sah Fielding schräg von der Seite an und schien sich zu fragen, ob er das ernst meinte. Dann winkte er Fielding näher heran. »Ihnen kann ich es doch sagen, sind doch fast einer von uns, so als rechte Hand vom obersten Kriegsherrn im Verteidigungsfall. Die Puppe kann er aus einem ganz bestimmten Grund nicht mehr ins Schaufenster stellen – und das ist Täterwissen!« Schneider machte eine Kunstpause und ließ den Satz bei Fielding erst mal sacken.

»Das heißt, die Puppe hat eine Macke, taugt nicht mehr zum Herzeigen und Tom hat das gewusst?«

Schneider nickte, streckte den Arm raus und der Daumen der geballten Faust zeigte nach oben.

»Was für eine Macke?«, fragte Fielding.

Schneider legte mühsam seinen Kopf schräg zur Seite auf die Schulter – wobei er die Schulter kräftig nach oben bog, so gelenkig war er dann doch nicht mehr. »Der adrette, junge Mustermann hat einen gebrochenen Hals. Deshalb ruhte der Kopf seitwärts auf der Schulter. Wir haben probiert, ob es beim Aufhängen hätte passiert sein können, dass der Henkerknoten gegen den Hals drückt und das Material an der Stelle dann bricht, aber die Spuren am Hals waren anders, eine gerade, lange Einkerbung, als wäre die Puppe gegen eine glatte, längere Kante gestürzt, umgefallen oder so.«

»Nicht auf dem geschotterten Parkplatz?«

»Nein, woanders, vielleicht im Geschäft, auf eine Regalkante geknallt oder ein Sideboard«, sagte Schneider, »wir wollen deshalb am Montag Tom befragen.«

»Tom könnte der Täter sein.«

Schneider hob nur die Schultern, gleichzeitig schien sich sein Kopf in den Rumpf einzuziehen und drückte damit nur noch deutlicher sein Doppelkinn hervor.

»Und nach Mitternacht sammeln Sie die Komasäufer wieder ein«, sagte Fielding, nach einem Thema suchend, um vielleicht an weitere Informationen zu dem mysteriösen Todesfall zu kommen.

»Ach Gott«, Carlo Schneider machte eine wegwerfende Handbewegung, »wir fahren schon früher los. Mittlerweile haben wir die Erfahrung gemacht, dass sich die Jugendlichen und Fahranfänger schon vor der Disco mit Alkohol anturnen, denn zu Hause saufen ist billiger als am Tresen der Disco. Aber diese Komasäufer«, er schüttelte den Kopf, »das ist wie eine Seuche oder ein Wettbewerb, wer verträgt mehr, wer wird Klassenbester. Die hauen Flaschen weg, als gäbe es keinen Morgen. Wir waren auch schon in den Discos, machen Aufklärungsfilme über die Wirkung von Alkohol. Mensch, Alkohol ist ein Zellgift, sagen wir, das zersetzt auf Dauer nicht nur die Leber, sondern auch das Hirn. Wer weiß, wie das alles zusammenhängt, aber manchmal denke ich, die saufen sich dement.«

»Ich will Sie nicht aufhalten, war aber nett, mit Ihnen zu sprechen. Vielleicht gibt es ja bis Montag Neues zu berichten.«

Fielding spazierte noch durch die Stadt, das leere Hotelzimmer animierte ihn, die Rückkehr noch hinauszuzögern. Irgendwann stand er vor dem Herrenausstatter »Toms Modeboutique«. Sie hatten schon geschlossen, es war Freitagabend kurz nach 20 Uhr, da waren alle Läden bis auf Eisdiele und Döner schon zu. Er sah durch die Schaufensterscheibe. Der Diebstahl war originell von Tina ausgemalt, aber plausibel war das nicht mit dem Unterhaken und Abschirmen mit zwei aufgespannten Regenschirmen, die mussten ja noch durch die Tür passen. Fielding überlegte. *Oder unter Verwendung eines großen Regencapes?* So eine Puppe war zwar lange nicht so schwer wie ein Mensch, aber mit starren Gliedmaßen sperrig. Wie könnte so eine Figur vier oder fünf Meter ungesehen aus dem Laden geschleppt werden? Dazu bräuchte man zwei Leute und eine weitere Person, die die Verkäufer ablenkte. Damit gäbe es viele mögliche Zeugen: die Verkäufer selbst, die den Käufer, der ablenkte, beschreiben könnten, Passanten vor dem Laden, die durch die Scheibe sehen könnten, Überwachungskameras, auch in anderen Geschäften, die den Bürgersteig mit erfassen. Jeder Zeuge zu viel wäre ein unkalkulierbares Risiko für den Täter.

Der Polizist sagte, am Hals gab es eine Druckkante, die zum Halsbruch geführt haben konnte. Denkbar wäre auch, die Schaufensterpuppe ist im Laden umgefallen, jemand war unachtsam, vielleicht die Verkäuferin beim Umdekorieren. Die Puppe fällt gegen eine Tischkante, zack, der Hals bricht, die Puppe kann man nur noch entsorgen. Diese Dinger sind echt teuer. Wenn sie hochpreisige Waren tragen sollen, dann kann man die Kleidung nicht über Vogelscheuchen spannen. Der Ärger über die zerbrochene Puppe ist groß. Kleiner Laden, geringes Budget, hohe monatliche Nebenkosten, die erst mal erwirtschaftet werden wollen. Was macht man? Kostensenkungsprogramm, quasi eine Beitragsrückvergütung der Sachversicherung. Die eigene Haftpflicht greift nicht, es gibt keine Kaskoversicherung, also lässt der Inhaber die Puppe verschwinden, kippt sie weg, auf den Müll oder sonst wohin. Dort findet sie derjenige, der mit Holland noch eine offene Rechnung begleichen will.

Das alles ging Fielding durch den Kopf, als er durch das Schaufensterglas in die Boutique sah. Dann fiel ihm am Türrahmen ein kleines Detail ins Auge, er bückte sich. Ganz klein über der Türklinke war eine Visitenkarte von innen an das Glas geklebt: »Im Notfall den Inhaber verständigen: Tom Kessler«, dazu noch eine Handy-Nummer.

Tina begann am Samstagmorgen ihre Reportage über die Gründungsjahre neuer Unternehmen bei A&P Design. Sie traf Frau Albrecht am Schreibtisch an. Die erinnerte sich sogar noch an die junge Redakteurin und freute sich. »Vielleicht kommen wir wieder in die Zeitung, kostenlose Werbung ist bei Neugründungen immer gut«, sagte sie. Sie trug immer noch eine große Sonnenbrille und sah aus wie ein Filmstar aus den frühen siebziger Jahren, als die Gläser mal modern waren. Die Mode ist gegangen, die alten Bilder geblieben.

»Heuschnupfen?«, fragte Tina.

»Kleiner Unfall, bin gestürzt und habe mich mit dem Auge gerade noch so festhalten können«, erwiderte sie mit einem Lächeln.

Gut gespielt, wenn's die Schläge vom Mann waren, dachte Tina. Sie hatte sich ein paar Fragen notiert, an denen sie sich entlanghangelte. Dann, kurz vor ihrem Aufbruch, erwähnte sie den Todesfall im Park. »War Herr Holland auch Ihr Kunde?«

»Ja, er hatte sich einen gelben Porsche gekauft. Kannten Sie Peter Holland?«

»Sicher, er war nie zu übersehen, auf vielen Veranstaltungen war er dabei und stand meistens im Mittelpunkt.«

»Dann ist Ihnen ja sein Hang zum Schwarz aufgefallen. Er muss den Wagen billig bekommen haben, denn sonst hätte er ihn bestimmt nicht gekauft. Gelb ging gar nicht. Bei ihm musste alles schwarz sein. Als erste Maßnahme hat er bei uns einen neuen Lack bestellt. Mein Mann, also Herr Preuß, hat dann aber empfohlen, den Wagen zu folieren, ist ein wenig billiger und schützt besser als ein neuer Lack. Holland willigte ein und wir hatten einen guten Auftrag an Land gezogen. Allerdings …« Sie machte eine Pause.

»Allerdings was? Ich will Sie nicht unterbrechen«, sagte Tina.

»Na ja, über Tote nichts Schlechtes, sagt man, aber Peter Holland war ein schwieriger Kunde. Kurz, es gab Ärger, mein Mann foliert auch nicht jeden Tag, jedenfalls gab es einen riesigen Streit, als Holland den Wagen abholte. Ich kam später von einem Arzttermin dazu, da brüllten sie sich nur noch an. Holland schrie rum: ›Ich will hier nicht mit der schnellsten Wespe durchs Land fahren, ich will cooles Schwarz‹, dann riss er meinem Mann die Schlüssel aus der Hand und fuhr mit quietschenden Reifen vom Hof.«

»Und was war passiert?«, fragte Tina.

»Die schwarze Folie war an einigen wenigen Stellen um einen halben Millimeter zu kurz, gerade an den Falzen auf der Motorhaube oder an den Kotflügelausschnitten, je nach Blickwinkel schimmerte an den Kanten etwas Gelb durch. Mein Mann sagte, egal wie schlecht es uns geht, er würde nie mehr einen Auftrag von Peter Holland annehmen.«

»Und dabei blieb es?«

»Ja.«

»Hat er denn bezahlt?«

»Das war eine offene Sache. Mein Mann hat sich einen Anwalt genommen, so eine Folie kostet mit Lohn und Mehrwertsteuer zweitausend Euro, das reißt schon ein Loch ins Kontor. Wir haben gemahnt, ich bin sogar mal zu Holland hingefahren, um ihn zu überreden, aber er hat nur gesagt, außergerichtlich wäre er fast bereit gewesen, die Hälfte. Aber wir hätten ja sofort den Anwalt eingeschaltet, selbst schuld. Den könnten wir selbst bezahlen und dann soll doch das Gericht als Schiedsrichter entscheiden. Ich glaube, er spielte mit uns, wusste, dass wir uns einen Prozess eigentlich gar nicht leisten konnten.«

»Und was sagte Ihr Anwalt?«

»Wir wären auf der sicheren Seite, da Holland den Wagen an sich genommen hat. Wir hätten als Unternehmer ein Zurückbehaltungsrecht bis zur Begleichung der Rechnung gehabt oder so ähnlich, außerdem hat er die Nachbesserung vereitelt. Mit der Annahme des Wagens habe er die Leistung formell anerkannt.«

»Sie hatten also keinen guten Eindruck von Peter Holland.«

»Wie gesagt, über Tote nichts Schlechtes.«

»Vielen Dank, Frau Albrecht«, sagte Tina und wandte sich um zum Gehen, drehte sich aber noch einmal um. »Waren Sie gestern Abend nicht im Park? Sie haben eine Kerze am Fundort von Hollands Leiche aufgestellt.«

Frau Albrecht zuckte mit den Schultern. »Ja, warum nicht? Sieht man doch jetzt überall in den Medien an Tatorten. Gehört sich so, wenn jemand von uns geht. War doch ein Mensch.«

»Waren Sie mit ihm befreundet?«, fragte Tina.

Frau Albrecht schwieg und Tina hatte Scheu, nachzuhaken. Vielleicht war das der Unterschied zum investigativen Journalisten, der genau jetzt loslegte, als Tina der Mut verließ. Das einzige, was Tina noch aufbringen konnte, waren endlose Sekunden, die sie Frau Albrecht in die Augen blickte, um doch noch ein paar Worte aus ihr herauszulocken. Aber das hielt Frau Albrecht aus. Sie schwieg, für sie war das Gespräch zu Ende. Sie wandte sich ab, tippte ein Kennwort in den Rechner, um den schwarzen Bildschirm aufzuwecken und mit der Dateneingabe fortzufahren.

2. Teil

Karl-Heinz vom Röhrensee tuckerte mit einem alten, lindgrünen Deutz-Traktor und einer Fuhre Bauschutt zur Deponie Rehestädt, die auf einem sanften Hügel zwischen Haarhausen und Arnstadt liegt. Auf dieser Erhebung sind im Laufe der Deponiejahre weitere Hügel, Kamelhöckern gleich, entstanden, diese aber von schweren Raupen und Baggern gestaltet, angefüllt mit den Überflüssen einer der reichsten Industrienationen der Welt. Wenn es nach Karl-Heinz vom Röhrensee gegangen wäre, läge der Schutt vom Anhänger schon längst auf dem desolaten Wirtschaftsweg, der zu den Äckern des Hartung-Hofs führte und der nach jedem Regen selbst für Traktoren wie den Deutz, der leider nicht über Allrad verfügte, schwer passierbar war. Aber sein Chef, der Bauer vom Hartung-Hof, hatte klare Anweisung gegeben, den Bauschutt auf der Deponie zu entsorgen. Er wollte sich nicht noch einmal mit der Umweltbehörde anlegen, die ihm ein Bußgeld von 200 Euro aufgebrummt hatte, obwohl der Inhalt der Lehmgefache des alten Fachwerkanbaus nur dahin zurückkam, wo er vor über einhundert Jahren ausgegraben worden war, in die Lehmkuhlen seiner Acker- und Wiesenflächen. Immerhin, der Amtsrichter hatte nach Hartungs Einspruch ein Einsehen und stellte das Verfahren gegen Zahlung von 100 Euro ein. Auch noch viel Geld für einen Landwirt, für den Ärger und den halben Tag Warterei am Amtsgericht in der verkehrsreichen Längwitzer Straße, nicht einmal Parkplätze für Traktoren gab es da.

Karl-Heinz vom Röhrensee hieß natürlich anders, aber der polnische Name des in dritter und aussterbender Generation aus Grünberg, polnisch Zielona Góra, zwischen Oder und Bober gelegen, stammenden Knechts auf dem Hartung-Hof war durch eine Fülle von czwcz-Konsonanten für deutsche Zungen schier unaussprechlich, zumal die meisten sich nicht die richtige Lage des einzigen Vokals im Nachnamen merken konnten. So wurde er schnell der Karl-Heinz vom Röhrensee und wenn es jemand genauer wissen wollte, der Knecht auf dem Hartung-Hof in der kleinen Ortschaft Röhrensee zwischen Holzhausen und Mühlberg. Karl-Heinz ließ sich von der Deponieverwaltung sagen, wo er den Schutt abladen sollte, fuhr von der Waage zur besagten Stelle, kippte ab und fuhr zur Waage zurück. Nach dem erneuten Wiegen würde über die Differenz das Gewicht des Schutts ermittelt und die Gebühr berechnet werden. Einige Autos mit Hänger warteten bereits vor der Waage und Karl-Heinz musste sich hinten anstellen. Er stieg vom Traktor herunter und sah sich die Gegend an. Die Anhöhe, auf der die Deponie eingerichtet worden war, bot eine umwerfende Sicht und da die Kamelhöcker längst begrünt waren, fiel die Ansammlung von Giftstoffen in der sonst wie unberührt daliegenden Natur, die nebenan in dem Pappelwäldchen sogar eine Reiherkolonie aufwies, so ins Auge wie ein Tarnzeltbiwak im Bundeswehrmanöver. Weiter weg und noch gut sichtbar ging das Grün der satten Wiesen in urbane Strukturen über: Im Norden blinkte das Licht am Tower des Flughafens und an der Autobahn drehten sich mühsam die schweren Rotoren des Windparks im schwachen Wind, im Osten schimmerten die weißen Fassaden und roten Dächer der Häuser unterhalb des Riechheimer Berges, in Südwest thronte die Wachsenburg über dem kleinen Ort Holzhausen und im Vordergrund lag Haarhausen, im Süden begrenzt durch die Bahnlinie Ilmenau–Neudietendorf. Je nach Windrichtung war das Bimmeln der sich senkenden

Bahnschranken zu hören und nach einer Weile der brummige Dieselmotor eines Bahnbusses, der die Strecke bediente.

Karl-Heinz ging ein paar Schritte weiter. Sie hatten auf der Deponie eine Betonfläche mit Mauern umrahmt und weiter in Fächer unterteilt, um die verschiedenen Müllsorten zu trennen, Elektroschrott, Kabel, Pappen, Paletten, Kunststoffe. Manchmal war etwas dabei, was für Karl-Heinz brauchbar war. Und brauchbar war für ihn eigentlich alles. Er kannte die Geschichten seiner Großeltern und Eltern über die schlechte Zeit in den Kriegen und der Zeit dazwischen. Wenn sie sehen könnten, was heute alles weggeworfen würde. Er ging näher, die Autos vor ihm an der Waage waren inzwischen abgefertigt worden, aber hinter ihm wartete keiner mehr, also gab es keine Eile. Karl-Heinz stöberte mit dem Fuß zwischen den Dingen, auch weil er beim letzten Mal eine Kaffeemaschine mitnehmen durfte, bei der nur das Kabel hinter dem Gehäuseaustritt abgeschnitten war. Wer denn so was mache, hatte er gefragt. Das wären Ladenhüter gewesen, wenn die nicht binnen eines Jahres verkauft würden, dann landeten sie auf dem Elektroschrott. Die Firmen könnten es sich nicht leisten, Dinge unter Wert zu verkaufen, dann leide der Firmenname und gelte fortan als Billigmarke. Also würden sie weggeworfen, sagte der Arbeiter auf dem Deponiegelände. Er sagte dies mit einer Selbstverständlichkeit, als wäre es eine logische Folge wirtschaftlichen Denkens, die Unternehmen keine andere Wahl ließe, und sei notwendiges Ergebnis strategischer Überlegungen. Der Deponiearbeiter drückte beide Augen zu, denn es durfte keiner sehen, dass Karl-Heinz sich das Gerät einpackte. Diese Heimlichkeit und Komplizenschaft mit dem Arbeiter gefiel Karl-Heinz. Wenn er auch nicht ganz helle war, so begriff er schon, dass er den Arbeiter in Zukunft nicht noch einmal dem Gewissenskonflikt aussetzen sollte, sondern die Sachen, die er noch brauchen würde, heimlich einstecken musste. Beim Kunststoffschrott verdeckte eine große, schwarze, löchrige Plane, vielleicht eine Frostschutzabdeckung der vielen Erdbeerfelder, den Blick auf die Kostbarkeiten darunter. Karl-Heinz zog sie weg und im gleichen Augenblick, in dem die schwarze Plane das Geheimnis unter ihr preisgegeben hatte, bedauerte Karl-Heinz, dem unstillbaren Trieb der Neugierde nachgegeben zu haben. Der Schock sprang ihn an wie eine in die Ecke getriebene Katze in Todesangst. Er taumelte. Entsetzt wandte er sich ab und in dem Moment, in dem das Schreckliche sein Blickfeld verlassen hatte, kam er zu sich, konnte die Panik abstreifen, wurde ruhiger, um sich kaltblütig erst mal umzusehen. Es war niemand zu sehen, die Angestellten der Deponie waren in der Frühstückspause. Er war mit dem furchtbaren Fund allein. Keiner da, der ihm hätte beistehen und an den er sich in seinem Schreck hätte wenden können. Kein Vertrauter wie sein Chef als Bezugsperson in der Nähe, der sein Gestammel hätte verstehen können. Denn unter der Plane lag eine Leiche. Nackt, auf dem Bauch liegend, dunkelhaarig, jung, jedenfalls nicht alt, nahezu faltenfrei. *Mein Gott,* dachte Karl-Heinz. Er hatte schon viele Tote gesehen, Kadaver, alles, was auf so einem Hof anfiel, er hatte auch schon vieles umgebracht, Hasen, Hühner, vor allem Schweine abgestochen, er war eben auf dem Hof auch der Mann fürs Grobe. Aber mit Leichen, mit toten Menschen, hatte er nichts zu tun gehabt. *Mein Gott, nackt abgelegt, weggeworfen wie Müll. Da hatte jemand keinen Respekt vor dem Leben und keinen Respekt vor dem Toten,* dachte Karl-Heinz. Die Leiche lag schräg auf dem Bauch, ein leichter Schubs und sie würde auf die Seite oder auf den Rücken rollen. Nein, kein Tritt gegen eine Leiche, dann hätte er auch keinen Respekt vor dem Toten gezeigt. Doch die Neugierde rang erneut mit Karl-Heinz. Erfolgreich. Er nahm ein Stück der schwarzen Folie, drückte es gegen die Hüfte und die Leiche rollte tatsächlich auf die Seite. Karl-Heinz sah zwischen die Beine. Da war nichts. Ein Kerl war's schon mal nicht. Aber eine Frau? Für einen Venushügel war die Wölbung zu groß, abgesehen davon, dass Karl-Heinz der Begriff fremd war und er auch nicht wusste, was er von einer Frau hier zu erwarten hatte. Karl-Heinz vom Röhrensee war geistig etwas zurückgeblieben und hatte durch die Abweisungen des anderen Geschlechts, die er in der Jugend erleben musste, irgendwann jegliche Werbung resigniert aufgegeben. Er sublimierte diesen Umstand durch harte Arbeit, die ihm Anerkennung auf dem Hof und einen tiefen Schlaf einbrachte.

Der Kopf des Toten hing zur Seite. Und dann erst sah er etwas, das ihn auf einen Schlag ruhiger und kaltblütiger werden ließ. Warum hatte er das nicht sofort gesehen, ärgerte er sich. Am Hals fiel ihm eine kalkig-weiß bröselnde Wunde auf. Da wurde ihm klar, dass es sich nicht um einen Menschen handeln konnte, wie Gott ihn schuf, sondern um eine kunstvolle Fertigungstechnik, die der Experte als Extrudertechnik bezeichnen würde, das Einspritzen von Kunststoffgranulat in eine Back- und Pressform. Hier vielleicht mit Gips verfeinert, um dem Hybriden aus Kunststoff und Gips zur Standfestigkeit eines Mannequins zu verhelfen.

Karl-Heinz verfuhr wie mit der Kaffeemaschine.

Fritz Hartung aus Röhrensee besaß 50 Stück Milchvieh, einen Zuchtbullen, ein paar Schafe und Ziegen. Weil auch mit Bioeiern ein gutes Zubrot möglich war und der Preisverfall der Milch ihn zur Diversifikation zwang, hatte er sich vor einiger Zeit auch noch 200 Hühner gekauft, wie es der Ratgeber in »Landwirtschaft aktuell« empfahl. Dazu kamen 20 Hektar Acker- und Wiesenfläche, alles Eigenland ohne Pachtkosten, und noch 15 Hektar Wald. Nicht gerade viel für einen Vollerwerbslandwirt, außerdem hatte er den Knecht Karl-Heinz zu entlohnen, aber der lebte nicht nur spartanisch, er war mit Kost und Logis eigentlich leicht zufriedenzustellen. Aber wenn Karl-Heinz etwas brauchte, dann war Fritz Hartung auch nicht kleinlich, denn so einen wie Karl-Heinz musste man erst mal finden. Der konnte zupacken, hatte Kraft und Ausdauer. Manchmal wirkte er wie ein Terrier oder besser noch wie ein Kampfhund. Wenn der zubiss, dann ließ er erst los, wenn der Puls des Opfers nicht mehr zu spüren war, das hieß bei Karl-Heinz, bis der Draht abgewickelt war und der Zaun stand oder das Scheunendach neu gedeckt war und was noch so alles anfiel auf dem Hof.

Fritz Hartung war ein guter Rechner, demnächst kamen Photovoltaikmodule auf die Scheune. Er kalkulierte gerne und hielt das auch für einen der Gründe, warum sein kleiner Bauernhof bisher überlebt hatte, inmitten gigantischer Agrargenossenschaften, die nach der Wende aus den Landwirtschaftlichen Produktionsgenossenschaften, den LPGen, hervorgegangen waren. Der andere Grund mochte in einer gewissen Bauernschläue liegen, die der Volksmund diesem Berufsstand nachsagte. So musste Karl-Heinz das Wiegeprotokoll von der Deponie Rehestädt abgeben, das Fritz Hartung sorgfältig, am Schreibtisch sitzend, prüfte, lochte und abheftete. Wenn er das nächste Mal wieder auf dem Wirtschaftsweg bis zur Achse im Lehm einsacken sollte, würde er die Bruchmauerstücke aus dem Abriss in den Weg verbauen. Wenn dann erneut das Umweltamt mit dem Bußgeldbescheid käme, würde er ihnen das Wiegeprotokoll von der Deponie unter die Nase halten. Er wäre es nicht gewesen, sucht euch einen anderen Deppen, könnte er sagen.

Seine spitzbübische Freude währte an diesem Tag aber nur kurz. Ihm war aufgefallen, dass der leere Anhänger um etliche Kilo schwerer war als bei der letzten Rübenernte. Sollte der Rübenaufkäufer ihn um rund einen halben Zentner betrogen haben? Oder eine der beiden Waagen, von der Deponie oder vom

Rübenaufkäufer, nicht geeicht sein? Er wollte Karl-Heinz fragen und wunderte sich ein zweites Mal an diesem Tag. Gerade, als Fritz Hartung über den Hof ging, schulterte Karl-Heinz einen Nackten und verschwand im Gesindehaus. Hartung sah sofort, dass es sich bei der steif wie ein Brett weggetragenen Figur nicht um eine Leiche, sondern um eine Puppe handeln musste, aber dass sich sein Knecht auf die alten Tage noch mit einer Sexpuppe vergnügen sollte, wäre dann das dritte Rätsel des Tages gewesen. Hartung eilte hinterher und erfuhr, dass das Ding nach den wirren Äußerungen von Karl-Heinz zu urteilen als Fundsache zu bewerten war und dass die Beschädigung der Puppe am Hals – und hier glaubte er den stammelnden Beteuerungen von Karl-Heinz, der Riss sei beim Auffinden schon vorhanden gewesen – den Wert des Fundes Richtung Null laufen ließ und eine Anzeige wegen Fundunterschlagung somit nicht zu befürchten war. Gardemaß, 1,85 Meter groß und einen halben Zentner schwer. Das könnte also die Lösung gewesen sein. Karl-Heinz hatte seinem Chef ein paar Kilogramm Bauschuttkosten erspart, weil er die Puppe auf den Hänger geschmuggelt hatte und danach erst auf die Waage fuhr, um die Differenz zwischen Leergewicht und Bauschuttgewicht festzustellen. Netter Zug von ihm. Was Hartung noch mehr freute, war ein Plan, der in diesem Moment in ihm aufkeimte.

Er hatte einige Probleme mit einem Investor, der eine Windkraftanlage auf seiner Ackerfläche installieren wollte. Nicht, dass er dagegen wäre, im Gegenteil, wenn es klappen würde, wäre er alle Sorgen los, denn die Betreibergesellschaft würde eine fürstlich hohe Pacht zahlen und er könnte durch den großen Abstand der einzelnen Windkraftanlagen seine Äcker dazwischen so bewirtschaften wie früher auch. Aber der Investor Peter Holland, der vor einiger Zeit mit seinem Sportwagen forsch auf den Hof gefahren war, wollte unter der Hand 50.000 Euro, wenn er sich auf

Hartungs Ackerfläche festlegen sollte. Er bekäme das Geld schnell wieder rein, über die Jahre ein Mehrfaches davon sogar, aber die Anschubsumme könnte garantieren, dass Holland in Richtung Hartungs Liegenschaften projektierte. Hartung hielt das für Bestechung. Er hatte das Geld nicht, von der Steuer hätte er es auch nicht absetzen können, da die Summe bar entrichtet werden sollte, so schlau war Holland auch. Keine Spuren! Hartung sagte nein und Holland hielt sich vorerst zurück. Er schien zu pokern, denn die Anlage war noch nicht vom Tisch. Nach einer Weile des Schweigens kam er immer mal wieder vorbei, auf den Hof oder mit einem schwarzen Geländewagen zum Feld. *Irgendwann bauen sie doch,* dachte sich Hartung, *und dann bekomme ich die Pacht ohne Schmiergeld.* Mit der Puppe ließ sich vielleicht etwas Druck erzeugen. Was wäre, wenn er den Spieß umdrehte? Holland hatte über die Gesellschafter und Investoren schon viel Geld eingesetzt. Wenn Holland ihm jetzt nicht den Pachtvertrag zur Unterschrift vorlegte, hatte er beim letzten Treffen gesagt, als Holland wieder mit einem Geländewagen an den Feldrand gefahren kam, dann passiere was, dann könnte er sich sogar vorstellen, zur Polizei zu gehen. Holland hatte ihn nur ausgelacht. Dass er die 50.000 Euro gefordert hätte, könnte Hartung nicht beweisen. Hartung war ruhig geblieben und erwähnte nur, dass er für das unmoralische Angebot einen Zeugen hätte.

»Wen denn, etwa den da?«, fragte Holland und deutete auf Karl-Heinz. Das fand dann auch Karl-Heinz nicht gut, weil er spürte, dass diese Edel-Klette mit den teuren Autos, die seit einiger Zeit seinem Chef hinterherfuhr, schlecht über ihn sprach. Deshalb war er gleich einverstanden, als sein Chef auf die Puppe deutete, ihm schwarze Klamotten und ein Schild hinwarf und meinte, jetzt solle er ihm den Peter Holland mal schön aufhängen, etwas dezent, nicht gerade an einen Ampelmast in der Innenstadt, aber da, wo der Angeber oft anzutreffen wäre.

Karl-Heinz, der ohnehin zur Wachsenburg wollte, um den Zaun der dort grasenden Schafe und Ziegen umzusetzen, zog der Puppe die schwarzen Klamotten an, legte sie auf den Hänger und tuckerte los. Neben dem Burgparkplatz war eine geeignete Stelle, fand er, nicht so im Blickfeld, aber für den Wanderer auch nicht unsichtbar. Außerdem hatte er dort öfter den auffälligen schwarzen Porsche von Holland gesehen. Vermutlich begann der hier mit seinen Joggingrunden.

Fritz Hartung hatte die kleine Attacke gegen Peter Holland, die Karl-Heinz für ihn vor einigen Tagen auszuführen hatte, nicht vergessen, aber ihn plagten gerade andere Sorgen. Der Energieversorger hatte ihm für die Netzkapazität nur 30 Kilowattpeak zugestanden und nicht die beantragten 60. Das hieß, seine Photovoltaikanlage auf dem Scheunendach dürfte nur halb so groß ausfallen. Hieß zwar auch nur halber Kaufpreis, aber die Anlage war schon bestellt und die Idee mit der Kapazitätsbeschränkung konnte nur aus dem Lobbybereich der Atommafia stammen, so seine Überzeugung.

Er nahm sich am Abend aus dem Kühlschrank ein Frustbier, setzte die Flasche ohne Umweg über ein Glas gleich an, setzte sich vor den Fernseher und sah die Regionalnachrichten, die bereits begonnen hatten. Der Sender berichtete vom Ort einer Pressekonferenz. Es sah alles improvisiert aus, ein Kameraschwenk fing das Achteckgebäude der Himmelfahrtskirche in Arnstadt ein und endete an einer Baumgruppe im Schlosspark.

»Hier wurde eben die Leiche eines namhaften Investors gefunden, ein Freund und Förderer der Region, wie der Landrat eben betonte. Mit Bestürzung wurde der Leichenfund hier aufgenommen, man hat keine Erklärung, einige sprechen von einem

Unglücksfall, andere wiederum von eindeutigen Beweisen dafür, dass sich der Investor mit einem Seil erhängt hat.«

Fritz Hartung stand der Mund offen, er rückte näher an den Fernsehapparat heran und setzte die Flasche ab.

»Der Bürgermeister von Arnstadt hat sich zu einem kurzen Interview bereit erklärt«, sagte die Moderatorin und hielt das Mikro dem Bürgermeister vor das Kinn.

»Ja, das ist ein schwarzer Tag für uns in Arnstadt. Vor wenigen Tagen habe ich mit Peter Holland noch einige Großprojekte besprechen können. Er hatte immer ein offenes Ohr für unsere Belange und, das darf ich hier in der Stunde der Trauer auch sagen, eine offene Brieftasche, er war großzügig. Es ist mir unerklärlich, warum Peter Holland ...«, dann stockte er, sammelte sich und fuhr fort: »Die Polizei wird auch zu ermitteln haben, ob es sich um einen feigen, hinterhältigen Mord handeln könnte, getarnt als Selbstmord.«

»Vielen Dank, Herr Bürgermeister, damit gebe ich ab ans Funkhaus«, sagte die Moderatorin artig.

Fritz Hartung starrte mit aufgerissenen Augen und offenem Mund auf den Fernseher. Es folgten Wetterbericht und Werbung, ohne dass ihn eines der flimmernden Bilder erreicht hätte. Eine Ewigkeit musste er so gesessen haben. Irgendwann durchzuckte ihn ein Krampf in den Schultern wie ein elektrischer Schlag und weckte ihn aus der Schocksteife. *Passiert so ein Verbrechen? Geschehen so Morde? Aus einem kleinen dummen Missverständnis heraus?* Er konnte kaum noch einen klaren Gedanken fassen, alles verschwamm vor seinen Augen, vor dem immer wieder Karl-Heinz auftauchte, der gute, zuverlässige Arbeiter, der nie auf sich Rücksicht nahm. Erst jetzt fiel ihm auf, wie treu, ergeben und uneigennützig Karl-Heinz immer für ihn da war. Gewiss, Karl-Heinz war nicht der Hellste, konnte gerade mal so viel Rechnen und Schreiben, dass es damals mit dem Führerschein geklappt hatte, aber nie hatte er ihn in all den Jahren enttäuscht. Was er ihm aufgetragen hatte, das hatte er ausgeführt.

Und mit diesen Gedanken mühte sich Hartung krampfhaft, sich zu erinnern, was genau er vor einigen Tagen zu Karl-Heinz gesagt hatte. Häng ihn auf, hatte er gesagt und die schwarze Kleidung und das Pappschild mit der Warnung auf die Puppe geworfen, es konnte doch nicht der echte Peter Holland gemeint gewesen sein. Wie konnte er so furchtbar missverstanden werden? Karl-Heinz hatte eine irgendwie archaische Art, überlegte Hartung. Wie er ohne zu zucken die Schweine abstach, wenn eine Hausschlachtung anstand, und auch sonst wenig Federlesen um die anderen Tiere machte. Er war eben auf einem Bauernhof groß geworden und etwas grobschlächtig. Mit einer kranken Katze ging Karl-Heinz niemals zum Arzt. Irgendwann kam er mit einem kleinen Schmusekätzchen und das alte Tier war vergessen. *Oh Gott, Karl-Heinz.*

Hartung erhob sich nach einer Ewigkeit aus dem Sessel, trank den warmen Rest des Bieres in einem Zug, ging hinüber zur Vitrine und goss sich einen Doppelkorn ein. Dann einen zweiten.

Irgendwann in der Nacht wachte Hartung auf. Er war im Sessel eingeschlafen. Die geöffnete Flasche Korn lag auf dem Boden. Die Frage, ob er sie leer getrunken hatte oder sie leergelaufen war, interessierte ihn nicht. Was machte er mit Karl-Heinz, sollte er sich mit ihm bei der Polizei stellen, ihnen sagen, Karl-Heinz habe alles gestanden, aber er wäre geistig zurückgeblieben, eigentlich ein lieber Mensch, der keiner Fliege –, nein, das war Unsinn, der nie etwas Verbotenes gemacht hätte? Sollte er auf mildernde Umstände hoffen, Tötung im Affekt oder so was Ähnliches, was man bei großen Prozessen schon mal liest? Wenn Karl-Heinz seinen Auftrag nicht erwähnen würde, den er absolut falsch verstanden haben musste, dann wäre Hartung aus dem Schneider und nur Karl-Heinz säße im Knast. Na ja, ein paar Jahre, dann käme er auf Bewährung frei und er, Hartung, würde ihn dann schon wieder in Lohn und Brot nehmen. Oder wäre ihm selbst der Irrtum zuzurechnen? Dann könnten sie sich die Zelle teilen.

Hartung weckte noch am frühen Morgen Karl-Heinz im Nebenhaus. »Sag jetzt nichts, da ist irgendwas furchtbar schief gelaufen. Ich will, dass du nach Arnstadt fährst und die Stelle im Park beobachtest. Was ist da passiert, was wissen die Leute, haben sie einen Verdächtigen? Oder sagen die Leute, es sei Selbstmord gewesen? Tu einfach so, als ob dir der Peter Holland leid tut. Hast du verstanden?« Hartung war zu nervös, um auf irgendwelche Nachrichten im Fernsehen oder der Zeitung zu warten. Er wollte einen Wissensvorsprung – und wenn es nicht mehr anders ginge, bevor sie zuschlügen, dann doch lieber den Fehler gestehen und auf mildernde Umstände aufgrund eines reumütigen Geständnisses hoffen. Aber nichts zur falschen Zeit, nicht zu voreilig.

»Was, wie, wer, welcher Park, was beobachten?« Karl-Heinz schien aus dem Tiefschlaf gerissen und musste sich erst orientieren. Sein Chef in seinem Schlafzimmer. War das je schon mal vorgekommen?

Hartung beschrieb den Tatort, den Park neben der Himmelfahrtskirche, hinter dem Landratsamt, na, er würde das doch noch wissen, müsse er noch klarer über das Furchtbare sprechen, fragte ihn Hartung und man sah ihm an, dass er mit den Worten und um Fassung rang, während Karl-Heinz hoffte, dass sein Chef sich deutlicher ausdrücken würde, um den Auftrag auch zu seiner Zufriedenheit erledigen zu können.

Kurz darauf tuckerte Karl-Heinz vom Röhrensee, der Knecht auf dem Hartung-Hof, mit dem betagten Deutz-Traktor durch die Arnstädter Innenstadt. Eigentlich wollte er heute mit dem

Traktor zum Burgparkplatz, denn beim letzten Mal, gestern, hatte er gesehen, dass da offensichtlich jemand die Puppe gefunden und abgehängt hatte. Zuvor standen dort kurzzeitig ein Polizeiwagen und ein alter schwarzer Golf mit Berliner Nummernschild.

Später an diesem Tag sah er dann den schwarzen Golf auf dem fast leeren Parkplatz neben der Himmelfahrtskirche. Verdächtig oft fiel ihm der Wagen mit dem Berliner Kennzeichen auf. Schimpften die Leute nicht immer auf die ferne Hauptstadt und auf die Regierung in Berlin? Dann tuckerte er nach Hause und berichtete seinem Chef. Viel gab es nicht zu erzählen, aber da war ein schwarzer Wagen mit Berliner Nummer, der wäre sehr auffällig gewesen.

»Ein Schnüffler vielleicht. Der muss verschwinden. Halt, so meine ich das nicht, aber mach es dem was zu unbequem«, sagte Fritz Hartung.

Am nächsten Tag setzte Karl-Heinz erneut den Zaun für Schafe und Ziegen unterhalb der Wachsenburg um, was notwendig war, weil die mageren Kalkwiesen nicht viel üppiges Gras hervorbrachten. Auf dem Weg in die Stadt überholte ihn der schwarze Golf mit Berliner Kennzeichen. Später sah er ihn erneut bei der Himmelsfahrtskirche. *Unbequem soll ich es ihm machen,* dachte Karl-Heinz. *Da habe ich doch was.* Er zog ein Mehrzweckwerkzeug aus der Tasche, das ihm der Chef zu Weihnachten geschenkt hatte. 99 Funktionen, sagte die Bedienungsanleitung, die das Utensil für Campingurlaube oder Radtouren pries. Mit 99 Anwendungen? 100 Anwendungen, sagte sich Karl-Heinz, der sich neben den Golf gekniet hatte und mit einem herausziehbaren Stahldorn ein Loch in einen Reifen bohrte, ein kleines Loch, das mit kaum hörbarer, hoher Frequenz zischte. Karl-Heinz stemmte sich aus der Hocke hoch und registrierte zufrieden, dass ihn niemand an diesem Nachmittag beobachtet hatte. Auf dem Weg zurück zum

Traktor fand er es dann viel zu bequem für den Fahrer, nur einen Plattfuß am Auto zu entdecken. Denn das passierte schon mal, dass man in einen Nagel oder eine blöde Scherbe fuhr. So richtig unbequem würde es aber, wenn gleich zwei Reifen hinüber wären, denn wer fährt schon zwei Ersatzreifen mit sich herum? Keiner. So ging Karl-Heinz ein zweites Mal in die Hocke.

3. Teil

Rick Preuß liebte schnelle Autos, seine Paintbrush-Entwürfe, mit denen er manchmal Street-Custom-Autos veredeln durfte, seine Firma A&P Design und manchmal seine Frau. In dieser Reihenfolge, die sich nicht unwesentlich durch die Mühen der Geschäftsgründung herausgebildet hatte. Der Arbeitstag war hart. Kundenwünsche waren anspruchsvoll, weil Folien für Autos und handgemalte oder aufgesprühte Motive immer etwas Zusätzliches waren, ein Luxusgut, das keiner brauchte, einige sich aber gönnten und dafür ordentlich Geld hinlegten. Umso penibler waren sie dann bei der Endabnahme. Dazu kamen die zähe Akquise und das Drumherum wie Ladenmiete, Strom, Wasser, Heizung, das erst mal erwirtschaftet werden musste. Jede Ausgabe wurde von seiner Frau und Geschäftspartnerin Mandy Albrecht hinterfragt. Der erhoffte Sportwagenkauf, veredelt mit seinen besten Paintbrush-Ideen als Marketingträger, war längst in weite Ferne gerückt, da war das Herummäkeln von Peter Holland an der schwarzen Folie nur noch der letzte Tropfen auf dem heißen Stein seiner schlechten Laune.

Holland drückte sich vor der Zahlung, aber dann hätte er sich den Wagen eben nicht zulegen sollen. Wer beim Einkauf sparte und den niedrigen Wiederverkaufswert der Farbe Gelb ausnutzte, musste sich über die Folgekosten eines notwendigen Farbwechsels nicht wundern. Es hatte bei der Abnahme des schwarzen Porsches großen Ärger gegeben. In den Falzen, wenn die Tür sich öffnete oder die Kofferraumhaube, war im Millimeterbereich das ursprüngliche Gelb zu sehen. Preuß kam mit der Folie einfach nicht in jeden Winkel und Holland würde ja wohl nicht mit offener Fronthaube fahren wollen. So schaukelte sich der Streit um die handwerkliche Ausführung immer höher. Holland tobte, er hätte einen coolen Auftritt, black is beautiful, in Auftrag gegeben, aber für so was Dilettantisches gäbe es nichts. Und dann fiel noch dieser dämliche Spruch mit der schnellsten Wespe Thüringens. Mit diesem Wutausbruch ließ er den verdutzten Rick Preuß stehen und raste davon.

Wenig später stand Peter Holland in der Zeitung. Er hatte dem Theaterverein eine kleine Summe gespendet, die Hälfte des Betrags, den er Preuß schuldete. Lachend, mit blitzenden weißen Schneidezähnen, überreichte er dem Vereinsvorsitzenden vor der Theaterkulisse einen überdimensionierten Scheck. Der Vorsitzende dankte und lud ihn sogleich als Ehrengast zur nächsten Premiere ein. *Na warte,* sagte Rick Preuß und warf die Zeitung in die Ecke.

Da Johannes Fielding Tina galant nach Hause fahren wollte, schlenderten sie gemeinsam zum Parkplatz, wo er seinen schwarzen Golf abgestellt hatte. Fielding ging so nahe neben Tina, dass sich ihre Schultern öfters berührten. Er genoss diese Nähe und wünschte sich seinen Wagen weit, weit weg. Irgendwann hakte sich Tina bei ihm ein.

Fielding fühlte sich wie im Stadium des Äquinoktiums, was er Tina nicht sagen mochte, weil der Begriff von der Tagundnachtgleiche zu technisch und zu unromantisch klang, ihm aber deshalb einfiel, weil etwas Austariertes wie die Tagundnachtgleiche zwischen ihnen beiden auf der Kippe stand und damit eine Entscheidung für ihre ungeklärte Beziehung bevorstand – mochte sie ihn oder mochte sie ihn nicht mehr als einen x-beliebigen Kollegen oder Bekannten – während seine Mutter dazu wohl knapp sagen würde, zwischen beiden bahnte sich etwas an.

Es war das Stadium einer unausgesprochenen Zuneigung, die noch gar nichts bedeuten musste. Fielding rechnete schlimmstenfalls mit einem Freund, den es in der Stadt oder sonst wo geben mochte. Einen Ex-Freund gab es auf jeden Fall, wie sie ihm gesagt hatte, und solche Ex-Freunde konnten beharrlich sein, zurückkommen oder fernbleiben, einem Schwelbrand gleich, bei dem vermeintlich gelöschte, versteckte Glutnester wieder aufglimmen oder endgültig verlöschen konnten.

Er fand Tina umwerfend, eine tolle junge Frau, mit der man Pferde stehlen könnte und die sich am Ende eines langen Tages an seine Seite werfen würde, hoffte er. Aber auch dann, wenn sich eine Freundschaft zwischen ihnen beiden entwickeln würde, bedurfte es noch der Bewährung im Alltag. Dass die erste Prüfung unmittelbar bevorstand, war ihnen allerdings nicht bewusst, sie kam recht plötzlich daher. Fielding ertappte sich dabei, wie er versuchte, neben ihren Äußerungen auch Tinas Körpersprache zu analysieren. Drückte sie sich stärker als notwendig an ihn, konnte er schon von Anschmiegen reden? Vielleicht war das auch sein Fehler, immer zu analytisch an die Dinge heranzutreten und diese sonst so solide empfundene akademische Ausbildung auf ein Terrain zu erstrecken, das er mal lieber dem gesunden Menschenverstand hätte überlassen sollen. Aber als Kopfmensch tat er sich schwer, der emotionalen Seite mehr Raum zu geben. Am liebsten wäre ihm gewesen, Tina hätte als Fast-Psychologin seine Unsicherheit erkannt und gehandelt, oder wie der Jurist Fielding dachte, unverzüglich, ohne schuldhaftes Zögern.

Der laue Abend neigte sich dem Ende zu, das Konzert der Singvögel hatte abgenommen, nur noch eine Amsel trällerte ihr Lied.

Das urbane Grundrauschen hatte sich ein paar Stufen leiser gedimmt und die ersten Grillen taten so, als wären sie nie weg gewesen. Fielding fand, dass sich Glück nicht definieren, sondern sich nur in solchen Momenten finden lasse. Als hätte er laut nachgedacht, hielt Tina plötzlich inne, griff nach seiner Hand, drückte sie ganz fest und löste im Körper Fieldings eine hormonelle Eruption aus, alles überflutende Glückshormone wurden ausgeschüttet, die ihm blitzartig in den Kopf schossen und signalisierten, dass die Frage aller Fragen nonverbal beantwortet zu sein schien.

Tina zog aber fast im gleichen Moment ihren Arm aus seiner Armbeuge und lief dem orangefarbenen Licht der Laterne entgegen, unter der sein Wagen stand. Fielding blieb zurück und suchte nach einer rationalen Begründung für dieses Glücksgefühl, war wieder mitten in der Analyse, wie herzlich und zupackend er ihren Händedruck empfunden hatte und wie er ihn auf einer nach oben offenen Skala der Zuneigungszeichen einordnen könnte, als ihm mit einem Schlag eine völlig andere Bedeutung des Händedrucks deutlich wurde: Tina hatte sich ordentlich erschreckt. Sein Wagen stand merkwürdig tiefergelegt auf dem Parkplatz, was Tina wohl sofort gesehen haben musste. Stand der Wagen vielleicht in einer Rinne?, wagte er noch zu hoffen. Er kam näher und sah vorne auf den Reifen. Er war platt. Fielding wollte schon den Kofferraum öffnen und das Reserverad herausholen, als Tina, die zur Beifahrerseite gegangen war, laut fluchte. Auch hier war der Vorderreifen platt.

»Das ist kein Zufall. Hast du hier Feinde?«, fragte Tina.

»So schnell? Das hätte ich ja noch nie geschafft. Aber hast du vielleicht noch einen Lover, der sich mit der Zweitbesetzung nicht zurechtfindet?« fragte er für sich selbst überraschend deutlich und ärgerte sich im gleichen Moment, denn nichts war unpassender, als das Geständnis der Zuneigung in so einem blöden Satz rauszuhauen.

»Witzig, so eine bin ich nicht, ich bin Single«, erwiderte sie und spielte kurz mit ihrer Entrüstung.

Das war jedenfalls eine passende Antwort, sie hat richtig reagiert, dachte er. »Mit dem einen Ersatzrad kommen wir nicht weiter, ich muss in eine Werkstatt«, lenkte er ab.

Dann setzten sie sich in den Wagen, der tagsüber so viel Sonne eingefangen hatte, dass sie die Türen offen ließen.

»Ich muss einem auf die Füße getreten haben, aber wem?«

»Jeder müsste sich über deinen Besuch freuen, du bringst ein Mammutevent mit. Mensch, G8-Gipfel, das sind Dauerschlagzeilen, ein riesiges Spektakel, egal wie holprig es ausfällt, die Region bleibt in den Köpfen.«

»Aber andere wollen das nicht. Die lassen die Luft raus.«

»Vielleicht Zufall, es stehen doch kaum Autos hier, nur da drüben, an der Seite mit der Häuserzeile, im Blick der Anwohner«, sagte Tina, »hier auf der Parkseite war dein Wagen unbeobachtet. Aus Frust werden schon mal Spiegel abgetreten oder Reifen zerstochen. Aber es gibt an der Ichtershäuser Straße eine Menge Tankstellen, die haben meist auch eine kleine Werkstatt mit Reifenservice. Komm, gehen wir hin.«

Fieldings Synapsenschaltungen sirrten in hoher Frequenz. Wenn diesen Vorfall der Hauch des Positiven umwehte, dann nur deswegen, weil die herzliche Anteilnahme Tinas wieder die Qualität des zuvor verkannten Händedrucks erreichte. Dem gegenüber stand die neue Funktion seines Wagens als Punching-Ball eines Frustrierten, der seine Wut freundlicherweise an einer Sache und nicht an einem Unschuldigen ausgelassen hatte. Fieldings analytisches Vermögen riet ihm aber dazu, immer das Negative anzunehmen. Freuen konnte er sich immer noch, wenn er mit seinem Berufspessimismus falsch lag. Für ihn war klar, dass da jemand mit geschlossenem Visier gegen ihn kämpfte.

Sie fanden bald eine Tankstelle, die nicht nur über eine Werkstatt verfügte, sondern der auch ein kleiner Supermarkt angeschlossen war. Fielding ging in die Werkstatt, Tina in den Laden. Sie wollte Fielding mit einem Wein überraschen, Rotwein, halbtrocken, für gleich oder später, denn sie hatte keine Getränke mehr im Haus. Falls sie den Wagen nicht sofort reparieren konnten, würde sie ihm ihr Appartement zum Übernachten anbieten, denn nach Holzhausen auf die Wachsenburg würde er es jetzt am Abend nicht mehr schaffen. Sie ging durch die Reihe mit Wein, Bier, Limonaden, als sie von Weitem Rick Preuß sah, den Inhaber von A&P Design. Er stand beim Regal mit Kfz-Zubehör, ging weiter zur Obst- und Gemüseabteilung, zog seine blaue Drillichjacke aus, die er über einem Blaumann trug, nahm einen Beutel mit orangefarbenem Inhalt, vielleicht Möhren, und legte ihn in den Einkaufswagen. Die blaue Jacke legte er über die Packung, schob dann den Wagen zur Kasse. Tina näherte sich langsam von hinten mit einer Flasche rotem Dornfelder aus der Saale-Unstrut-Region. Preuß drehte sich kurz um, sah sie kommen und zeigte ihr wieder den Rücken, hielt der Verkäuferin die Packung hin, die den Beutel kurz mit dem Scanner in rotes Licht tauchte. Preuß warf das Gemüse sofort in den Wagen zurück und legte die Jacke drüber. Dann rollte er den Wagen raus und war so schnell verschwunden, wie er eben vor Tina aufgetaucht war.

Nebenan in der Werkstatt hatten sie eine gute Lösung gefunden. Anstatt den Wagen aufwendig abzuschleppen, fuhren sie mit einem Werkstattwagen und zwei neuen Reifen zum Parkplatz, setzten den Wagenheber an und wechselten in nicht mal einer Viertelstunde beide Reifen. »Waren sowieso bald fällig«, meinte Fielding und redete sich den Vorfall schön, um dem Freitagabend doch noch zu einer aufhellenden Grundierung zu verhelfen.

»Und was passiert jetzt mit der Flasche Wein?«, fragte Tina.

»Ich muss noch fahren und ins Hotel auf die Wachsenburg, wie wäre es stattdessen mit morgen Mittag, wir könnten zusammen bei dir kochen und dazu Wein trinken, ich müsste doch erst abends ins Hotel zurück.«

»Abgemacht, aber dann müssen wir jetzt noch einkaufen«, sagte Tina.

»Okay, das passt. Der große Einkaufswagen ist fertig«, sagte Fielding.

Als sie vor dem Supermarkt standen, meldete sich seine Mutter über das Handy.

»Meine Mutter, sie ist bei meinem Vater in der Klinik«, sagte er leise zu Tina. Dann hörte er sich die Neuigkeiten aus der Heimat an. »Schön zu hören, dass es ihm besser geht. – Zwei Stents gesetzt, aha, kommt am Wochenende raus. Was ist mit Axel? – Warum geht es ihm schlecht? Weil er mich vermisst? Lass ihn in mein Zimmer. Vielleicht beruhigt er sich dann, wenn er meine Sachen riecht. – Ja, am Wochenende, bestimmt komme ich. Mach's gut, viele Grüße an Papa.« Fielding steckte das Handy wieder ein. »Irgendwann kommt die Zeit, da müssen wir unsere Eltern pflegen wie sie uns damals gepflegt haben«, sagte er.

»Du? Du wirst deine Eltern pflegen? Das wird immer seltener werden. Meistens wird man Profis bestellen«, sagte Tina, »wir sind da schnell überfordert. Keine Ahnung, wie sie das früher gestemmt haben. Aber da hingen alle zusammen in einem Haus. Und heute?«

»Heute sieht man das alles betriebswirtschaftlich. Zum einen haben in den meisten Haushalten beide einen Job und kaum Zeit, die Eltern zu betreuen, zum anderen bildet sich eine neue Pflegedienstleistungsindustrie heran. Wirst sehen, wenn die geburtenstarken Jahrgänge gepflegt werden müssen, dann erledigt das meiste eine Robotertechnik.«

Der Abschied am unscheinbaren Mehrfamilienhaus war fern von großem Kino. Tina hatte die Einkäufe für das Wochenende in zwei Tüten verpackt, schloss die Haustür auf, drehte sich zu Fielding um, der ihr die Taschen auch hochgetragen hätte, aber Tina fasste den Tag mit: »War anstrengend« zusammen, wünschte ihm eine gute Nacht und ging ins Haus. Sie drehte sich noch einmal zu ihm um, im Flur sprang müde eine Sparlampe an und die schwach dauerbelichtete Zeitspanne, die ihm die Türschließautomatik einräumte, die den Blick auf Tina immer schmaler werden ließ, erinnerte Fielding ans Abschiednehmen am Bahnsteig, wenn der Zug anrollte. Was hätte denn passieren müssen, überlegte er, als er wieder im Wagen saß und die Richtung nach Holzhausen einschlug, dass sie ihn hochbittet, auf einen Kaffee, einen Tee, dass sie die Bettdecke zurückschlägt, ihm das Hemd auszieht. Und wollte er das von Tina am zweiten Tag des Kennenlernens? Er wusste, dass er genau das haben wollte, aber wenn das Tinas Tempo gewesen wäre, dann hätte sie eine Vergangenheit, die seiner zu fremd wäre.

Am Sonntagmittag kochten Tina und Fielding. Die Küchenzeile ihres kleinen Appartements war auf Singles zugeschnitten, deren Kochkünste auf das Öffnen diverser Fertiggerichte beschränkt waren. Während Spaghetti im Topf blubberten, Tina Basilikum zupfte und Fielding Knoblauch und geröstete Pinienkerne für Pesto klein hackte, entwickelten sie eine Strategie, wie sie ein wenig Licht ins Dunkel einiger Vorfälle bringen konnten, die sie und die Stadt beschäftigten.

»Spaghetti al dente?«, fragte Fielding plötzlich, um nicht den besten Zeitpunkt zum Abschütten zu verpassen.

»Oh, wie polyglott der Mann von Welt ist«, witzelte Tina. »Bitte nicht matschig, egal, wie das auf Italienisch heißt.«

Fielding kippte das Wasser über der Spüle ab, setzte den Spaghetti-Topf auf die abgeschaltete Herdplatte und legte ein paar Butterflocken auf die heißen Nudeln. Dann öffnete er den Dornfelder, den Tina gestern gekauft hatte. Sie hatte unterdessen den Tisch gedeckt und als Fielding Nudeln und Pesto auftrug, meldete sich sein Handy, das auf der gläsernen Platte eines Beistelltischs im Kreis vibrierte und dabei wie ein Schwingschleifer klang.

»Mist, mein Chef, den kann ich nicht wegdrücken, sorry.«

»Soll ich rausgehen?«, fragte Tina.

»Nein, ich versuche es kurz zu halten.« Dann nahm er das Gespräch an. »Hallo Werner, wie geht's?«

»Johannes, erwisch ich dich auf dem falschen Fuß? Wollte nur hören, wie es läuft. Landrat und Bürgermeister sind wohl ganz aus dem Häuschen.«

»Wenn ja, haben sie das gut kaschiert. Wir müssen sehen, ob und wie wir die Besucherströme, die wir zum Gipfel erwarten, auffangen können. Die Arnstädter Region wirkt doch etwas museal, kleinteilig. Journalisten, die Masse an Übertragungswagen, Entourage der Regierungschefs, Sicherheitspersonal, Polizei, aber das muss ich dir nicht alles aufzählen. Die Leute hier unterzubringen, das wird nicht einfach.«

»Die Kapazitäten müssen stimmen, da hast du recht. Die können nicht davon ausgehen, dass wir eine Retortenstadt aufbauen, eine Art G8-Zeltstadt, die mitreisen kann. So was gibt es nicht«, sagte Kolb.

»Meiner Meinung nach war den Beteiligten hier auch nicht klar, dass sie sich im Wettbewerb mit anderen Orten befinden, dass es noch keine exklusive Entscheidung für den Ilm-Kreis gibt. Wir werden drei Orte ausloten und uns für den Besten entscheiden, das war unsere Strategie, als ich am Donnerstag von Berlin losgefahren bin. Vielleicht kannst du das im Gespräch mit dem

Landrat noch mal deutlich machen. Kaufmann sah mich da etwas ungläubig an, als ich ihm den Wettbewerbscharakter herausstellen wollte. Aber Vorfreude ist auch eine Freude, wir können diese Auswahl bestimmt so gut verkaufen wie sonst die Verlage die Shortlist beim Buchpreis.«

»Ja, kannst recht haben, sollten wir am Montag vor der Präsidiumssitzung besprechen. Du, ich mach Schluss, es gibt gleich Essen«, sagte Werner Kolb.

»Ah, bei mir auch, wird schon kalt. Aber wieso Montag? Da werde ich meine Gespräche fortsetzen, habe noch Termine beim Landrat, beim Bürgermeister und bei der Polizei.«

»Du bist am Donnerstag losgefahren und immer noch nicht fertig?«, Kolb klang verschnupft.

»Es gab Verzögerungen«, druckste Fielding herum.

»Welcher Art?«, fragte Kolb direkt zurück.

»Na ja, einen Todesfall. Ein Investor hat sich aufgehängt, vielleicht wurde er auch erhängt, die Ermittlungen sind noch voll in Gang, der Mann war hier in der Politik und Wirtschaft gut vernetzt, schien aber ein kleines Schlitzohr gewesen zu sein.«

»Ein Toter, ein Mord? Sag mal, Johannes, wieso passieren dir immer diese Dinge, egal, wo du dich aufhältst. Wenn mal einer vom BKA ein Bewegungsprofil von dir anfertigt, hast du schlechte Karten. Leichen pflastern deinen Weg.« Die Ironie, die manchmal in den Gesprächen mit Werner Kolb herauszuhören war, schien verschwunden.

»Ach, und ich dachte, du hättest das hier eingefädelt, um mir den Aufenthalt so attraktiv wie möglich zu gestalten«, versuchte Fielding die Stimmung seines Chefs aufzuhellen.

»Johannes, ich bin nicht für alle Pannen zuständig, auch wenn das die Presse so sehen mag. Dann treffen wir uns also am Dienstag. Schönen Sonntag noch.«

Fielding drückte das Handy aus. »Tut mir leid, aber es geht mir wie dir, ich bin auch immer im Dienst. Mein Chef macht Druck, am Dienstag soll ich wieder in Berlin sein, verpasse morgen sowieso schon die Präsidiumssitzung des Parteivorstands.«

»Hast du keinen Vertreter? Wir sind eine kleine Redaktion, können uns die Zweit- oder Drittbesetzung nicht leisten, aber beim Bundeskanzleramt denke ich an einen riesigen Moloch, der Personal gebunkert hat, nur um ständig alle Schlachtfelder der Politik beackern zu können«, meinte Tina.

»Ja, so ähnlich ist es auch. Als Bundeskanzler muss Werner Kolb über weltweit laufende Entwicklungen ständig informiert sein oder sie zumindest abrufen können, um in der Lage zu sein, schnell zu reagieren. Es wird oft improvisiert, zum Beispiel in Schaltkonferenzen mit den anderen Regierungschefs gesprochen, um in der EU mit einer Stimme aufzutreten. Wenn dir etwas schief geht, kannst du die Zeitungsenten am nächsten Tag mit dem größten Bedauern zurückrufen. In der Politik kosten falsche Entscheidungen schon mal Milliarden und die Glaubwürdigkeit.«

»Dienstag wieder in Berlin? Das wird knapp«, sagte Tina, die ebenfalls bedauerte, dass Fielding Arnstadt wieder verlassen musste.

»Ich dachte, wir könnten uns gleich noch einmal in Arnstadt umsehen, Stadthalle, Turnhallen, größere Versammlungsräume, wo wir die akkreditierte Presse unterbringen könnten, Helfer, Sanitäter und so weiter. Dann sollte ich noch herausfinden, wo man Sicherheitsgrenzen rund um den Veranstaltungsort ziehen könnte, aber das wäre Aufgabe des BKA, unterstützt vom LKA. Was kann ich sonst noch am Sonntag tun? Am besten Schneider, den Polizisten, aufsuchen, der hatte im Gespräch mit seinem Chef erwähnt, dass er heute Bereitschaftsdienst hat«, sagte Fielding, während er große Portionen Spaghetti auf die beiden Teller häufelte.

»Ich möchte die Reportage zu Peter Holland fortsetzen, dazu könnte ich Preuß befragen«, überlegte Tina, die sich die Schale mit dem Pesto gegriffen hatte und die grüne Soße über die Nudeln verteilte. »Na ja, das klappt heute am Sonntag vermutlich nicht mehr, vielleicht morgen.«

»Holland könnte mit vielen Leuten Kontakt gehabt haben, die seine Projekte behindert oder gefördert haben. Was wäre mit dem Hotelier auf der Wachsenburg? Der Hotelbetrieb läuft auch am Sonntag. Der muss sich doch bestimmt gegen den Windpark gewehrt haben, der den Blick auf seinen Kegelberg verstellen würde. Ich bin dort Gast, möchte nicht gerne unbequeme Fragen stellen, aber du, von der Presse, du kannst das!«

Tina wollte den Wein einschenken und merkte, dass die Gläser noch fehlten. Sie stand auf, um sie zu holen, und Fielding staunte, dass ihr Singlehaushalt zwei Weinrömer mit grünem Fuß aufwies. »Moment, ich mach das«, sagte er, griff sich die Flasche und goss ihnen beiden ein.

»Schön gekocht hast du«, sagte Tina, hob das Glas und prostete Fielding zu. Er ließ die Gläser klingen.

»Das war Teamwork.«

Nach dem Essen machten sie sich auf den Weg. Tina fuhr auf die Wachsenburg und Fielding suchte Carlo Schneider in der Polizeistation auf. Er ließ sich auf den Übersichtskarten von Arnstadt und Holzhausen mit der Burg die Anfahrtswege zeigen, Hubschrauberlandeplätze, den schnellsten Weg vom Erfurter Flugplatz zum Tagungsort, schließlich Lage und Kapazitäten der Unterkünfte.

»Gibt's was Neues von der Obduktion?«, fragte Fielding schließlich wie beiläufig.

»Wir werden uns morgen mit einem Aufruf an die Presse wenden«, sagte Carlo Schneider.

»Es gibt einen Tatverdächtigen?«, fragte Fielding überrascht.

»Das leider noch nicht, aber so viel vorweg: Holland wurde ermordet. Der Gerichtsmediziner hat festgestellt, dass am Hals Hanffasern subkutan in die Haut eingerieben oder gedrückt wurden. Das kann nur bei einer Strangulation mit großem Druck auf die Hautregion passiert sein. Hanf passt aber nicht zur Auffindesituation. Gefunden wurde Holland mit einem anderen Seil um den Hals, das aus Synthetikmaterial besteht. Aber morgen mit der Pressemitteilung wird alles zusammengetragen und dann hoffen wir auf Zeugen«, sagte Schneider.

»Haben Sie das schon mal erlebt? Ich vermute, dass Sie in Ihrem Polizistenleben mehrfach Erhängte gefunden haben.«

»Ja, leider, aber noch nie jemanden mit einem ausgetauschten Seil. Dann kann es Selbstmord nicht gewesen sein.« Schneider schien ratlos zu sein.

Von der Polizeistation aus ging Fielding zu seinem Auto, dass wieder am Alten Friedhof neben der Kirche stand. Seit dem Anschlag auf seinen Wagen wich die Unsicherheit nicht von ihm, der Täter könnte erneut zuschlagen und die Reifen noch einmal zerstören. Aber der Wagen stand genauso dort, wie er ihn verlassen hatte. Vielleicht doch nur ein Spinner, der zufällig vorbeigekommen war und Frust abbauen wollte? Fielding ahnte, dass er damit nicht ganz richtig lag.

Tina rief Fielding per Handy an. Sie hatte ein interessantes Gespräch mit dem Hotelier gehabt, der das bestätigte, was von dritter Seite auch schon zu hören gewesen war. Holland sei ein Schlitzohr gewesen, habe überall versucht, Geld auf linke Art zu verdienen. Dem Hotelier soll er angeboten haben, auf die Planung der Windkraftanlage noch Einfluss nehmen zu können. Holland sei ähnlich wie bei Fritz Hartung vorgegangen, nur mit dem Unterschied, dass er für einen fünfstelligen Betrag zur Deckung der Mehrkosten die Anlage außerhalb der Sichtweite des Hotels errichten würde. Was in der Kesselform des Thüringer Beckens freilich schwierig bis unmöglich war. Damit wäre der Blick auf die Burg gerettet, meinte Holland. Der Hotelier ließ ihn abblitzen. Er verlasse sich da voll und ganz auf die Politik, die die Region nicht verbauen, sondern den Charakter schon bewahren werde. Bei der Wartburg habe dies bisher doch auch gut funktioniert.

»Wie lange bleibst du auf der Burg, kommst du nach Arnstadt zurück?«, fragte Fielding.

»Soll ich hier auf dich warten?«, fragte sie zurück.

»Ja, ich könnte dir mein Zimmer zeigen und die Flure, alles wie im Museum. Ritterrüstungen in Nischen, Hellebarden, alte Gewänder hinter Glas.«

»Und deine antike Briefmarkensammlung auf deinem Bett«, sagte Tina.

»Du traust mir viel zu, selbst eine hochintelligente Anmache«, sagte Fielding, der exakt daran gedacht hatte, dass der erfolgversprechend begonnene Tag mit Tina noch eine Fortsetzung finden würde.

»Vielleicht ein anderes Mal, ich muss unbedingt noch zu meiner Mutter, sie hat heute Geburtstag.«

Fielding war enttäuscht und verwundert zugleich, denn Tina hatte mittags mit ihm gekocht, anstatt die Mutter zu besuchen. »Dann hast du ein Essen mit mir vorgezogen?«, sagte er.

»Meine Mutter war verreist, sie haben in der Nacht reingefeiert. Sie kommt jetzt mit meinem Stiefvater zurück. Ich soll sie vom Flughafen abholen, danach wollen wir in Erfurt essen gehen. Treffen wir uns morgen? Ich werde die Firma A&P besuchen, die beiden zu Holland interviewen, du wirst auch ein volles Programm haben, sehen wir uns doch abends bei dir, einverstanden?«

»Gerne, ich freue mich auf morgen.«

Fielding hatte sich den Sonntagabend anders vorgestellt. Er zockelte langsam auf der Landstraße in Richtung Holzhausen, sah zwar bei den entgegenkommenden Wagen genauer hin, aber Tina musste auf dem Weg zum Flughafen in Erfurt eine andere Route genommen haben. Er parkte im äußeren Burgring und schaute über die Festungsmauer in die Ferne zum blinkenden Tower am Flugplatz.

Er dachte an Katja, an die Trennung, die gut tat und dennoch schmerzte, weil sie eine Niederlage war, mit denen er noch nie klar gekommen war, weil die Niederlage in seinem Werte- und Fächerkanon nicht vorkam. Er hatte alles zu lernen versucht, Deutsch, Mathematik, Fremdsprachen, Naturwissenschaften, Schulfächer eben, aber Themen wie Trennung wurden nicht vermittelt, damit musste er selbst fertig werden. Und der nächste Schritt, das Kennenlernen und Verbinden von zwei Menschen oder auch der erste Schritt vor der Trennung, je nachdem aus welcher Richtung er es betrachtete, das wurde auch nicht gelehrt. Kurz nach dem Abitur hatte sich ein Mitschüler umgebracht. Es hatte alle schockiert. Er hatte sich einfach so vor den Zug geworfen. Fassungslosigkeit und Schrecken wichen bald dem Zorn auf die Tat, wie konnte ein junger Mensch sein Leben so wegwerfen? Die Eltern hatten ihn erzogen und begleitet bis ins Erwachsenenalter, die Lehrer hatten ihn geschult, ausgebildet, ihn geprüft und benotet und alles sollte nur darin münden, sich eines frühen Tages, als eigentlich alles bereitet war, um durchzustarten, vor einen Schnellzug zu werfen? Es soll Liebeskummer gewesen sein, wurde erzählt. Mediation war kein Unterrichtsfach und Liebeskummer offensichtlich die Achillesferse der Jugend. Oder eine Sollbruchstelle? Wie die empfindliche und lebensgefährliche Phase der Metamorphose, wenn sich das Fluginsekt aus dem Kokon schält und die weiche Chitinhaut in der Luft noch aushärten muss, bevor sie zum stabilen Panzer wird. In dieser Phase ist das Insekt leichte Beute und am Ende, bevor es überhaupt angefangen hat. Immer wenn Fielding erschöpft war, begannen diese Gedanken in ihm ein Eigenleben zu führen, das er nicht beherrschte, das aber zu einer Schlussfolgerung führen konnte, die für ihn einen Erkenntnisgewinn bedeuten würde.

Die für ihn offen stehende Fluchttür, durch die er dem Sog des Gedankenwirbels entkommen konnte, in den er irgendwann alles über Tina einrührte, war ein tiefer, komatöser Schlaf.

Am nächsten Morgen sah das alles schon wieder positiv aus. Er zog das Frühstück wie einen Brunch in die Länge. Am Abend spätestens würde er sich mit Tina treffen und dann wollte er gerne alles ausblenden, was mit dem G8-Gipfel oder dem toten Investor zu tun hatte, und sich auf eine junge Frau konzentrieren, die ihn gedanklich nicht mehr losließ. Im Landratsamt hatte er sich für zehn Uhr mit dem Landrat verabredet, gegen elf Uhr würde der Bürgermeister hinzukommen. Anschließend wollte er zu Schneider, falls der nicht schon beim Landrat auflief.

Als er am Portier vorbeiging, legte der gerade den Hörer auf.

»Ach, Herr Fielding, es gibt eine gute Nachricht. Wir werden Sie für die nächste Nacht in der Hochzeitssuite einquartieren.«

»In die bitte was?«

»In die Hochzeitssuite.«

»Was soll ich denn da? Ich meine, das geht mir jetzt ein wenig zu schnell.«

Der Portier lachte. »Nein, nein, Sie müssen nichts überstürzen, um in den Genuss unserer prunkvollen Neo-Barock-Suite zu kommen. Wir gehen aber davon aus, dass Sie in Ihrer Mission unser gesamtes Portfolio betrachten wollen. Unter uns, Ihr Einzelzimmer war etwas winzig. Wir können mit unseren Räumlichkeiten alle Anforderungen erfüllen, vom einfachen Mitarbeiter oder Referenten mit unseren Einzelzimmern bis hin zu Suiten für Präsidenten oder gekrönte Häupter.«

»Und jetzt soll ich den König spielen? Oder den Präsidenten?«

»Spielen Sie doch einfach sich selbst innerhalb einer Upgrade-Soap.«

»Upgrade-Soap? Muss ich wissen, was das bedeutet? Verschweigen Sie mir etwas? Ach, wem habe ich das Upgrade denn zu verdanken? Schließlich muss doch jemand die Rechnung übernehmen?«

»Sie als Gast müssen sich diesmal mit diesem kleinen Fiskalpakt nicht beschäftigen. Unser Mandant hat um Stillschweigen gebeten«, sagte der Portier.

»Haben Sie noch nie etwas von den Compliance-Regeln gehört? Bestechung, Vorteilsannahme?« Fielding wurde im Ton verbindlicher. Der Portier auch.

»Unsere Gäste gehen in der Regel ganz entspannt mit einem Upgrade um, sie wissen nur zu gut, dass es in der kalten Welt da draußen andere, schlimmere Vorgänge geben mag. Kurzum: Ihre kleine Dienstreise wird mit freundlicher Unterstützung des Landkreises getragen. Mehr werden Sie von mir nicht erfahren. Wir erlauben uns, in der Zeit Ihrer Abwesenheit Ihr Gepäck in die Hochzeitssuite zu transferieren.«

Im äußeren Burgring parkte eine silberne Luxuslimousine neben seinem Wagen. Der Fahrer war soeben aus dem Wagen ausgestiegen und sah über die Festungsmauer, während Fielding seinen Wagen aufschloss. Der Fahrer drehte sich um. »Sie müssen Herr Fielding sein, Johannes Fielding. Steigen Sie bitte hier ein.« Der Fahrer war zur Beifahrertür gegangen und hatte sie geöffnet. »Oder möchten Sie lieber im Fond sitzen?«

»Ich darf nicht zu fremden Männern in den Wagen steigen, sagt meine Mutter«, meinte Fielding trocken. »Von wem kommen

Sie überhaupt, wohin geht die Reise? Oder wie man hier im Thüringischen sagt, wohin transferieren Sie mich mit diesem Upgrade-Auto?«

Der Fahrer sah ihn etwas irritiert an. »Ich komme vom Landrat. Ich bringe Sie zu Ihrem Termin und bin als Ihr persönlicher Fahrer für die Zeit Ihrer Anwesenheit bei uns abgestellt worden.«

»Oh, das ist aber nett«, sagte Fielding, stieg ein, während der Fahrer startete und den Wagen kaum hörbar über den Kies nach unten ins Dorf gleiten ließ. Es war 9 Uhr 45, in einer Viertelstunde begann in Berlin die Präsidiumssitzung des Parteivorstandes, Zeit genug, noch mit Werner Kolb zu reden. Fielding wählte ihn über die Kurzwahltaste eins an.

»Guten Morgen, Werner, sag mal, ich sitze gerade in einem Luxusschlitten, okay, keine Sorge, es sind keine zwölf Zylinder wie in deinem Wagen, es sind nur acht, flüstert mir mein Chauffeur zu, aber kann es sein, dass du gestern noch mit deinem Freund, dem Landrat, über die Wettbewerbssituation zwischen drei Orten für den G8-Gipfel gesprochen hast?«

»Wie kommst du darauf?«

»Es scheint zu wirken, ich habe plötzlich einen persönlichen Fahrer. So hatte ich das nicht gemeint. Ein Wettbewerb zwischen den drei Orten soll wie eine Ausschreibung wirken. Ausgewählte Orte sollen sich präsentieren, vielleicht nach einem Raster, das ich noch entwerfen könnte. Zum Beispiel, welche Kriterien der Ort in welcher Weise umsetzen und erfüllen kann. Das wären dann auch Garantiezusagen der Bewerberstädte, die sie später erfüllen müssten.«

»Ist mir doch klar, aber der Landrat hat ohne mein Zutun wahrscheinlich ein rundes Gesamtpaket schnüren wollen. Und offensichtlich hat er an alles gedacht, wenn er selbst meine Referenten einbezieht. Weißt du was, manchmal muss man einfach stillhalten und genießen! Du, ich muss jetzt, tschüs.«

Während des Gesprächs hatte ihn die motorisierte Sänfte aus einer Präzisionsmanufaktur deutscher Provenienz geräuschlos ins Landratsamt gebeamt. Der Chauffeur hatte parallel zu Fieldings Telefonat mit Kolb über die Freisprechanlage seine Koordinaten durchgeraunt, so dass im Foyer der Behörde neben dem Neideckturm eine Empfangsdame mit einem Blumenstrauß aufwartete, den sie mit einem Knicks überreichte und damit den kurzen Moment überbrückte, bis der Landrat die Freitreppe heruntergestürzt kam und Fielding wie einen lang verschollenen Freund empfing.

Das Verwöhnprogramm hat begonnen, dachte Fielding und erinnerte sich an die Empfehlung von Kolb, stillzuhalten und zu genießen.

»Herzlich willkommen, mein lieber Herr Fiedling«, sagte der Landrat, breitete die Arme aus, als ob er ihn umarmen wollte, drehte dann aber den offenen Armkreis in Richtung Treppe, um den Gast in das erste Obergeschoss zu leiten. Fielding war gerührt, die Politik des Umwerbens und Aus-dem-Rennen-werfen-Wollens weiterer Orte, die als Austragungsort des G8-Gipfels in Betracht kamen, zeigte Wirkung, so dass der sonst so korrekte Kanzlerreferent nicht einmal seinen Namen korrigierte, obwohl Fiedling bei nur einem Konsonantenaustausch zu Fiesling würde. Er nahm sich vor, in diesem Fall einzuschreiten. Der Bürgermeister kam ihm im Obergeschoss ebenso freudig entgegen.

»Der Effektivität halber bat ich den Herrn Bürgermeister dazu, damit wir einen gemeinsamen Termin haben und Sie den Nachmittag zur freien Verfügung in unserer Region verbringen können«, sagte der Landrat. »Mein Fahrer wird Sie gerne zu den bedeutendsten Sehenswürdigkeiten bringen, Sie brauchen ihn nur wie ein fleischgewordenes Navigationsgerät zu programmieren.« Landrat und Bürgermeister warfen sich fast weg vor Lachen und Fielding lächelte aus Höflichkeit, was er bei einer Fahrerin unterlassen hätte, um sie nicht zweideutig zur Sache zu degradieren. Ein Fahrer als lebendes Navi, Fielding schüttelte sich.

Im Besprechungsraum des Landrats war ordentlich aufgetischt worden, dennoch verloren sich die Flaschen mit Mineralwasser, Limonade und Saft sowie zwei Teller mit belegten Brötchen und Häppchen, aufgespießten Käsequadern im Wechsel mit Trauben, wie eine Oase auf der blank polierten Tischwüste. Als sie zu dritt Platz genommen hatten, rollte eine Dame einen Teewagen mit Kaffee herein.

»Wir haben gedacht, dass wir unser Gespräch vom Donnerstag auf der Wachsenburg in ähnlicher Besetzung heute fortsetzen. Den Kreis auf unsere Dezernenten auszuweiten, halten wir für verfrüht, das wäre dann erst in der Umsetzungsphase unverzichtbar.«

»Das ist völlig in Ordnung, Herr Kaufmann«, sagte Fielding und zeigte auf die Kaffeetasse, die ihm umgehend gefüllt wurde. Die Dame öffnete ihm auf ein Nicken hin die Kaffeesahneportiönchen, nur trinken musste er noch selbst.

»Für uns besonders wichtig ist, wie viele Teilnehmer wir beim Gipfel erwarten können«, sagte der Landrat zum Einstieg ins Thema.

»Denn wir müssen ja von mehr Personen ausgehen als acht!«, sagte der Bürgermeister lachend, merkte aber, dass er der Einzige war, der darüber schmunzeln mochte. Fielding ahnte, dass genau das der kritische Punkt war, die Unterbringung der Massen. Der G8-Gipfel würde diese Region, die an vielen Stellen wie ein Freilichtmuseum daherkam, fluten wie Hurrikan Katrina New Orleans.

»Die Zahlen ändern sich bei jedem Gipfel, aber eines ist sicher, es werden immer mehr.«

»Im Klartext heißt das?«, wollte der Landrat wissen.

»Zum Beispiel beim G8-Gipfel in L'Aquila, 2009 in Italien, waren es allein dreitausend akkreditierte Journalisten und sechzehntausend Polizisten.«

»Hui!« Der Bürgermeister pfiff zwischen den Zähnen. »Das sind über fünf Polizisten auf jeden Pressevertreter.«

»So gefährlich sind die nicht, eher ein Polizist auf zehn Demonstranten«, sagte Fielding und fand, dass so ein Umrechnungsfaktor schon sehr euphemistisch daherkam, eins zu zehn, klang so überschaubar, so nett, fast schon niedlich. Da rechnete kaum einer hoch und kam auf 160.000 Demonstranten, die zwar auch schön konsumierten, Essen und Trinken einkauften, aber die folgenden Stoffwechselprodukte im Freien auch loswerden mussten. »Sie müssen mit hundertfünfzig- bis zweihunderttausend Demonstranten rechnen. Wenn es dann regnet und sie haben die Aufmarschfläche auf einer Wiese, also auf unbefestigtem Terrain vorgesehen und im Hintergrund hören sie noch eine Prise Musik, dann könnte sich ein Woodstock-Feeling einstellen«, ergänzte Fielding.

»Ich kenne die Bilder der Schlammschlacht, aber wir haben im Sommer eher ein warmes, trockenes Klima. Deshalb ist das nördliche Thüringer Becken auch bekannt für den Anbau von Arzneimittelpflanzen. Ich habe aber bereits am Freitag angeordnet, Pluviografen aufzustellen, um Klimadaten, insbesondere Niederschlagsmengen, zu erfassen und zu dokumentieren«, konterte der Bürgermeister.

»Das ist nett, aber es steht noch gar nicht fest, ob wir uns hier im Sommer treffen werden oder in einer anderen Jahreszeit«, wandte Fielding ein, der spürte, wie er die Erwartungshaltung seiner Zuhörer mit der Auskunft dämpfte. Warum meinten die Leute, nur weil jemand aus dem Bundeskanzleramt kam, mussten sie mit Fremdwörtern wie Pluviografen, transferieren, Upgrade um sich werfen, die kaum einer aus der Runde verstand? Sie maskierten sich geradezu mit Fremdwörtern, mit einer hochgestelzten Sprache, obwohl die Provinzialität doch so schön sein konnte. Er erinnerte sich an die Verkäuferin in der Eisdiele. »Nei hier in Arnscht?«, hatte sie ihn gefragt, er wollte nachhaken, hatte sie akustisch nicht verstanden, aber Tina hatte ihn begleitet und geantwortet: »So nei och nich.« Fielding erinnerte sich auch an die Image-Kampagne des Wirtschaftsministeriums in Thüringen, die eine Zeit lang in den Medien um Fachkräfte und gut ausgebildete Thüringer warb. Da schlugen Marktfrauen den Fisch in die »FAZ« oder die »Financial Times« ein. Vielleicht hatten sie sich eine weitere Kampagne ausgedacht, um mit Fremdwörtern ihr Thüringisch aufzupeppen und von Sprüchen abzulenken, die den Thüringer Dialekt illustrierten. Ihm fiel da der Satz: »Mit dem Trobbi noch Opoldo ein«, bei dem der Vokal »a« gegen das »o« getauscht wurde.

»Wie sind denn die einzelnen Schritte im Ablaufplan eines Gipfels?«, fragte der Landrat in Fieldings Gedanken hinein. »Das wird ja hinsichtlich der ausländischen Staatsgäste eine Nummer größer werden als üblich.«

»Ja, kann man so sagen. Um nur einen Punkt mal herauszugreifen, es werden ungefähr einen Monat vor dem G8-Gipfel zur Vorbereitung von Personenschutzmaßnahmen Kontakte zwischen dem US Secret Service und der Abteilung Sicherungsgruppe des BKA stattfinden. Ich möchte aber darauf hinweisen, dass die deutschen Personenschutzbeamten des BKA die erforderlichen Schutzmaßnahmen für den Bundeskanzler und die Bundesminister leisten und ausländischen Behörden wie dem Secret Service nicht unterstellt sind. Die ausländischen Dienste nehmen auch keine hoheitlichen Rechte wahr, sondern lediglich Notwehr- und Nothilferechte. Es kommen also Personenschützer der anderen Staatsgäste dazu, diese aber aus den jeweiligen Staaten.«

»Und wer zahlt den ganzen Spaß?«, fragte der Bürgermeister.

»Die Kosten der Personenschutzbeamten werden aus dem Haushalt des BKA beglichen. Im Rahmen von Demonstrationen werden die Beamten des BKA allerdings nicht eingesetzt«, sagte Fielding. Landrat und Oberbürgermeister nickten.

»Herr Sänger und ich hatten uns im Vorfeld über die Chancen eines G8-Gipfels unterhalten und wollen selbstverständlich auch die Risiken nicht ausklammern. Solche Großveranstaltungen, egal um welchen Event, wie man heute sagt, es geht, rufen immer Chaoten und Staatsgegner auf den Plan, die ihre eigenen Vorstellungen von einem Gipfel umsetzen wollen und auch vor Gewalt gegen Sachen oder Personen nicht Halt machen. Wir haben vor allem unsere schöne Stadt vor Augen, die wir danach ja wieder den Touristen präsentieren wollen und nicht zerfleddert hinterlassen dürfen. Die Bilder von anderen G8-Gipfeltreffen wirken teilweise wie aus einem Bürgerkrieg. Wenn das der Preis sein sollte?« Landrat Kaufmann blickte erst streng in Richtung Bürgermeister Sänger und dann wissbegierig auf Fielding. Beide erhofften sich so etwas wie eine Garantiezusage des Staates für ihre Kommune.

»Es wird nie eine hundertprozentige Sicherheit geben, aber wir versuchen über informelle Quellen, das Risiko durch Feindbeobachtung zu minimieren«, sagte Fielding.

»Und wie? Ein Beispiel bitte!«, forderte Landrat Kaufmann.

»Wir arbeiten effektiv mit informellen Polizeinetzwerken zusammen, der ›European Cooperation Group on Undercover Activities‹ und der ›International Working Group on Police Undercover Activities‹, an denen sich die Bundesregierung beteiligt. Bitte haben Sie dafür Verständnis, dass ich zur Planung konkreter Einsätze aus Gründen des Staatswohls und des Schutzes der Grundrechte Dritter nichts sagen kann.«

»Mit den Grundrechten Dritter sind ja wohl wir gemeint, nicht wahr, Friedrich?«, sagte Landrat Kaufmann mit Blick auf den Bürgermeister.

»Nein, nein, so einfach geht es auch nicht«, intervenierte Fielding. »Damit sind die Rechtsgüter der eingesetzten Beamten oder der sonstigen verdeckt durch Polizeibehörden eingesetzten Personen gemeint. Wir hatten neulich mal eine interessante kleine Anfrage im Bundestag, die uns Gelegenheit bot zu recherchieren, wie das mit den vielen Sicherheitskreisen zusammenhängt, also wer für was zuständig ist und welche Kontrollrechte es durch die parlamentarische Kontrollbefugnis geben kann. Wir haben damals zu Recht gesagt, dass die verdeckt operierenden Beamten, egal ob ausländische oder deutsche Beamte, sich zum Zwecke der Gefahrenabwehr wie auch zur Strafverfolgung in verbrecherischen und terroristischen Umfeldern bewegen.«

»Sie wollen uns jetzt Angst machen, oder?«, fragte der Landrat.

»Das war jetzt fast wörtlich aus der kleinen Anfrage aus dem Bundestag zitiert, die Fundstelle mit der Nummer der Drucksache kann ich Ihrem Sekretariat gerne schicken«, sagte Fielding, der den Eindruck hatte, die beiden Lokalpolitiker bekamen langsam kalte Füße vor dem Mammut-Event. Mit klaren Worten hatte er ihnen deutlich gemacht, dass der G8-Gipfel die Region zwar in ein strahlendes Licht setzen, aber auch in schlimmes Unwetter führen konnte. »Gibt es eigentlich neue Erkenntnisse im Todesfall Holland?«, fragte er, um ein anderes Thema anzuschneiden.

»Wissen Sie«, sagte der Bürgermeister, »wir leben hier in einer friedlichen Region. Es ist seit Langem der erste Todesfall, der zu beklagen ist. Ab und zu eine Wirtshausschlägerei, ein Fahrraddiebstahl, Scheckkartenbetrug, Ladendiebstahl, aber Kapitalverbrechen sind so selten, dass Sie bitte nicht den Eindruck mit nach Berlin nehmen sollten, Sie wären hier in Klein-Chicago zur Zeit der Prohibition gelandet.«

»Nein, da haben Sie mich missverstanden, wir bewegen uns außerhalb des Protokolls, ich hatte lediglich nachfragen wollen, ohne damit den G8-Gipfel zu tangieren. Wenn wir auf der Suche nach einer kriminalitätsfreien Zone wären, dann würde ich jetzt in der Antarktis bibbern.«

Jetzt entspannten sich die Mienen der beiden.

»Es hat ein wenig Wirbel gegeben«, sagte der Landrat, »der Tote war ein Hans Dampf in allen Gassen, hat mit vielen Projekten sein Geld gemacht und Gemeinderäte wie auch den Kreistag beschäftigt. Sein letztes Projekt, ein Windpark in der Nähe des Gewerbegebietes Erfurter Kreuz, war wegen Abstandsflächen umstritten. Hätten wir den Plan realisiert, wäre die geplante Erweiterung des Gewerbegebiets so nicht umsetzbar gewesen.«

»Ein Landwirt hat aber für einen sehr guten Preis seine Ackerfläche an Holland verkaufen können«, ergänzte der Bürgermeister. »Er ist im Rentenalter und seine Erben haben alle andere Berufe gewählt. Bauernsterben eben. Einer Rückabwicklung hatte sich der Landwirt verweigert, Holland wollte deshalb auf Wegfall der Geschäftsgrundlage klagen.«

»Aber Holland hätte die Flächen doch an ansiedlungswillige Unternehmen verkaufen können«, sagte Fielding.

»Das ist kein so gutes Geschäft. Haben Sie sich mal angesehen, zu welchem Preis Gewerbeflächen weggehen?«, gab der Landrat zu bedenken. »Die Kommune kauft von den Landwirten auf, muss das Areal für viele Millionen erschließen und veräußert die Flächen oft unter Einkaufswert. Für die Kommune ist die Ansiedlung, sind die Gewerbesteuern und der Zuzug von Arbeitskräften der Gewinn. Der private Eigentümer müsste sich an den Erschließungskosten beteiligen. Will er dann mit Gewinn verkaufen, müsste er den Preis pro Quadratmeter so hoch setzten, dass ein Unternehmer ohnehin nur bei dem günstigeren kommunalen Angebot zugreifen würde. Der Landwirt mauerte, Pech für Holland.«

»Nach der Konstellation entfällt für den Landwirt ein Motiv«, sagte Fielding.

»Für den schon. Für einen anderen nicht unbedingt«, sagte der Landrat.

»Ach, für wen denn?«

»Das sind Vermutungen, aber es ist bekannt, dass Holland einen anderen Bauern am Wickel hatte. Er hatte ihm den Windpark mit einer hohen Pacht schmackhaft gemacht, wollte aber vorher ordentlich Geld sehen, sich schmieren lassen, vorbei an der Gesellschaft, die hinter Holland steht.«

»Was heißt am Wickel haben? Hatte Holland etwas gegen den Bauern in der Hand? Was machte den erpressbar?«, fragte Fielding.

»Wahrscheinlich nur dessen wirtschaftliche Situation, die Holland ausnutzen wollte. Haben Sie die letzten Monate verfolgen können, wie die Bauern gegen den Milchpreisverfall demonstrierten? Die haben hektoliterweise Milch vor dem Wirtschaftsministerium in Erfurt abgelassen, um zu zeigen, dass so ein Naturprodukt nichts mehr wert ist. Der Landwirt muss heute ein Wirtschaftsmanager sein und alle möglichen Standards der EU erfüllen«, sagte der Landrat.

»Gemälde mit ländlicher Romantik in Öl mögen museale Bedeutung haben«, ergänzte der Bürgermeister, »aber sie verklären eine Lebenswirklichkeit, die längst eine andere ist. Die EU mit ihren Hygienevorschriften duldet nicht einmal die Schwalbennester im Stall, obwohl die Vögel doch Jagd auf lästige Fliegen machen, die die Kühe plagen. Aufzucht der Kälber, tierärztliche Versorgung, technische Abnahme der Melkanlage, Unterhalt des Maschinenparks, Heuernte, Winterfutter, Pacht für Ackerflächen und Felder, das alles muss der Bauer im Blick haben und kalkulieren. Wenn er damit fertig ist, weiß er, dass der Milchpreis weit über dem Abgabepreis bei der Molkerei liegt. Das alles wusste auch Holland und brauchte nur noch die Landwirte abklappern. Am besten die in dritter und vierter Generation, die keinen

Hofnachfolger in der Familie haben. Denen ist bewusst, dass es ihnen noch nie so schlecht gegangen ist wie heute.«

»Na ja, noch schlechter ging es ihnen in der DDR, als sie das Land in die LPG einbringen mussten«, korrigierte der Landrat.

»Ja, geschenkt. Die neuen EU-Kommissare bauen Agrarsubventionen schneller ab als die Vorgänger. Wer da nicht neue Wege gehen kann und sich flexibel anpasst, ist weg vom Fenster.«

»Das heißt, die Kripo klappert jetzt die Landwirte ab und prüft, wer möglicherweise an Holland gezahlt hat und dann von ihm gelinkt wurde«, sagte Fielding.

Beide, Landrat und Bürgermeister, zuckten die Schultern.

»Denkbar ist das, aber wir sind nicht die Ermittlungsbehörde«, sagte der Bürgermeister.

Fritz Hartung war schweißnass aufgewacht. Er ahnte, wenn nicht bald etwas passierte, dann würde er an der Last zerbrechen. Die Vorstellung, wie Karl-Heinz den verhassten Peter Holland überfallen, wie er ihn stranguliert und im Park aufgehängt hatte, ließ sich nicht mehr aus seinem Kopf verdrängen. Aufgrund seines törichten Streiches fühlte er sich zutiefst schuldig am Tod des Unternehmers. Er hatte Karl-Heinz angestiftet und der war unkontrolliert zu weit gegangen, wie ein Roboter, der sich nicht mehr abstellen ließ, wie ein Schlafwandler, wie jemand, der wie in Trance handelt, wie ein … »Ach, was weiß denn ich«, schrie Hartung. Dann rief er nach Karl-Heinz. »Komm, wir müssen wohin fahren.«

Karl-Heinz fand, dass sein Chef nie ein Freund großer Worte war, aber manchmal wünschte er sich schon, dass er sich etwas klarer, unmissverständlicher ausdrücken sollte. »Wir müssen wohin fahren« war sehr unscharf formuliert. Auch wenn er vieles nicht verstand, Karl-Heinz wurde klar, dass sein Chef irgendwohin fahren musste, und dass er ihm nicht vorher verraten würde, wo dieser Ort war. Karl-Heinz hatte auch gespürt, dass sein Chef seit ein paar Tagen anders war als sonst, nachdenklicher, verschlossener und vor allem bedrückt, so wie damals, als die Frau vom Chef so plötzlich gestorben war. Und dann war es auch merkwürdig, dass Karl-Heinz sich nicht auf den Traktor setzen sollte, sondern dass er so wie er war, mit seinen Arbeitsklamotten, in dem feinen Wagen des Chefs Platz nehmen sollte. Karl-Heinz staunte, wie leise sich der Wagen fortbewegte. Was es für viele Knöpfe gab, die sich sogar in der Armstütze zwischen Fahrer- und Beifahrersitz fortsetzten. Wie von Geisterhand surrte das Scheibenfenster runter und auch wieder rauf, er brauchte nur einen Knopf drücken und schon wusste die Scheibe, was er wollte. Sie fuhren auch nicht zu den Feldern, Äckern oder in den Wald, wo sein Chef immer wieder nach den Borkenkäfern Ausschau hielt und die ein oder andere Fichte fällen ließ, nein, sie fuhren in die Stadt, nach Arnstadt, dahin, wo er neulich noch mit dem Deutz-Traktor hinfahren musste. Im Mühlweg hielt sein Chef an, vor einem schmucklosen zweistöckigen Zweckbau mit vielen Polizeiautos davor.

»Komm mit«, sagte Hartung knapp zu Karl-Heinz, schob ihn vor sich her und als Karl-Heinz stockte, ging Fritz Hartung voraus und hielt seinem Arbeiter die Tür auf.

Das Verhör von Karl-Heinz im Beisein von Fritz Hartung, Schneider und Dirk Paulsen verlief unbefriedigend. Der verwirrte Landarbeiter gab zwar zu, er habe ihn aufgehängt. Aber auf Rückfragen prasselte ein Starkregen an Widersprüchen auf die Ermittler nieder, dass ihnen schwindelig wurde: »Ja, es war eine Puppe, – ja, der Holland, war nur Puppe. – Im Schlosspark? Ja, Park. Aber das war keine Puppe. – Ein Mensch. – Ja, eine Puppe wie ein Mensch.«

Sie zweifelten bald, ob sie überhaupt eine Variante glauben konnten, und kamen durch die wirren Worte des Verhörten nicht weiter. Hartung selbst wiederholte die Beichte von Karl-Heinz mit eigenen Worten, sein Gehilfe habe Holland umgebracht, da er seinen Auftrag falsch verstanden hätte. Hartung könnte mit dieser Sünde nicht mehr leben und übernehme die Verantwortung. Er hätte nur an einen Streich gedacht, eine Warnung, einen Schuss vor den Bug von Holland, dass dieser gerissene Unternehmer endlich zu einer Entscheidung kommen sollte und ihn nicht länger hinhalten durfte. Er hatte schon befürchtet, dass er einer von den vielen würde, die auf Holland hereingefallen waren. Er hatte davon gehört, es war sein erster geschäftlicher Kontakt zu dem Unternehmer, deshalb war er vielleicht auch zu naiv und gutgläubig gewesen, aber dann hatte er gemerkt, dass es Holland zu weit trieb, er ließ sich von ihm nicht länger an der Nase führen. Er könnte auch anders und Holland sollte das spüren, dass er sich wehren konnte, drohen konnte. Deshalb die Idee mit dieser blöden Puppe. Weiß der Geier, wo der Knecht sie aufgetrieben hatte, ach ja, von der Deponie. In Rehestädt. Auf einmal stimmten die Waagen nicht mehr, erklärte Hartung, er habe recherchiert und gemerkt, dass da ein Gewicht auf dem Anhänger gelegen haben musste, so etwa einen halben Zentner – und prompt erwischte er Karl-Heinz mit dieser Puppe.

»Woher nun?«, fragte Schneider irritiert nach.

»Keine Ahnung, wir haben nicht darüber gesprochen, wahrscheinlich aber von der Deponie, das war sein einziger Anfahrtspunkt an dem Tag.«

»Von der Deponie?«, fragte Schneider. »Ist das richtig, Karl-Heinz?« Schneider duzte Karl-Heinz wie alle anderen auch. Dieser polnische Name war auch buchstabiert von Fritz Hartung ein solcher Zungenbrecher, dass Schneider froh war, ihn einigermaßen korrekt niedergeschrieben zu haben, und dennoch korrigierte Hartung das Protokoll beim Nachnamen. Das nächste Mal würde Schneider gleich »Karl-Heinz vom Röhrensee, Knecht auf dem Hartung-Hof« schreiben, aber er wusste schon, dass das auch beim nächsten Mal einer Überprüfung durch seine Vorgesetzten nicht standhalten würde.

»Müll. Vom Müllplatz hab ich die«, sagte Karl-Heinz.

Carlo Schneider hatte seiner Frau versprochen, im Garten zu helfen. Rasenmähen, Beete umgraben, neue Kulturen einpflanzen, was eben im Frühling so anfiel und einer Frau mit grünem Daumen in den Sinn kam, Dinge, an die Schneider nicht einmal im Traum dachte. Er brauchte für jeden Handgriff eine Einladung von seiner Frau und am besten war es dann, wenn sein Dienstplan eine Ausrede hergab, um sich davor zu drücken. Das Verhör von Karl-Heinz war solch eine Ausrede und ein Höhepunkt des Tages noch dazu, fand Schneider. Deshalb wählte er abends das heimische Telefon an und bedauerte, dass es wieder nichts mit Rasenmähen geben würde, er müsste noch auf die Deponie nach Rehestädt.

Rehestädt wäre schon geschlossen, die Verwaltung sei aber noch besetzt, sagte der Mann zu Schneider am Telefon. Er wäre aber bereit, ein paar Minuten dranzuhängen und auf ihn zu warten. Die Polizeistation im Mühlweg lag günstig, Schneider war schnell aus der Stadt die lange Allee raus nach Rehestädt und oben auf der Kuppe geradeaus auf das Deponiegelände gefahren. Neben der Waage parkte er und ging auf das Bürogebäude zu, das von Weitem wie ein gepflegtes Zweifamilienhaus wirkte. Innen überwog jedoch die Nüchternheit eines zertifizierten Verbandes der Abfallwirtschaftsbetriebe.

»Eine Puppe suchen Sie?«, fragte der Geschäftsführer, ein Mittfünfziger mit kugelrundem Bauch und roter Gesichtsfarbe, dessen volle, dunkelbraune Haare ohne den geringsten Graustich nicht recht zu den deutlichen Krähenfüßen passen wollten, und schüttelte den Kopf. »Die Leute liefern hier säckeweise Dinge ab, die wir nicht im Einzelnen untersuchen können, sondern den Stoffen zuordnen, die uns angegeben werden, es sei denn, wir wissen es besser und bemerken den Fehler beim Kunden. Asbestplatten kann man uns hier nicht als Bitumenwellpappe unterschieben. Aber so eine Puppe? Winziges Teil unter großen Brocken«, der Geschäftsführer schüttelte immer noch den Kopf.

»Die Puppe, die hier gefunden worden ist, hatte die Originalmaße eines Mannes. Die muss dann doch sehr ins Auge gefallen sein, zumal sie nicht so flach wie eine Asbestfaserplatte ist.«

»Ach, Sie meinen eine Schaufensterpuppe? Von so einer habe ich in letzter Zeit nichts gehört. Und meine Mitarbeiter hätten mich darauf schon aufmerksam gemacht. Sehen Sie, wir haben manchmal kuriose Dinge, die weggeworfen werden, da war einmal –«

»Ja, das glaube ich Ihnen gerne«, unterbrach Schneider, »aber wenn Ihnen schon eine Puppe nicht auffällt, was kann man Ihnen denn sonst noch so unterschieben?«

»Moment mal, langsam. Das ist das Problem, wir können nicht die ganzen Lastwagenladungen sieben, die uns hier vor die Füße geladen werden. Da vertrauen wir auf die Angaben der Kunden, Stichproben gibt es auch und meistens ist einer unserer Arbeiter beim Abkippen dabei, weist ihnen die Stelle zu, an der entladen werden muss. Aber eine Puppe? Mag sein, heimlich hier abgelegt, es gäbe allerdings keinen Grund, sie hier heimlich zu entsorgen, das ist kein Sondermüll.«

»Na ja, fragen Sie bitte morgen Ihre Leute, vielleicht fällt denen noch etwas ein, dann mal schönen Feierabend.«

»Ja, Ihnen auch«, sagte der Geschäftsführer, worauf Schneider wieder die Gartenarbeit einfiel. Was könnte er jetzt noch machen? Nach Regen sah es nicht aus, der altersschwache Rasenmäher versagte bei nassem Gras, weil es am Innengehäuse klumpig kleben blieb und das Mähwerk blockierte. Noch eine Stunde die schöne Aussicht von der Deponie ins Land genießen? Das war auch nicht seine Sache, eher schon der Tatsache nachgehen, warum hier wieder der alte schwarze Golf mit dem Berliner Kennzeichen herumstand, und zwar direkt neben der Einfahrt zur Deponie. Hier begann auch der Zaun rund um eine größere Photovoltaikanlage, »Solarkraftwerk Rehestädt« las Schneider auf einer Werbetafel. Ein Tor im Zaun stand offen, von Weitem war ein schriller, heller Zweitaktmotor zu hören, unterlegt von einem Sirren und Raspeln an Gras und Stauden. Schneider ging durch das Tor und sah von oben auf die leicht am Südhang geneigten Modulreihen. Jemand stand in der Ferne mit einem orangefarbenen Helm, Ohrenschützer und pendelte mit einer Motorsense von links nach rechts. Ein weiterer Mann näherte sich ihm. Das musste schon wieder dieser merkwürdige Referent des Bundeskanzlers sein, dieser Wichtigtuer aus Freaktown, der Hauptstadt der Republik. *Na, mal sehen, was die zwei verbindet,* dachte Carlo Schneider und marschierte auf die beiden zu.

Fielding hatte sich nach der Besprechung in Arnstadt zurück zur Wachsenburg fahren lassen und dann den Fahrer mit seiner Limousine weggeschickt. Er wollte sich nicht den restlichen Tag überwachen lassen. In seinem Zimmer hatte er mit Dirk Paulsen, dem Erfurter Staatsanwalt, telefoniert und einen Termin vereinbart. Auf der Fahrt ins Erfurter Justizzentrum fuhr Fielding an der Deponie Rehestädt vorbei. Der Staatsanwalt hatte angedeutet, dass der

Landarbeiter eines Bauernhofs in Röhrensee unter einer schwarzen Plane eine weggeworfene Schaufensterpuppe gefunden habe. Diese Puppe hing später als Peter Holland verkleidet am Baum.

Als Fielding hinter Haarhausen die Bahnlinie querte und den langgezogenen Berg Richtung Rehestädt hochfuhr, sah er zwischen den Modulreihen der Solaranlage einen orangefarbenen Ball, der sich auf und ab bewegte. Erst kurz vor der Bergkuppe verwandelte sich der Punkt in einen schutzhelmbewehrten Arbeiter im Blaumann, der Solarmodule der Photovoltaik-Freianlage auf dem Deponieareal frei mähte. Fielding parkte neben der Einfahrt zum Deponiegelände und ging auf den Zaun der Solaranlage zu. Bis zum Termin in Erfurt war noch etwas Zeit. Auf dem Deponieareal war ein großes Tor geöffnet, durch das auch Lastwagen auf das Solarfeld fahren konnten. Die Motorsense brüllte im hellen Zweitaktdauerton, so dass der Arbeiter ihn trotz Rufens nicht bemerken würde. Fielding ging langsam zwischen den Reihen hindurch, die aus der Ferne so klein aussahen, ihn jetzt aber verschluckten. Drei bis vier Meter reckten sich die Solarpanels hinten in die Höhe, während sie vorne fast bis auf den Boden reichten. Deshalb musste jemand im Frühjahr regelmäßig mähen, damit die unteren Modulreihen nicht zuwuchsen. Der Arbeiter trug Schutzhelm mit Visier, damit ihm Steine und Dreck nicht in die Augen flogen, und Ohrenschützer gegen den Motorenlärm. Unmöglich, dass er in dieser Montur Fielding bemerkte und für Fielding auch schwierig, sich bemerkbar zu machen. Würde er sich von hinten anschleichen und ihm auf die Schulter klopfen, könnte es passieren, dass der Arbeiter erschrocken mit der Sense herumfuhr und ihm in die Beine sägte. Fielding musste also einen weiten Bogen gehen, um sich von vorne zu zeigen. Endlich sah der Mann ihn und stellte die Motorsense ab.

»Ich will nicht stören, aber ich konnte einfach nicht vorbeifahren, ohne mir mal die Anlage anzusehen«, sagte Fielding und hoffte, durch ein paar freundliche Worte mit dem Mann ins Gespräch zu kommen.

»Ist schon in Ordnung. Früher hatten wir hier oft Besuchergruppen, vor Wahlen sogar Politiker, die sich vor den Modulen mit der Wachsenburg im Hintergrund und am besten noch mit gelbblühenden Rapsfeldern für Wahlkampfposter ablichten ließen. Aber das ist lange her. Jetzt kommt mir die Pause recht, denn mir kribbeln die Arme von der vibrierenden Sense«, sagte der Arbeiter und öffnete den Verschluss des Schutzhelms, den er absetzte und ins Gras legte. Seine schütteren, blonden Haare klebten verschwitzt auf dem Kopf, man sah ihm an, dass die Motorsense dem Arbeiter einen guten Teil Kraft abverlangte. Dann schüttelte er seine Arme und Hände aus und bewegte seine Finger hektisch wie ein Polyp seine Fangarme im wild bewegten Meer.

»Mir kribbeln die Finger und Arme von der Sense«, wiederholte er, als müsse er sich für seine zappelnden Lockerungsübungen entschuldigen. Fielding kannte das vom Motorradfahren, irgendwann auf einer Tour brummten der Hintern, die Arme und die den Gasgriff umklammernde Hand, alle Körperteile, die ein vibrierender Motorblock über den Rahmen erreichen kann.

»Viel Arbeit, vor den Modulen zu mähen. Können Sie keine Schafe halten?«, fragte Fielding.

»Haben wir auch schon überlegt, aber die sind unberechenbar, knabbern hinterher an den Leitungen oder tapsen mit den Vorderhufen auf den Modulen herum. Von den Modulen fließt das Wasser oder nach klaren Nächten der Tau vorne ab, deshalb wächst es gerade vor den niedrigen Modulen üppig, während es dahinter im Schatten langsamer zugeht. Übrigens haben wir hier mehr Grasarten als auf einer bewirtschafteten Landwirtschaftsfläche, sagte sogar ein Gutachter.«

»Sie mähen nicht nur, Sie kennen sich auch mit den Anlagen aus, oder?«

»No, ich komme aus der Solarbranche«, sagte der Arbeiter. Er verwendete das Thüringer »no«, kurz betont wie im Wort »noch«. Fielding fiel früher in seiner Erfurter Zeit oft darauf herein und dachte an die englische Verneinung statt an die thüringische Bekräftigung, die dem »ja« entsprach. »Normalerweise warte ich hier die Anlage, aber der Mitarbeiter, der für das Mähen zuständig ist, hat sich krankgemeldet und deshalb muss ich jetzt ran.«

»Dann kennen Sie vielleicht auch Peter Holland?«, fragte Fielding.

»Nicht persönlich, nur als Toten«, sagte der Mann, »ich meine, vor allem durch die Presseberichte, nachdem man ihn tot gefunden hatte«, ergänzte er, als Fielding ihn fragend ansah.

»Guten Tag, meine Herren« Carlo Schneider war hinter einer Modulreihe aufgetaucht und schien glücklich zu sein, in dem Labyrinth aus langen Modulreihen endlich die beiden gefunden zu haben, die er aus der Ferne schon gesehen hatte. Aber immer, wenn er eine Modulreihe umlaufen hatte, war das Feld dahinter leer. Er hätte sich auch bücken und unter den Reihen durchkriechen können, aber das wollte er seiner Dienstkleidung nicht zumuten. Das mit dem Bauch war eine andere Sache.

»Herr Schneider, Sie auch hier? Ich dachte, ich höre mich mal auf der Deponie um. Immerhin soll jemand auf diesem Gelände die Schaufensterpuppe gefunden haben«, sagte Fielding.

»Sind Sie auch von der Polizei?«, fragte der Angestellte.

»Nein, von der Verwaltung«, kürzte Fielding seine Vorstellung ab.

Schneider fiel ihm sofort ins Wort. »Darf ich fragen, woher Sie das mit der Puppe wissen? Das sind vertrauliche Informationen, die wir eben erst im Verhör erfahren haben.«

»Aber, Herr Schneider! Vor mir, dem Referenten des Bundeskanzlers, sollten Sie keine Geheimnisse haben. Wir ermitteln doch gemeinsam. Sie können sich bestimmt denken, welche Quellen mir zur Verfügung stehen.«

In Carlo Schneiders Kopf begann es zu arbeiten. Dieser Fielding hatte oben auf der Wachsenburg immer von BKA und LKA gesprochen, vielleicht war er auch mit dem Bundesnachrichtendienst und anderen Geheimdienstlern vernetzt. Zuzutrauen war den Berlinern alles.

»Dann haben Sie keine Geschäftsbeziehungen mit ihm unterhalten?«, setzte Fielding sein Gespräch mit dem Angestellten fort.

»Peter Holland kannte ich nur aus der Presse und erst nach seinem Tod kamen ein paar Geschichten hoch«, sagte der Angestellte.

»Ach ja, welche denn?«, mischte sich Carlo Schneider ein.

»Lassen Sie ihn doch mal ausreden!«, mahnte Fielding, der sich ärgerte, dass der Polizist ihm bei der Befragung ins Wort fiel. Der Disput zwischen ihnen beiden, die Zusatzfrage gaben dem Angestellten doch nur Gelegenheit, sich eine passende Antwort zurechtzulegen.

»Na ja, wenn die Geschichten denn stimmten, könnten Sie ein paar Dinge erklären.«

»Was denn erklären?«, fragte Schneider unbeeindruckt weiter.

»Warum er zum Beispiel umgebracht wurde, denn jemand sagte, er sei ermordet worden«, sagte der Mann.

»Was wäre denn solch ein Grund?«, fragte Fielding.

»Wo soll ich da anfangen? Gehen wir doch mal zum Tor, da habe ich meine Pausenbrote und was zum Trinken, allerdings habe ich mit Besuch nicht gerechnet.«

»Keine Angst, ich habe eben gut gegessen und getrunken, Sie müssen mir nichts anbieten«, sagte Fielding, sah auf Schneider und ergänzte: »Und dem Kollegen auch nicht.«

Am Tor zog der Mann den Reißverschluss seines Blaumanns ein wenig nach unten und legte die Sense ab. Dann goss er sich

Tee ein und biss sein Käsebrot an. »Kommen Sie mal mit, ich zeige Ihnen was«, sagte er kauend. Fielding und Schneider folgten ihm über das Areal der Deponie. Hinter den Wirtschafts- und Verwaltungsgebäuden blieb er stehen. Der Blick war jetzt frei geworden auf Arnstadt und Rudisleben, Orte, die von der Kuppe aus gut zu erkennen waren. Bis hin zum Riechheimer Berg reichte die Sicht, die Möbelhäuser an der Abfahrt Erfurt-West mit den elf Windkraftanlagen waren auch zu sehen.

»Da unten vor Rudisleben sehen Sie das Erfurter Kreuz, eines der größten und zugleich erfolgreichsten Industriegebiete in der Gegend. Noch vor ein paar Jahren waren hier nur Felder und Ackerflächen. Dann wurde ein weiterer großer Industriezweig in Thüringen für alle sichtbar: die Photovoltaikindustrie, die überall riesige Hallen hochgezogen hat, um ihre Solarmodule zusammenzuschrauben. Sie ist derzeit aber durch stark sinkende Einspeisevergütungen, vor allem aber durch die übermächtige chinesische Konkurrenz in der Krise. Dennoch hat Holland einen Gewinn daraus gezogen, wie ich jetzt erfahren habe«, sagte der Angestellte.

»Ich dachte, der wäre nur an Windparks beteiligt?«, fragte sich Fielding laut.

»Keine Ahnung, wie gesagt, Peter Holland war mir kein Begriff. Was ich weiß, habe ich erst Freitag von Kollegen erfahren. Was bekannt ist, das sind die Praktiken der Solarindustrie, die immer schon Vorauszahlung von den Kunden verlangt hat, erst dann wurde geliefert oder sogar erst produziert.«

»Wenn es üblich war in dem Geschäft, dann wäre es aber kein Mordmotiv«, sagte Fielding.

»Das stimmt, aber Peter Holland hat sich angeblich nicht darum gekümmert, was üblich oder unüblich war. Er hat Vorauszahlungen entgegengenommen und – halten Sie sich fest – heimlich mit dem Geld an der Börse gearbeitet und die Auftraggeber vertröstet. Hat was von Lieferengpässen erzählt oder auf die Schreiben überhaupt nicht reagiert. Die Solarindustrie hatte sich stets mit sinkenden Verkaufspreisen der Einspeisevergütung angepasst, diese Differenz war dann auch der Gewinn für Peter Holland.«

»Mal langsam«, bremste Fielding, »die Kunden merken doch, wenn sie zu teuer einkaufen.«

»Nee, die Preise sind nicht so transparent wie der Ölpreis, für den es tolle Ölpreisportale gibt. Holland musste die Kalkulation nicht offenlegen und konnte dadurch billiger gewordene Module zum alten, teureren Preis verkaufen. Außerdem hat er wohl versucht, unter Hinweis auf seine angeblich klammen Kunden, den Einkaufspreis weiter zu drücken.«

»Also, für jemanden, der Holland nicht gekannt haben will, wissen Sie aber erstaunlich viel«, bemerkte Fielding.

»Moment mal, mit seinem Tod habe ich nichts zu tun, da lasse ich mir nichts anhängen.«

»Das wäre dann auch scharf an der Grenze zum Illegalen, wenn Holland getrickst hat«, meinte Carlo Schneider.

»Ich bin froh, dass ich das nicht bewerten muss«, sagte der Mann und biss in sein Brot. »Kann auch sein«, sagte er nach einer Schluckpause, »dass ich zu weit weg bin von den großen Geldanlageformen, so dicke hab ich's dann auch nicht.«

»Ist klar, aber was würden Sie sagen, wenn Sie sich einen Wagen kaufen und der Händler vertröstet Sie immer weiter mit der Auslieferung, bis irgendwann das Nachfolgemodell im Schaufenster steht und Sie bekommen das Vorgängermodell zum teureren Preis, ohne den sonst üblichen Rabatt für das Auslaufmodell.«

»Das kann der Händler sich nicht leisten, der bekommt Druck.«

»Eben, das sehe ich auch so«, sagte Fielding.

»Aber in der Solarbranche kommen die neuen Modelle nicht so auffällig daher, es sind eher neue Modulentwicklungen, die nicht mehr zweihundertzwanzig Watt pro Modul leisten, sondern zweihundertdreißig Watt zum gleichen Preis«, sagte der Angestellte.

»Trotzdem, Sie als Kunde wollen einen Anteil am Rabatt, den der Verkäufer der Solarmodule durch die Anpassung an die gesunkene Einspeisevergütung im Großhandel erhalten hat, denn der Kunde kann mit dem Betrieb der Module auch nicht mehr die Rendite erwarten, die ihm im Verkaufsgespräch ausgerechnet wurde. Und wenn der Verkäufer, also Peter Holland, nicht reagiert, müssen Sie schweres Geschütz auffahren«, sagte Fielding.

»Und ihn gleich umbringen? Ich weiß nicht«, sagte der Mann und wandte sich zum Gehen. »Tut mir leid, mehr kann ich Ihnen nicht sagen und ich muss weiter sensen, sonst schaffe ich mein Pensum nicht.«

Zu dritt gingen sie zurück zum Tor.

»Für jemanden, der Geschichten über Peter Holland erst nach dessen Tod erfahren haben will, wissen Sie verblüffend viel über den Toten. Das schafft nicht einmal ein gut ausgebildeter Privatdetektiv, vielen Dank dafür«, verabschiedete sich Fielding anerkennend von dem Angestellten. *Oder weiß er mehr, als wir wissen sollen?*, fragte sich Fielding.

»Ich halte die Ohren offen, dann bekommt man einiges mit«, sagte der Mann, setzte seinen Helm mit dem Schutzvisier wieder auf, zog seine Handschuhe an und ging zu den Modulreihen.

Fielding drehte sich noch einmal um, sah sich das Panorama des Berges mit der Deponie an.

»Oder hätten Sie noch Fragen gehabt, Herr Schneider?«, fragte Fielding provozierend, um dem Polizisten noch einmal zu verdeutlichen, dass er hier die Verhandlung geführt hatte, eine rhetorische Frage, denn der Arbeiter war längst hinter der nächsten Modulreihe verschwunden und hatte seine Motorsense wieder in Betrieb genommen. Schneider schüttelte nur den Kopf und steckte sich mal wieder das Hemd in die Hose.

Fielding ging zu seinem Wagen, Schneider folgte ihm.

»Können wir unsere Ermittlungen nicht besser koordinieren?«, fragte er Fielding.

»Ja, gerne«, sagte Fielding, der den Wagen aufschloss, sich hineinsetzte und den Diesel nach kurzem Vorglühen startete. »Wir können uns ja zumailen, welche Schritte wir jeweils gehen. Ich schicke Ihnen gleich mal meine Kontaktdaten auf Ihr Handy. Bis dann. Ich muss weiter, zum Staatsanwalt Dirk Paulsen.«

Das Justizzentrum in der Erfurter Rudolfstraße, nicht weit von der Festungsanlage Petersberg und dem Bundesarbeitsgericht entfernt, war ihm noch aus seiner Zeit im Ministerium bekannt. Nur wenige derjenigen, die hier arbeiteten, waren in der Zwischenzeit auf andere Posten rotiert. Der Name von Dirk Paulsen war ihm am Freitag aufgefallen, als er beim Frühstück die Zeitung durchgeblättert hatte. Er stand unter einer Stellenanzeige des Freistaats Thüringen. Zum Aufbau einer Sonderermittlungsgruppe mit Schwerpunkt Wirtschaftskriminalität wurden Juristen mit oder ohne Berufserfahrung, aber mit zwei Prädikatsexamina gesucht. Aussagekräftige Bewerbungsunterlagen sollten an den Staatsanwalt Paulsen gesandt werden, der auch für Fragen zur Verfügung stehen würde. Ab und zu testete Fielding seinen Marktwert und sprach gelegentlich Personalchefs an. Heute Morgen hatte er Paulsen auch deshalb angerufen und einen Gesprächstermin vereinbart, weil er der ermittelnde Staatsanwalt in Sachen Peter Holland war. Vielleicht waren ja auf diesem Weg weitere Informationen zu bekommen. Immerhin ging es um eine Region, die demnächst womöglich die führenden Regierungsvertreter der Welt beherbergen sollte, und was wäre da hinderlicher als ein ungelöster, lästiger und beunruhigender Mordfall, über den immer weiter berichtet würde. Der Fall sollte daher so geräuschlos wie möglich gelöst und die Akte geschlossen werden.

Mit Paulsen kam er schnell ins Gespräch, er war nur ein paar Jahre älter als Fielding und der musste sich nicht verrenken, um sein Interesse an der Ermittlungsgruppe plausibel zu machen.

»Sie sind Persönlicher Referent des Bundeskanzlers«, begann Paulsen. »Wäre es da nicht ein Rückschritt, in das dröge Amt des Staatsanwalts zu wechseln?«

»Dröge? Sie halten Ihren Beruf für trocken und langweilig?« Fielding zog fragend die Augenbrauen hoch.

»Ein wenig Provokation, um Ihre Motivation zu dieser Bewerbung herauszulocken«, sagte Paulsen. »Oder mal klarer gefasst: Ich kenne die Biografien einiger ehemaliger Persönlicher Referenten der Bundeskanzler. Wenn die eines Tages Bundesminister oder Geschäftsführer irgendwelcher Wirtschaftskonzerne werden, dann steht meist im Kleingedruckten der Biografien, dass sie in den Anfangsjahren einmal Referent bei einem Bundestagsabgeordneten, Minister oder eben des Bundeskanzlers waren. Warum gehen Sie nicht auch diesen Weg und wechseln in hochdotierte Positionen in der Wirtschaft oder der Politik?«

»Wenn der Chef politisch am Ende ist«, sagte Fielding, »dann verlässt er als Letzter das sinkende Schiff und hat vorher für seine Mitarbeiter gesorgt und sie weggelobt – wenn sie Glück haben, auf besser dotierte Posten. Mein Kanzler steht aber noch voll im Saft, nichts deutet darauf hin, dass die Opposition oder sogenannte Parteifreunde an seinem Abgang arbeiten. Ein Kanzler steht immer unter Beobachtung, ganz klar, aber – Sie können es glauben oder nicht – unter der Decke schwelt es bei Kolb nicht, es grummelt nicht und es quillt demnächst auch kein Skandal hervor. Ich suche ein anderes Betätigungsfeld, da es niemanden gibt, der die Aufgaben eines Referenten auf Dauer erfüllen kann. Dafür ist das Tempo zu hoch und der Verschleiß zu groß. Ich habe mal von einem gehört, der war acht Jahre Persönlicher Referent eines Ministerpräsidenten. Er fand das selbst zu lang und hat gesehen, dass er in eine Fachabteilung versetzt wurde. Unter seinen Kollegen wäre er der dienstälteste Persönliche Referent eines Ministerpräsidenten gewesen. Ich stimme Ihnen aber zu, im Idealfall schlägt einen der Chef irgendwann als Abteilungsleiter vor, das ist dann aber das Ende der Fahnenstange.«

»Und Ihr Chef hat Ihnen noch nichts vorgeschlagen?«

»Mein Chef weiß nichts von unserem Gespräch, ich will mich aus eigenen Stücken verändern und hoffe, dass er das mitmacht, sollte ich eine Zusage erhalten. Immerhin habe ich bereits einen Vertreter, den ich noch einarbeiten muss. Was ich aber vermeiden will, ist, dass er mich wegloben muss und ich in ein gemachtes Nest gesetzt werde. Ich teste ab und zu den Markt, aber ernsthaft eine Bewerbung abgegeben und bei einer Zusage auch dem Ruf zu folgen, das wäre hier das erste Mal«, sagte Fielding.

»Ich bin aber nicht gerne Ihr Versuchsballon«, kommentierte Paulsen.

»Sicher, aber ich wäre nicht so offen zu Ihnen, wenn ich nicht wirklich stark interessiert wäre an der Staatsanwaltschaft.«

»Aber Sie kommen nicht extra deswegen aus Berlin hierher. Es ist auch nur Zufall, dass ich jetzt ein paar Minuten Zeit für Sie habe. Warum sind Sie eigentlich hier?«

»Werner Kolb hatte mich gebeten, den G8-Gipfel 2015 in Deutschland zu planen und ein Vorbereitungskomitee einzusetzen. Nach Heiligendamm will er jetzt noch einmal den Osten berücksichtigen, wir hatten deshalb an ein Treffen auf der Wachsenburg gedacht.«

»Jetzt ahne ich auch, warum ich am Donnerstag nur über Umwege an den Bürgermeister und Landrat kam, die saßen dann sicher mit Ihnen auf der Burg«, sagte Paulsen.

Fielding tat überrascht. »Ach, gab es am Donnerstag dort nicht diesen merkwürdigen Todesfall?«

»Ja, in der Tat, wir sind da dran«, versuchte Paulsen ihn abzuwimmeln.

»Wenn ich mich schon um Aufnahme in die Ermittlungsgruppe bewerbe, dann sollte ich nicht verschweigen, dass ich mich aus purem Interesse an einer raschen Klärung des Falles bei dem ein oder anderen erkundigt habe«, sagte Fielding in gestelztem Ton.

»So etwas hören wir hier öfter. Manchmal sind es die Täter selbst, die uns in die Irre führen wollen oder ausbaldowern, was wir schon wissen. Herr Fielding, wo waren Sie in der Nacht der Premierenfeier im Theater am Schlosspark Arnstadt?«, fragte Paulsen mit einem Grinsen.

»Wann war das genau?«

»Tatzeit vermutlich in der Nacht von Mittwoch auf Donnerstag«, sagte der Staatsanwalt.

»Da muss ich noch in Berlin gewesen sein.«

»Zeugen für das Alibi?«

»Ja, meine leicht demente Vermieterin, die nur noch zwei Dinge auf die Reihe bringt, ob ich meine Miete pünktlich bezahlt habe und ob ich die Musik nur in Zimmerlautstärke höre. Alles andere ignoriert sie.«

»Schlechte Karten für Johannes Fielding«, sagte Paulsen.

»Wenn ich es gewesen wäre, wie bin ich dann vorgegangen?«

»Inzwischen haben wir die Ergebnisse von der Kriminaltechnik«, sagte Paulsen und ging nicht mehr auf die Frage Fieldings ein, sondern tat so, als gehöre Fielding schon zur Sonderermittlungsgruppe. »Holland muss mit einem Hanfseil erdrosselt worden sein, denn in der Haut am Hals und unter den Fingernägeln sind Hanffasern entdeckt worden. Ein Hanfseil war aber nicht auffindbar. Stattdessen hing der Tote an einem Abschleppseil. Wieso wechselt der Täter das Seil, nimmt ein Hanfseil mit und verwendet schließlich ein Abschleppseil? Haben Sie eine Idee?«

Fielding überlegte. Nicht schlecht. Statt Assessment-Center oder trockenem Vorstellungsgespräch testete Paulsen die Bewerber mit einem realen Fall. Mochten ihn die Einfälle der Bewerber weiterführen. Das erinnerte Fielding wieder an sein Referendariat. Richter oder Staatsanwälte setzten die ihnen zugewiesenen Referendare an komplizierte Fälle, so dass sie durch eine neue Herangehensweise auf bisher vernachlässigte Aspekte stießen und der Falllösung manchmal näher kommen konnten.

»Hanfseil zuerst und dann ein Abschleppseil?«, fragte Fielding. Paulsen nickte. »Das Hanfseil war zu lange im Besitz des Täters und wurde oft verwendet, vielleicht als Kälberstrick bei einem Bauern? Der Austausch war notwendig, weil durch den jahrelangen Gebrauch DNA des Täters anhaftet und nicht beseitigt werden konnte. Diesen Aspekt muss der Täter überblickt haben.«

»Bisher gut kombiniert. Wann haben Sie das letzte Mal Ihr Abschleppseil benutzt?«

»Das habe ich noch nie benutzt. Wenn mein Wagen mal nicht anspringt, dann lasse ich mich anschieben oder nehme ein Starthilfekabel. Aber ein Abschleppseil? Das nimmt man, wenn man in den Graben gerutscht ist«, sagte Fielding. »Das ist mir noch nie passiert. Ich glaube, bei meinem Wagen ist gar keins an Bord.«

»Welchen Schluss ziehen Sie also?«

»Das Hanfseil ist kontaminiert mit Hautschuppen schwieliger Bauernhände, wenn es denn ein Kälberstrick gewesen ist, so was lässt sich ja nicht reinigen. Das Abschleppseil ist oft unbenutzt.

Es könnte noch in der Originalverpackung stecken. Nimmt der Täter Handschuhe, hinterlässt er keinerlei Spuren daran. Die einzigen Anhaftungen stammen bestenfalls vom Arbeiter, der das Seil nach der Herstellung verpackt hat.«

»Sehr gut. Sie kennen die Ermittlungspanne um den Nationalsozialistischen Untergrund? Die Mordermittlungen um erschossene meist türkische Geschäftsinhaber sind auch deshalb zum Desaster geworden, weil der Kriminaltechnische Dienst mit Wattestäbchen Proben entnahm, die allesamt im Herstellungsprozess von der Verpackerin der Stäbchen kontaminiert worden waren. Man jagte ein unschuldiges Phantom und vergeudete wertvolle Kapazitäten. Das soll uns hier nicht passieren. Kälberstrick und Landwirt. Das passt und wie es der Zufall will, wir haben bereits ein Geständnis. Ein Bauer kam mit seinem Arbeiter, der geistig etwas zurückgeblieben ist. Der Bauer hatte ihn beauftragt, eine gefundene Puppe als Peter Holland zu verkleiden und da aufzuhängen, wo Holland regelmäßig joggt, sozusagen als Warnung, ihn nicht länger geschäftlich übers Ohr zu hauen, und nun dachte der Bauer, sein Mitarbeiter habe das alles zu wörtlich genommen und Holland gleich auch umgebracht.«

»Sie sagen, der Bauer habe das gedacht. Glauben Sie nicht daran?«

»Das habe ich nicht gesagt«, widersprach Paulsen.

»Klang aber so.«

»Das ist eine Fehlinterpretation. Es gibt keinen nachvollziehbaren Grund, nicht daran zu glauben. Eine reine Instinktfrage. Es gefällt mir aber, wie Sie an den Fall herangehen. Was meinen Sie, wollen Sie mitkommen, dem Bauern auf den Zahn fühlen? Aber bitte, offiziell sind Sie maximal mein Praktikant. Keine eigenen Befugnisse. Soweit unsere Geschäftsgrundlage. Einverstanden?«

Fielding nickte.

In der Tiefgarage stiegen sie in den Wagen von Paulsen.

»Sie fahren mich aber auch wieder zurück, mein Wagen steht in Erfurt«, sagte Fielding.

»Das hatte ich schon deswegen vor, weil ich Sie noch dem Oberstaatsanwalt vorstellen will.«

Unterwegs vermied Paulsen es, über den Fall Holland zu sprechen, was Fielding durchaus verstand. Anregungen, Ideen, dafür war Paulsen empfänglich, aber niemand sollte in seiner Ermittlungsakte rühren. Stattdessen erzählte Fielding von früheren Verbrechen, die sich während seiner Erfurter Zeit ereignet hatten. Von dem KGB-Spion, der munter drei Ministerien von innen kennenlernen durfte, bevor er unmittelbar vor der Enttarnung auf mysteriöse Weise starb, gefolgt von einem Kollegen von Fielding. Davon hatte Paulsen nur vage gehört. Fielding beließ es bei den Andeutungen, er mochte sich lieber auf den neuen Fall konzentrieren. Er war noch nie in Röhrensee gewesen und die Fahrt kam ihm vor wie ein Stückchen Heimatkunde. Paulsen fuhr aus dem Steigerwald hoch an der Windkraftanlage vorbei, auf der Fielding kürzlich mit Christian gesessen hatte. Jetzt saß er selbst in einem der kleinen Spielzeugautos, die unter der Anlage hinweg auf der A4 Richtung Frankfurt rasten, denen sie damals auf dem Maschinenhaus sitzend zugesehen hatten. In der Senke neben Apfelstädt fuhren sie geradewegs auf das im Schatten der Burg liegende Ausflugslokal Freudenthal zu, bevor die A4 einen Bogen nach links machte und zwischen Mühlburg und Burg Gleichen den Bergeinschnitt zwischen der Schlossleite und dem Kegel der Burg Gleichen nutzte. Weiter links in Richtung Arnstadt lag auf einem größeren Kegelberg die Wachsenburg.

»Mit meiner damaligen Freundin war ich mal in Freudenthal, wir hatten an einer Sternfahrt teilgenommen.«

»Diese Friedenstour?«

»Ja, genau.«

»Ist nicht mein Ding, in so einer Dunstglocke von Tausenden Radlern zu fahren. Naturerleben ist was Eigenes, Persönliches, da brauche ich keine Massen um mich, die mir die Aussicht verstellen«, meinte Paulsen.

»Dabei sein ist alles, nur mit dem Slogan kann man so was überstehen«, sagte Fielding, sah nach rechts und links, zur Wachsenburg, zur Mühlburg und zur Burg Gleichen. »Drei ist weniger als eins«, fuhr er fort und kam sich ein wenig altklug vor.

»Drei ist mehr als eins«, sagte Paulsen und sah ihn kurz fragend an, bevor er in den Rückspiegel sah, blinkte und einen Lastwagen überholte.

»Ich meine, hätten die Burgherrn sich damals zusammengetan und statt drei einzelner Burgen ein imposantes Solitärschloss gebaut wie Neuschwanstein in Bayern, dann hätte das alles eine Ausstrahlung bis hin nach Japan gehabt. So stehen die Thüringer ziemlich allein da mit ihren letztlich kleinteiligen Burgen«, sagte Fielding.

»Es hat eben damals ein verrückter Herrscher gefehlt, der wahnsinnig genug war, so was finanzieren zu wollen. Wir beklagen uns nicht, haben zwar kein Neuschwanstein im Zuckerbäckerstil, aber die Wartburg oder das einfache Wohngebäude Goethes machen das wieder wett.« Paulsen bog in Mühlberg ab und hielt sich dann links in Richtung Holzhausen. »Weiß auch nicht, ob Röhrensee über Arnstadt näher gewesen wäre, ich will aber immer mal eine andere Route nehmen, um was Neues zu sehen. Da vorne ist der Ort schon, der Hof von Hartung kommt gleich rechts. Ich habe mir von Carlo Schneider eine Wegeskizze geben lassen, er kommt übrigens auch hin.« Paulsen bog in die Hofeinfahrt ein, ein schmucker Torbogen mit zwei, drei Reihen Dachpfannen und einem Firstabschluss, wie ihn viele Höfe in der Region aufwiesen. Die Reifen knirschten auf dem Kies und das Abbremsen klang dramatischer als es das Tempo tatsächlich war.

Fritz Hartung kam in Gummistiefeln aus dem Stall und sah irritiert auf die kleine Staubwolke, die aus dem Innenhof in Richtung Gemüsegarten waberte.

»Ruhig, Rex, zurück«, rief Hartung. Der Hund schien seinen Schwanz zwischen den Hinterläufen einzuklemmen. *Ein deutliches Zeichen von Angst und Respekt,* dachte Fielding. *Wenn der Hund könnte, wie er wollte, dann könnten wir hier keinen Fuß auf den Boden setzen.*

»Herr Hartung, Sie erinnern sich an unseren Termin«, rief Paulsen dem Bauern zu, als sie ausgestiegen waren. »Sie kennen mich noch von der Vernehmung, mein Name ist Dirk Paulsen von der Staatsanwaltschaft und das ist meine Kollege Fielding. Sie sind doch der Meinung, Ihr Mitarbeiter habe Peter Holland mit dem Kälberstrick umgebracht.«

Hartung nickte. »Wollen Sie mit ins Haus kommen?«, fragte er.

Paulsen nickte.

»Oder in den Garten, da sitzen wir sogar besser«, bat der Landwirt.

Sie gingen zwischen Stall und Wohngebäude hinter das Haus auf eine Terrasse mit Blick auf einen mit einer Hecke eingefriedeten Gemüsegarten. Mit Buchsbaum war ein Ziergarten mit Rosenstöcken und einer in Stein gefassten Kräuterspirale abgetrennt worden. Aus einem gehäufelten Kartoffelacker wuchs Blattgrün hervor.

»Setzen Sie sich bitte. Kaffee, Tee oder Wasser?«, fragte Hartung im Telegrammstil, der verriet, dass er eigentlich nicht viel Zeit für die Besucher hatte.

»Lassen Sie nur, ich habe nur ein paar Fragen, die mir nach Ihrem Besuch noch in den Sinn kamen und die ich nicht gerne am Telefon erörtern wollte. Ihr Mitarbeiter, der die Tat indirekt gestanden hat, hat ein Seil benutzt. Was für ein Seil?«, fragte Paulsen.

»Was wird das für ein Seil gewesen sein, ein Kälberstrick, schätze ich. Darüber hat er mit mir nicht gesprochen«, sagte Hartung.

»Fehlt ein Strick bei Ihnen?«

»Wissen Sie, wir haben hier so viele Stricke, lange, kurze, er kann von einem langen Seil ein Stück abgeschnitten und verwendet haben.«

»Ich will nicht lange herumreden«, sagte Paulsen. »Holland wurde gar nicht mit einem Kälberstrick um den Hals gefunden, sondern mit einem Abschleppseil. Ein Hanfseil, wie es für Kälberstricke verwendet wird, war nach der Spurenlage zwar Tatwerkzeug, aber wir vermuten, dass es wahrscheinlich mit zu vielen Spuren des Besitzers, also des Täters, nach der Tat gegen ein neuwertiges Abschleppseil ausgetauscht worden ist. Dem Täter muss klar gewesen sein, dass ein originalverpacktes Seil keine DNA aufweisen kann. An diesen Trick wird aber Ihr geistig zurückgebliebener Mitarbeiter nicht gedacht haben. Da sehe ich Sie eher in der Lage, das zu überblicken.«

Fielding staunte, mit welcher Ruhe Paulsen einen Mordverdacht gegen den Bauern aussprach. Hartung war entrüstet, aber wortlos aufgestanden und marschierte von der Terrasse wieder in den Innenhof, in der Hoffnung, die beiden Gäste folgten ihm aus seinem privaten Rückzugsgebiet. *Mit Gemütlichkeit und Gastfreundschaft ist nach dieser Anschuldigung wohl Schluss,* dachte Fielding. Während sie dem Bauern hinterhergingen, überlegte er, was nun passieren könnte. Hartung könnte flüchten, sie niederschlagen, seinen Hund auf sie hetzen oder wer weiß was anstellen, um den bohrenden Fragen Paulsens zu entgehen. Ruhiger wurde er erst, als Carlo Schneider mit seinem niedlichen Corsa-Streifenwagen auftauchte. Der kleine Wagen mit Blaulicht erinnerte Fielding an ein Bobby-Car.

»Zeigen Sie uns bitte Ihre Abschleppseile, von jedem Fahrzeug«, forderte Paulsen von Hartung. Schneider hatte sich aus dem Corsa geschält und stopfte sein Hemd in die Hose, dann beugte er sich noch einmal in den Wagen hinein, hinten aus der Gesäßtasche lugten zwei chromfarbene Ringe der Handschellen heraus, zog seine Dienstmütze vom Armaturenbrett und setzte sie auf. An seiner Hüfte baumelte ein Pistolenholster. Jetzt war Schneider einsatzbereit. Draußen vor dem Hoftor hielt mit scharfem Bremsen in einem weiteren Wagen Roberto Rentz, der Leiter der Polizeistation Arnstadt. Rentz war wie der Wagen in Zivil. *Jetzt ist Paulsen auf der sicheren Seite*, dachte Fielding und fühlte, wie die Anspannung endgültig nachließ.

Bauer Hartung schüttelte den Kopf. »Ich zeige Ihnen gerne meinen gesamten Fuhrpark, aber Sie vergeuden Ihre Zeit. Kommen Sie.« Er schlurfte in schweren Gummistiefeln zu einem Garagentor in der Stallseitenwand, öffnete sie und schloss den Kofferraum eines älteren Audis auf. Er kramte unter einer Abdeckplatte, hob zuerst ein Reserverad heraus, dann ein Radkreuz und gelangte schließlich zu einem Beutel aus rissigem, vergilbtem Plastik, in dem ein altes, schmutziges Abschleppseil lag.

Schneider schüttelte den Kopf. »Das sind hier authentische ölige Sedimente, in denen der Beutel liegt. Seit Jahren nicht mehr bewegt.«

Fielding staunte über das analytische Vermögen Schneiders. Dessen Stärke lag eindeutig im Ausnutzen des schläfrig wirkenden ersten Eindrucks und des fahrlässigen Nicht-Ernst-Nehmens durch seine Kontrahenten, um dann präzise, einem Boxer gleich, der endlos um den Gegner herumtänzelte und dann, wenn dieser gelangweilt die Deckung vernachlässigte, wie aus dem Nichts zuzuschlagen.

Hartung ging weiter zu einem VW Bus, einem T4-Modell mit Pritsche. Auch hier kramte der Bauer ein Abschleppseil heraus, das alt war und Gebrauchspuren aufwies. Der Traktor in der offenen Scheune hatte sogar ein Fach für ein Seil, dem Schlepper fehlte vorne die Seilwinde, aber auch bei diesem wies die Verpackung Risse und Alterungsspuren auf. Fielding schloss aus dem Kopfschütteln Schneiders in Richtung Staatsanwalt, dass dies alles nicht das war, wonach gesucht wurde. Verdächtig wäre ein neues, nachgekauftes Exemplar gewesen, um den Bestand zu ergänzen.

»Wir fahren auf Ihr Revier«, sagte Paulsen zu Schneider, und zu Hartung gewandt: »Sie melden sich bei Herrn Schneider ab, wenn Sie oder Ihr Mitarbeiter Karl-Heinz verreisen wollen. Tun Sie es nicht, könnte das unangenehme Folgen haben. Wir haben uns verstanden, oder?«

Hartung nickte zur Bestätigung, mehr hatte Paulsen auch nicht erwartet. Irgendwo im Hintergrund, in der Scheune, hörte man jemanden hämmern.

»Karl-Heinz war, seit er bei mir arbeitet, noch nie weiter als Arnstadt weg und nur in der näheren Umgebung unterwegs«, sagte Hartung niedergeschlagen und nickte in Richtung Scheune. »Danke, dass Sie ihn mir nicht wegnehmen«, fügte er noch hinzu, dann ging er in den Stall zurück.

»Der wird so schnell keinem mehr einen Streich spielen wollen«, sagte Paulsen und öffnete seinen Wagen. »Abmarsch!«, rief er Schneider und Rentz zu. Schneider stieg in sein blau-silbernes Bobby-Car und Rentz in den Zivilwagen vor dem Tor, beide drehten und machten die Einfahrt frei.

»Und jetzt?«, fragte Fielding, als er neben dem Staatsanwalt im Wagen saß.

»Beraten wir uns im Revier. Mit Rentz und Schneider arbeiten wir gut zusammen, bin schon gespannt, was sie für die weitere Fahndung vorbereitet haben.«

»Sie sagten eben, der Bauer wird so schnell keinem mehr einen Streich spielen. Halten Sie ihn nicht mehr für den Täter, nur, weil

Sie keinen passenden leeren Beutel bei ihm gefunden haben? Weil alles so authentisch aussah, alte, aber unbenutzte Seile in rissigen Beuteln aus der Zeit der Werksauslieferung der Fahrzeuge?«

»Ja, es spricht einiges für ihn.«

»Aber wenn er so planvoll vorgeht, müsste er auch in dem Punkt vorgesorgt haben. Vielleicht hatte er sich ein neues Seil für die Tat gekauft?«

»Mag sein, aber wenn, werden wir es herausfinden«, sagte Paulsen, der jetzt nicht mehr so gesprächig wirkte wie auf der Hinfahrt.

»Als Ermittler braucht man Geduld. Es liegt nicht immer alles auf der Hand. Wenn Sie betrunkene Täter haben, und das ist nicht selten, dann stolpern Sie richtiggehend über Beweismittel und brauchen sich nur zu bücken«, sagte Paulsen später, als sie auf dem grauen Teerband der A4 in Richtung Erfurt fuhren. »Wenn Sie aber einen gerissenen Täter haben, dann braucht es Zeit, um ihn zu überführen. Er hat wie ein Schachspieler die Varianten durchgespielt, alle möglichen Züge und Konsequenzen. Der plant zwanzig Züge im Voraus. Da hilft nur Kommissar Zufall.«

Im Revier bekamen sie erst mal einen guten Kaffee.

»Und Sie ermitteln jetzt für den Bundeskanzler, Herr Fielding?«, fragte Rentz mit einem Grinsen.

»Richtig, die Bundesrepublik Deutschland kann sich einen ungeklärten Todesfall im Umfeld eines zukünftigen G8-Gipfels nicht leisten. Kanzler Werner Kolb hat seinen besten Undercover-Agenten eingeschleust, der in der Rolle eines Persönlichen Referenten in Wirklichkeit den hiesigen Kriminalitätssumpf trockenlegen soll.« Jetzt war es Fielding, der Rentz angrinste.

»Na, das ist doch mal ein glasklarer Auftrag, Chef, an so was mangelt es uns doch immer«, sagte Carlo Schneider zu Rentz.

Dann sah Fielding den Fahndungsaufruf an der Wand. In der Mitte des Posters ein vergrößertes Passbild von Peter Holland, der ein gekünsteltes Lächeln andeutete, wobei ein schmales weißes Band Porzellanjacketkronen zwischen den Lippen sichtbar wurde, das Fielding für nachkoloriert hielt. Darunter der Aufruf an potenzielle Zeugen, die Peter Holland in der Tatnacht ein letztes Mal gesehen hatten, sich umgehend bei der Polizeistation Arnstadt oder der Polizeiinspektion Arnstadt-Ilmenau zu melden. Der Ort des Leichenfundes war in einer kleinen Grafik eingetragen, in der es sinnigerweise zwei schwarze Kreuze gab: Das eine verdeutlichte mit oktogonalem Grundriss die Himmelfahrtskirche und das andere, feiner gezeichnete Kreuz den Fundort der Leiche im angrenzenden Park. Zur Erinnerung an Uhrzeit und Tattag war die Premierenfeier am Mittwochabend im Stadttheater erwähnt, bei der viele Einwohner den Getöteten ein letztes Mal gesehen haben mussten. Um welche Uhrzeit genau? Und in welcher Begleitung wurde der Unternehmer nach Verlassen der Premiere gesehen? Carlo Schneider war Fieldings Blick gefolgt und erklärte stolz, der Urheber dieses Aufrufs zu sein. *Schöne Fleißarbeit,* dachte Fielding, wurde aber plötzlich ernst, als er die Frage las, wer Auskunft zu einem orangefarbenen Abschleppseil geben könne. Dieses wurde als Tatwerkzeug verwendet.

»Von einem orangefarbenen Abschleppseil war vorher nie die Rede«, sagte Fielding.

»Das hatte sicher ermittlungstaktische Gründe«, sagte Schneider, »es handelt sich schließlich um Täterwissen. Aber wenn die Spuren im Sande verlaufen, dann sickert immer irgendwo die eine oder andere Meldung durch, um die Tat in der Bevölkerung wachzuhalten. Gezielt oder unbeabsichtigt. Ich hatte Ihnen ja schon erzählt, dass Holland mit einem Hanfseil stranguliert, aber mit einem Abschleppseil aufgehängt wurde. Dessen Farbe ist nun ganz offiziell orange. Aufgrund dieser zwei Seile gehen wir ja auch davon aus, dass Holland keinen Selbstmord begangen hat. Er hätte sich strangulieren müssen, dann Handschuhe anziehen, die Schlinge knoten, den Kopf durchstecken und dann die Handschuhe verschwinden lassen müssen. Außerdem würde kein Selbstmörder sich erst mit einem Hanfseil erdrosseln, dann das Werkzeug wechseln, zum Auto laufen und ein Abschleppseil holen.«

»Etwas Orangefarbenes hatte mir Tina beschrieben, als sie im Laden neben der Werkstatt Preuß beim Einkaufen war«, erinnerte sich Fielding.

»Wer ist Tina?«, fragte Schneider.

»Tina Brinkts, die Redakteurin beim ›Arnstädter Tageblatt‹.«

»Ah, das junge hübsche Ding, sieh an. Was hat die mit Preuß zu schaffen?«

»Nichts, das war Zufall. Mir hatten sie die Reifen zerstochen, deshalb war ich in der Werkstatt in der Ichtershäuser Straße und nebenan war Tina, ich meine Frau Brinkts, in einem Supermarkt, um einzukaufen. Dort sah sie zufällig Herrn Preuß, wie der sich eine Tüte mit orangefarbenem Inhalt kaufte, wir hatten an Möhren oder so gedacht, es hätte aber auch ein Abschleppseil sein können. Der Laden gehörte ja direkt zur Tankstelle, Reifen, Öl, Batterien, da gibt es alles für's Auto. Jedenfalls hat Preuß ein Geheimnis daraus gemacht, was er da gekauft hat, und die Jacke darübergelegt, als wollte er es klauen.«

»Na, kann ja vorkommen, dass jemand seinen Wagen ausstatten möchte. Erste-Hilfe-Tasche, Warndreieck, beim einen läuft die Mindesthaltbarkeit ab, das andere lässt man mal nach einer Panne liegen, ohne es wieder zusammenzuklappen, und –«

»… ein Seil bleibt ein Seil, das verschleißt so schnell nicht. Preuß hatte eins gekauft«, sagte Fielding.

»Natürlich werden die Dinger gekauft«, sagte Schneider, »aber das macht ihn noch nicht zum Tatverdächtigen. Da fehlt ein Motiv.«

»Wenn er aber sein Seil in der Tatnacht verwendet hat, gerät er gar nicht erst in Verdacht, denn man wird jemanden suchen, der ein Seil besaß und nun nicht mehr. Wir kennen doch die Aufrufe bei Aktenzeichen XY, wer hatte so ein Seil im Besitz und jetzt nicht mehr? Auf Ihrem Poster gehen Sie ja auch darauf ein. Preuß könnte daran gedacht und sich Ersatz beschafft haben, um eine verdächtige Lücke zu schließen. Er hatte sich merkwürdig benommen, das Seil verdeckt, immer die Jacke draufgelegt, ja, wie gesagt, als wollte er es klauen. Tina Brinkts wollte sich mal den Preuß vornehmen und das Ganze als Interview tarnen, einen Artikel schreiben über das Leben und Sterben von Peter Holland. Preuß hatte nämlich einen Auftrag von Holland angenommen und darüber gab es anschließend Streit. Tina ist gerade auf dem Weg zu ihm. Wir sollten uns beeilen. Ich rufe sie an und warne sie. Wenn Preuß den Fahndungsaufruf sieht, dann –«

»Den wird er sicher schon gesehen haben, wir haben bereits Dutzende Fahndungsplakate im Stadtgebiet verteilt«, unterbrach ihn Schneider, »auch in den Geschäften mit Publikumsverkehr, garantiert auch in der Werkstatt von Preuß selbst.«

»Dann ist Tina Brinkts in großer Gefahr, denn Preuß muss gesehen haben, wie Tina ihn an der Tankstelle beobachtet hat. Also wird er annehmen, dass sie ihn nach dem Fahndungsaufruf als Mörder verdächtigt. Herr Paulsen, bitte, wir müssen sofort los, damit Preuß nicht die Zeugin Tina beseitigt.«

»Okay, sofort in die Redaktion«, sagte Schneider und stopfte sich das Hemd in die Hose.

»Lassen Sie mal, das rutscht sowieso gleich wieder raus, wir müssen sofort los, Blaulicht, Horn, alles, was Sie bieten können!«, sagte Fielding energisch.

»Wir? Ich höre immer wir?«, sagte Schneider zu Rentz. »Zivilisten zu fahren ist hier gegen die Dienstvorschrift. Das geht nur im Notfall.«

»Das meine ich auch, das war das Stichwort, los geht's«, sagte Paulsen. »Fielding fährt mit mir.«

Fielding, Rentz, Paulsen und Carlo Schneider stürzten raus zum Polizeiwagen und zum Privatwagen des Staatsanwalts, der ein Blaulicht mit Saugfuß aufs Dach heftete. Die Wagen schossen auf die Hauptstraße in Richtung A&P Design. Unterwegs wählte Fielding das Handy von Tina an.

»Und? Haben Sie Empfang?«, fragte Paulsen, jetzt wirklich besorgt.

»Nichts, sie geht nicht ran, es meldet sich immer nur die Mailbox, kann aber auch sein, dass sie das Handy ausgeschaltet hat, weil sie Preuß interviewen will.«

»Ein Interview mit einem Mörder? Hat die Nerven. Die will wohl mal Kriegsberichterstatterin werden«, sagte Paulsen und schüttelte den Kopf. »Und nun zu Ihnen, was haben Sie da eben erzählt, Ihre Reifen wurden zerstochen? Wieso erfahre ich das in so einem Nebensatz? Das müssen Sie zur Anzeige bringen. Ihr jungen Leute wollt immer so cool sein.«

»Und was passiert dann? Das hat überhaupt nichts mit Coolness zu tun. Würde ich das anzeigen, müsste ich Stunden auf dem Revier sitzen, mein Auto wird mit Grafitpuder eingestäubt und am Ende bekomme ich eine Einstellungsverfügung der Staatsanwaltschaft.«

»Ohne Anzeige können wir allerdings nicht viel machen, das dient nur der Statistik, keine Verbrechen schönt die ungemein, und wenn wir doch einen schnappen, der einknickt und alles gesteht, auch Vandalismus an einem Wagen aus Berlin, dann können wir mangels Anzeige die Tat nicht zuordnen, sie ist dann der Fantasie des Verdächtigen entsprungen und kann …« Paulsen überholte bei Gegenverkehr und hoffte, dass der Entgegenkommende mit Blick auf das Blaulicht ein Einsehen haben würde und rechts ranfuhr, was er auch tat. Während des Manövers musste sich Paulsen konzentrieren, aber kaum war die Gefahr gebannt, fuhr er fort: »… und kann vom Gericht nicht geahndet werden.« Dann jagte der Wagen auf einen der zahlreichen Kreisverkehre zu. Ihnen folgte der Polizei-Corsa mit Schneider am Steuer, der das Martinshorn zuschaltete. *Jetzt geht's rund in der Zentrifuge,* dachte Fielding. Ihm wurde flau. Es war vielleicht etwas anderes, wenn man selbst fuhr. Bevor er sich nach einer Kotztüte umsehen konnte, hielt der Wagen mit quietschenden Reifen auf dem Parkplatz von A&P Design. »Heute geschlossen!«, verkündete ein weißes Schild.

»Verdammt!«, fluchten Paulsen und Fielding im Chor.

»Ich rufe im Revier an und lass mir die Privatadresse geben«, sagte Schneider, der ausgestiegen und zum Wagenfenster von Paulsen gelaufen war. Dann rannte er zurück zum Corsa. Tina schwebte in Lebensgefahr.

Fielding lief um das Gebäude herum, alles war verschlossen, kein Auto hinter dem Gebäude, kein Hinweis, dass sich die Gesuchten im Inneren aufhielten. Schneider ließ kurz das Martinshorn aufheulen. Fielding eilte zurück zum Wagen und weiter ging's in wilder Hatz durch die Stadt. Diesmal waren Schneider und sein Chef Rentz an der Spitze, die mit dem Martinshorn die Bahn frei hielten. Schneider fuhr vom Gewerbegebiet nicht durch die Innenstadt, sondern nahm die Tangente, kam am alten Lokschuppen vorbei in den langgezogenen, nicht enden wollenden Rehestädter Weg. An der unübersichtlichen Kreuzung, bei der links der Verkehr Am Riesenlöffel häufig durch eine geschlossene Bahnschranke gestoppt wird, hatten sie Glück, auch diesmal war auf die Bahn Verlass, die Bahnschranken für den Regionalzug hatten sich mit hellem Bimmeln nach unten gesenkt, so dass sie mit hohem Tempo gefahrlos über die Kreuzung kamen und Richtung Rehestädt jagten. In dem Ort unterhalb der Deponie bogen sie rechts ab. An einem kleinen Haus mit verwitterter grauer Fassade endete die Fahrt. Schneider und Fielding sprangen als Erste aus den Autos und klingelten Sturm am Haus von Mandy Albrecht und Rick Preuß. Mandy Albrecht öffnete in einem rosa verblichenen Bademantel die Tür, ihre Blässe hätte etwas Rouge vertragen, aber sie war abgeschminkt.

»Was isn bassiert, glemmbd de Glingl?«, fragte Mandy und Fielding hatte den Eindruck, sie bekam die Zunge nicht mehr rund. Sie hatte dem Alkohol ziemlich zugesprochen. »Was solln jetze das Dheader, eben wor diese Zeidungsdande schon da gewerre, wollde de Rick auch schon spreschn.« Mandy Albrecht blinzelte in die Sonne.

Vielleicht auch Drogen, dachte Fielding.

Die vier Männer sahen zuerst nur ihr Halbprofil, dann drehte Mandy den Kopf von der Sonne weg und gab die andere Gesichtshälfte preis. Sie war angeschwollen, rund um das Auge war die Haut violett. Entweder war sie im Suff gefallen oder Rick Preuß hatte sie so zugerichtet.

»Darf ich mich bei Ihnen mal umsehen?«, fragte Schneider, wartete gar nicht erst die Antwort von Mandy ab, die in ihren Bewegungen zudem wie in Zeitlupe agierte, schob sie sanft zur Seite und ging ins Haus.

»Darffer das?«, fragte sie lallend und wandte sich an Paulsen, der in seinem dunkelblauen Anzug wie der oberste Dienstherr auftrat. Bevor Paulsen ihr antworten konnte, kam Schneider auch schon wieder zurück.

»Tut mir leid, unser Überfall. Aber es ist Gefahr im Verzug. Wo ist Ihr Mann, wo ist die Redakteurin von der Zeitung?«, fragte der Polizist.

»Was willn der hier?«, fragte Mandy und zeigte auf Fielding, dann begann sie zu kichern. »Ihr Hilwsscheriff in sivil?«, fragte sie und kicherte wieder.

»Wo ist Preuß? Wo ist die Frau von der Zeitung? Reden Sie!«, rief Carlo Schneider und fasste Mandy Albrecht hart an den Oberarmen an.

»Hey, hey, warum seid ihr Männer imma so brudahl«, schimpfte sie.

»Wann war Frau Brinkts bei Ihnen?«, fragte Fielding.

»Hab nich auf die Uhr gesehn, is schon lange wech.«

»Wohin? In die Redaktion?«, fragte Schneider.

»Was für eine Redaggsion? Ich hab se zu Rick geschickt«, sagte sie.

»Wohin?«

»Na, uff seine Datsche. Rick will nich, dass ich ihm die Leute dahin schicke. Das ist sein …«

»… was ist das? Schneller, beeilen Sie!«, drängelte Schneider.

»Das is sein, sein Rückzugsgebiet.«

»Ach ja, aber die Redakteurin schicken sie hin«, sagte Fielding wütend.

»Bei der Kleinen hab ich eine Ausnahme gemacht«, sagte sie etwas klarer verständlich, als hätte sie das Fragenstakkato von Schneider und Fielding nüchtern werden lassen.

»Wo ist er?«, drängelte Fielding weiter. »Wie finden wir die Datsche?«

Daraufhin murmelte sie etwas, das für Fielding unverständlich blieb.

»Schnell, wir sollten mit Blaulicht hin«, sagte Carlo Schneider, der mit dem Stammeln von Mandy wohl mehr anfangen konnte.

4. Teil

Rick Preuß hatte am Mittwochabend das Ende der Premierenfeier abgewartet und Peter Holland am Theaterausgang abgefangen. Er wusste, der Unternehmer konnte sich ein lautes Spektakel vor den anderen Honoratioren nicht leisten, die mit ihm die Feier verließen, also schob Holland Preuß gleich zur Seite.

»Was willst du noch, es gibt kein Geld«, zischte Holland verärgert, der ahnte, warum ihm Preuß auflauerte.

Preuß war das Abdrängen in die dunklen Zonen des Schlossparks gerade recht, er hatte noch eine weitere Rechnung mit Peter Holland offen. Als er niemanden von den Theatergästen mehr sah, holte er aus. Der Schlag war nicht mit brachialer Gewalt geführt, reichte aber, dass Peter Holland benommen zu Boden ging.

»Jetzt ist Schluss mit lustig, hast dich schön amüsiert bei der Premiere. Das war übrigens mein Geld, das du den Theaterfuzzis übergeben hast, komischerweise hab ich dafür heute keinen Ehrenplatz bekommen. Und zwischendurch hast dich auch noch gut mit Mandy amüsiert«, sagte Preuß, zog dabei Holland in ein Eibengebüsch, band ihm einen Hanfstrick um den Hals, den er verknotete und dann nach unten führte, um damit auch Hollands Hände zu fesseln. »Das ist übrigens meine Frau, mit der du viel Spaß gehabt hast.«

»Was willst du?«, fragte Holland mit heiserer Stimme.

»Ach, sprechen kannst du noch, na, das lässt sich ändern«, sagte Preuß und zog den Hanfstrick noch enger um den Hals. Hollands Röcheln wurde leiser. Im Dunkeln sah Preuß nicht, dass

Hollands Kopf rot anlief. »Jetzt will ich auch meinen Spaß. Schon mal Sado-Maso mitgemacht? Nein, ich auch nicht, aber mal ausprobieren wäre doch nicht schlecht. Nein? Doch nicht?«

Holland schüttelte sich, er versuchte sich aufzubäumen, gegen den durchtrainierten Bodybuilder Rick Preuß hatte er jedoch keine Chance.

»Ich habe einigen Aufwand gehabt, diese Warterei heute Abend vor dem Theater, der Ärger wegen meiner Frau, die sich von einem reichen Schnösel hat einwickeln lassen, okay, bei uns sitzt das Geld nicht so locker wie bei dir, ich fahre kein fettes Auto, aber irgendwann geht es uns wieder besser und daran wirst du dich beteiligen. Für all den Mehraufwand bekomme ich von dir nicht nur die offenen zweitausend, sondern ab sofort viertausend Euro.«

Der Körper von Holland zuckte unkontrolliert, versuchte noch einmal sich aufzubäumen und fiel in ein leichtes Vibrieren.

»Wenn du auf die Idee kommen solltest, deine fetten Finger nicht von meiner Frau zu lassen, wenn ich nicht morgen viertausend Steine auf dem Tresen sehe, dann werde ich diesen Besuch hier wiederholen. Haben wir uns verstanden?«

Peter Holland hing schlaff am Hanfseil. Er hätte nur zu gerne Preuß noch eine Weile zugehört, doch der Sauerstoffmangel hatte einen letalen Prozess in Gang gesetzt, der auch dann nicht mehr aufzuhalten war, als Preuß in Panik das Seil öffnete und auf den Brustkorb einschlug. Wenn er sich auch zur Mund-zu-Mund-Beatmung nicht entschließen wollte, man musste es ja bei so einem nicht übertreiben, so versuchte er doch, über Herzmassage den Kreislauf wieder ins Laufen zu bringen. Vergeblich. Preuß war schockiert. Sollte er Holland umgebracht haben? Er hatte ihn doch nur kurz stranguliert, nur so tun wollen, als ob er ihn erwürgen könnte, um seiner Forderung Nachdruck zu verleihen. Oder sollte Holland ein krankes Herz gehabt haben? Ein Infarkt vor lauter Aufregung? Preuß konnte keinen klaren Gedanken fassen. Mechanisch löste er das Seil und nahm es mit. Auf dem Weg in sein Geschäft kam er wieder zur Besinnung. Ihm fiel ein, dass es besser wäre, alles wie einen Unfall aussehen zu lassen. Nein, Unfall war Unsinn, korrigierte er sich, ein Selbstmord wäre naheliegender. Das Hanfseil konnte er nicht verwenden, da waren garantiert irgendwelche Spuren von ihm nachweisbar. Besser ein anderes Seil holen. Ihm fiel das Abschleppseil in seinem Wagen ein, noch originalverpackt. Er zog sich Handschuhe an, nahm es, legte es Peter Holland um den Hals und suchte sich hinter den Eibensträuchern einen stabilen Ast. Dann hängte er sein Opfer an den Baum und ließ den Beutel des Abschleppseils einige Straßen weiter in einem Mülleimer verschwinden.

Preuß verfluchte Peter Holland, weil er selbst schuld an seinem Tod hatte. Hätte er ihm das Geld gegeben, wäre es nicht so weit gekommen, die Panne mit dem Seil, dieser dämliche Unfall, dass er etwas zu lange am Seil gezogen hatte, das alles war Hollands eigene Schuld. Er hatte diesen Überfall doch provoziert!, sagte sich Rick Preuß. Ohnehin war es nur eine Frage der Zeit, bis einer der reingelegten Partner von Holland die Nerven verloren und zurückgeschlagen hätte. Na und, dann war halt er derjenige, der sich stellvertretend für all die anderen da draußen an Holland gerächt hatte. Die nächsten Tage kaufte er Zeitungen, war bei der improvisierten Pressekonferenz am Fundort der Leiche dabei und versuchte, alles in Erfahrung zu bringen, was über den Tod in der Öffentlichkeit diskutiert wurde.

Dann fiel ihm auf, dass er seinen Bestand an Abschleppseilen wieder auffüllen sollte. Er ging am Samstagabend los und wartete ab, bis wenig los war in dem Tankstellenladen.

Außerdem war da noch die Sache mit Mandy. Sie hatte ihn mit Holland betrogen. Da sah man es mal wieder, wer Geld hatte, der hatte keine Moral, und deshalb war es nur eine Frage der Zeit, bis seine Frau auf diesen Blender reinfiel. Aber so naiv, wie die beiden glaubten, war Rick Preuß nicht, die zwei blöden Turteltauben tappten wie die Anfänger voll in die Handy-Falle. Mandy hatte das Handy von ihm übernommen, als er sich ein neues internetfähiges Smartphone zulegte. Sie war dann aber zu dumm, die Pin-Nummer zu wechseln. Ab und zu konnte er, wenn Mandy schlief, munter in ihren Nachrichten lesen, was sie so alles hinter seinem Rücken trieb. Das meiste waren langweilige Nachrichten, bis die SMS vom lieben Peter auftauchte, dann die Ausfahrt im Porsche und schließlich der schnulzige Liebesschwur von Mandy, den er las, als sie das Gerät vergangenen Dienstag zu Hause vergessen hatte. Die fette offene Rechnung, die Geschäftsgründung, die nicht so lief wie gehofft, die untreue Mandy, alles für sich allein war schon übel und die Summe aus den drei Miseren wäre für einen in sich ruhenden, souveränen und rational handelnden Geschäftsmann zu bewältigen gewesen, doch alles das war Rick Preuß nicht. Er fühlte sich betrogen, verraten und verkauft. Er warf das Handy in die Ecke, dessen Akkufach aufsprang, so dass die Batterie herausgeschleudert wurde. Dann wartete er auf die Rückkehr von Mandy, die er mit einer schallenden Ohrfeige empfing. Von ihr erfuhr er auch, dass Peter Holland am nächsten Tag bei der Premierenfeier im Arnstädter Schlossgartentheater dabei sein würde.

Gebessert hatte sich seither nichts. Mit Hollands Tod war die Chance auf die 4000 Euro hinfällig, Mandy hing an der Flasche und Rick selbst war bis auf Weiteres in seiner Datsche bei der Käfernburg eingezogen. Hier wollte er erst mal zu sich kommen. Im Gewerbegebiet hatte er eingekauft, was er so für die Woche brauchte, war mit dem Wagen an das Gartengrundstück herangefahren und wollte gerade die Einkäufe ins Haus bringen, als eine Frauenstimme nach ihm rief.

»Herr Preuß? Sind Sie zu Hause?«

Preuß wollte sich ducken, aber der Wagen mit dem offenen Kofferraum war zu auffällig, außerdem würde diese Frau mit ihrem lauten Gerufe bald die Nachbarschaft alarmieren und unter diesen Gartenzwergspießern war garantiert einer dabei, der herüberrufen würde, dieser Rick Preuß läge gerade neben seinem rostigen Ford im Schatten.

Jetzt rächte sich, dass Preuß den Garten nicht so angelegt hatte wie seine Nachbarn, rechtwinklig parzellierte Königreiche mit Grenzen, die aus Thuja-Soldaten bestanden, die Schulter an Schulter eine grüne Wand aus ortsuntypischen Lebensbäumen formten, aber das eigentliche Reich dahinter uneinsehbar machten. Hier verschwanden die Kleingärtner am Freitagnachmittag und tauchten erst Sonntagabend wieder auf, wenn sie die Gartenanlage für die Arbeit unter der Woche wieder verließen. Was jedoch nicht hieß, dass sie nicht bis ins Detail mitbekamen, was auf den Nachbarparzellen passierte. Preuß hatte nach dem Erbfall zunächst das verunkrautete Gelände auf Vordermann gebracht. Sein Onkel war lange bettlägerig gewesen und niemand hatte sich um das verwilderte Grundstück gekümmert. Dann hatte Preuß das verdorrte Zeugs ausgerissen, pflegeleichten Rasen angelegt, dies und das an Stauden, die aus der Nachbarschaft herübergereicht wurden, in Löcher versenkt. Es war nicht viel. Glück hatte er nur mit dem gigantischen Walnussbaum, der seine breit ausladenden Äste majestätisch, so sein Eindruck, über das kleine Grundstück legte. Mandy hatte bei ihrem ersten Besuch gesagt, das Geäst sähe aus wie die Flügel einer besorgten Glucke.

Also kam Preuß aus der Deckung und tat überrascht. Eine junge Frau stand da, bunte Bluse, einen Schreibblock in der Hand, als würde sie Unterschriften gegen den Walfang sammeln. Tina stand am Gartenzaun und beobachtete, wie Preuß auf sie zukam.

»Mein Name ist Tina Brinkts, ich bin die Stellvertreterin des Lokalredakteurs beim ›Arnstädter Tageblatt‹ und habe ein paar Fragen für eine Reportage über den verstorbenen Peter Holland. Es geht ganz allgemein um Leben und Tod eines Arnstädter Unternehmers. Vielleicht können Sie einen Beitrag über Ihren Kunden beisteuern?«

»Ah, angenehm«, Preuß war näher gekommen, aber noch trennte das Gartentor die beiden. »Ich komme gleich zu Ihnen, muss erst noch die Einkäufe ins Haus bringen, Käse, Butter, Wurst, das muss direkt in den Kühlschrank. Aber kommen Sie doch schon in den Garten, ist sowieso angenehmer als im Haus.« Er öffnete das Gartentürchen und ließ sie hinein. »Sie kommen mir irgendwie bekannt vor, sind wir uns schon mal über den Weg gelaufen?«, fragte er, während er damit beschäftigt war, die Einkäufe in einen Karton umzuladen.

»Ja, bestimmt, ich war doch damals bei Ihrer Geschäftseröffnung dabei, hatte eine Reportage für das ›Arnstädter Tageblatt‹ gemacht, die besten Unternehmensgründungen im Ilm-Kreis lautete damals das Motto. Und jetzt will ich mich in einer Folgereportage über die Weiterentwicklung der Unternehmen informieren. Unsere Leser haben nämlich des Öfteren nachgefragt, was ist eigentlich aus dem einen oder anderen Betrieb geworden. Tja, und so was greift unsere Zeitung gerne auf, denn das wissen Sie ja genauso gut wie wir, der Kunde ist König.« Tina strahlte und setzte ihren ganzen Charme ein. »Na ja, und bevor die ersten Leser nach dem toten Unternehmer Peter Holland fragen, wollen wir exklusiv über sein Leben und Sterben berichten.«

Preuß antwortete nicht. Im Auto lief noch das Radio, gerade begannen die Nachrichten zur vollen Stunde. *Wenigstens noch den Wetterbericht abwarten,* dachte Preuß, packte langsam den Karton voll, schloss den Kofferraum und setzte sich für einen Moment hinter das Steuer. Aus dem Auto heraus beobachtete er

Tina, die sich die Gartenanlage ansah. Er hatte den Eindruck, sie taxiere das Potenzial, das die Parzelle bieten könnte.

»Kleinen Moment noch, ich höre nur noch den Wetterbericht«, rief Preuß in Richtung Tina.

»Und jetzt folgt noch ein Fahndungsaufruf der Polizei: In der Nacht zum sechzehnten April wurde der Unternehmer Peter Holland im Arnstädter Schlosspark tot aufgefunden. Die Polizei nimmt an, dass er im Anschluss an die Premierenfeier im benachbarten Stadttheater Opfer eines Tötungsdeliktes wurde. Wer kann sachdienliche Hinweise geben? Wer kann insbesondere Angaben machen zu den letzten Gesprächspartnern von Holland in der Nacht von Mittwoch auf Donnerstag oder auch zu einem orangefarbenen Abschleppseil, dem Tatwerkzeug? Wo fehlt seit dieser Nacht ein entsprechendes Seil? Ihre Hinweise werden vertraulich in jeder Polizeidienststelle entgegengenommen.«

Preuß war schockiert. Jetzt wusste er, warum ihm das Gesicht von Tina Brinkts bekannt vorkam. Es war nicht nur die Geschichte mit der Reportage vor einem Jahr. Vor seinem Auge tauchte Tina Brinkts zwischen den Regalreihen des Supermarktes an der Tanke wieder auf, als er das Seil an der Kasse bezahlt hatte. Sicher hatte sie ihn auch dabei beobachtet, wie er es eingekauft hatte, und es war nur eine Frage der Zeit, bis sie als Reporterin von dem Fahndungsaufruf Wind bekam. Dann sollte selbst die dümmste Schmierblattschreiberin eins und eins zusammenzählen können. Für Preuß gab es jetzt nur zwei Möglichkeiten, sich zu stellen oder eine lästige Zeugin zu beseitigen. Preuß hatte sich noch nie freiwillig zur Polizei begeben, also blieb nur die zweite Variante übrig.

»Wo geht's denn hin?«, fragte Fielding.

»Ich kenne mich hier nicht aus, Schneider ist unser Scout und ich hoffe, er weiß, was er tut und wohin er muss«, sagte Paulsen.

Er hatte sich auf einer langen Geraden vom Polizeiwagen überholen lassen. Jetzt hing Paulsen an dessen Stoßstange. Der kleine Corsa war mit dem fülligen Schneider und stämmigen Rentz gut besetzt, so dass der kleine, sparsame Motor sich anstrengte und alles gab, was in ihm steckte. Und das war wenig.

»Was ist das für ein Typ, der Preuß, unberechenbar? Viel auf dem Kerbholz?«, fragte Fielding.

»Tut mir leid, für mich ein unbeschriebenes Blatt, das mit dem Profiling ist pure Theorie«, sagte Paulsen, »jetzt in der Praxis bleibt uns für eine fundierte Täteranalyse keine Zeit.«

Der Staatsanwalt nahm sein Handy aus der Jacke, telefonierte mit seiner Dienststelle und alarmierte das Sondereinsatzkommando. Dann rief er Rentz im vorausfahrenden Corsa an, er solle bei Schneider den Einsatzort abfragen. Die Koordinaten gab er an das SEK weiter. »Das ist die Praxis«, sagte Paulsen, »egal, was uns dort erwartet. Selbst wenn die beiden einträchtig Halma spielen und sich nett unterhalten, Absicherung und Eigensicherung sind eherne Grundsätze, lieber zu viel als zu wenig. Das ist für das SEK immer eine gute Übung.«

Die Wagen jagten in einer leichten Linkskurve mit geringem Abstand über die Landstraße. Unvermittelt trat Schneider im Corsa trotz Horn und Blaulicht auf die Bremse, da sich von rechts aus einem Feldweg ein Traktor mit hoch erhobener Frontschaufel näherte und Schneider ahnen musste, dass der Bauer bei dem lauten Dieselaggregat des Traktors das Martinshorn nicht wahrnehmen würde. Zudem nahm das Schaufelgestänge die Sicht auf die Vorfahrtsstraße.

Paulsen schaffte es gerade so, seinen Wagen auch abzubremsen.

»Fahrtraining absolviert?«, fragte Fielding knapp.

Paulsen nickte. »Hier draußen musst du fit sein, hier gelten die Gesetze der Straße, nicht des Büros! Aber irgendwann muss jeder mal ein Held werden.«

»Wow, Herr Paulsen, großes Kino«, sagte Fielding, aber ihm war nicht nach Lachen zumute. »Das war tatsächlich ein Filmzitat, Lino Ventura in ›Der Rammbock‹.«

Sie fuhren wieder an, aber das hohe Tempo war bald nicht mehr zu halten, die Innenstadt näherte sich und Fielding hatte das Gefühl, jeder Arnstädter sei draußen auf der Straße und bewege sich nur noch in Zeitlupe, sobald ihn das ohrenbetäubende Martinshorn erreichte. Es ging bei roter Welle durch die Bahnhofsstraße, Ritter- und Neideckstraße, bis der Corsa links blinkte und den Weg Richtung Oberndorf einschlug. Dort verlangsamte der Corsa, Schneider schien den Schrebergarten von Preuß zu suchen.

»Ihnen liegt was an Frau Brinkts, an Tina, wie Sie sie nennen.«

»Kann man so sagen«, meinte Fielding knapp. Er wusste, Paulsen wollte ihn mit Reden ablenken, aber je mehr der Staatsanwalt sagte, umso stärker realisierte Fielding die Gefahr, in der Tina schwebte.

Die beiden Wagen stoppten abrupt auf dem staubigen Kiesweg und hüllten sich einen Moment in eine Staubwolke ein. Sie waren an einer Freizeitgartenanlage angekommen, »Freunde der Käfernburg« stand auf einem Blechschild, das quer über dem Einfahrtstor hing, darunter stilisiert ein schwarz gepunkteter Marienkäfer inmitten einer braun-roten Burganlage. Das war auch das einzig Burgähnliche, was zu sehen war. Das Tor war verschlossen, zu erkennen war nur ein gerader Weg, von dem die Datschengrundstücke abzweigten. Bis auf Schneider waren alle ausgestiegen, er hing noch am Telefon. Wahrscheinlich ließ er sich die Parzelle von Preuß durchgeben. Wenig später war der kleine Vorplatz mit schwarzen Limousinen der Oberklasse zugestellt.

»Das ist das SEK«, sagte Paulsen zu Fielding. »Der Fuhrpark ist klasse, meistens beschlagnahmte Fahrzeuge.«

Schneider schlug die Wagentür zu und eilte zum Einsatzleiter des SEK, Fielding konnte vom Gespräch nichts verstehen, dann ging alles blitzschnell. Die schwarz vermummten Einsatzkräfte knackten das Zufahrtstor und drangen sofort in die Anlage ein.

Paulsen zog Fielding am Ärmel. »Bleiben Sie dicht hinter mir«, ordnete er an.

Dann hielt der Trupp an einem Gartengrundstück an. Es hatte die genormte rechteckige Größe von vielleicht 400 Quadratmetern und eine Einfriedung aus mit grünem Kunststoff überzogenem Maschendraht. Dahinter sorgten Flieder- und Lorbeerbüsche für eine Abgeschiedenheit, die die SEK-Beamten zur Tarnung nutzten. Vorsichtig spähten sie das Grundstück aus. Vor der kleinen Datsche war eine Terrasse, eingerahmt mit Oleanderkübeln und Buchsbaum. Ein paar der Männer rückten vor. An jeder Ecke des kleinen Häuschens postierte sich ein SEK-Beamter. Paulsen, Schneider und Fielding hielten sich auf dem Nachbargrundstück hinter einem Wasserfass in Deckung. Eine ältere Dame, die ihre kleinen Geranien im Fensterkasten goss, sah die schwarz gekleidete Truppe, die das Nachbargrundstück belagerte, öffnete den Mund zu einem stummen Schrei, hielt ihre freie Hand vor das Gesicht, wie kleine Kinder, die sich damit unsichtbar machen wollen, und verschwand geräuschlos in ihrem Blockhaus. An der Giebelseite von Preuß' Gartenhaus, die zur Terrasse hin ein Doppelfenster und die Eingangstür aufwies, robbte ein Beamter heran, streckte den Arm hoch und klebte ein hochsensibles Mikrofon an den unteren Rand der Fensterscheibe. Der Einsatzleiter des SEK lief kurz darauf zu Paulsen. »Nichts, kein Geräusch, kein Lebenszeichen. Zugriff?«

Paulsen nickte.

»Was heißt hier nichts, da drinnen muss Tina sein!«, sagte Fielding aufgebracht und versuchte, zu dem Haus zu laufen.

Paulsen hatte das offenbar erwartet und griff nach ihm, zog ihn am Arm zurück hinter das Wasserfass.

»Lassen Sie mich, verdammt, ich muss da hin«, rief Fielding im Zorn.

»Beruhigen Sie sich, gleich wissen wir mehr«, sagte Paulsen in einem bemüht ruhigen Ton.

Der Beamte, der eben noch das Mikro an die Scheibe geklebt hatte, robbte erneut heran und heftete Plastiksprengstoff an den Türrahmen. Er war noch nicht ganz in Deckung gegangen, da rumste es und die Tür flog samt Türzarge über die Terrasse auf den Rasen. In die Detonation hinein blitzten Blendgranaten auf, Fielding hatte durch die Rauchwolke nicht sehen können, wie die Beamten in das Häuschen eindrangen, doch ehe die Rauchwolke sich verzogen hatte, kamen sie bereits wieder heraus und winkten Paulsen irgendetwas zu.

»Was zeigen sie an?«, fragte Fielding.

»Nichts, das Gebäude ist leer. Preuß muss mit Frau Brinkts getürmt sein«, sagte Paulsen.

»Das will ich selbst sehen«, sagte Fielding und ging zum Haus. Es roch nach den gezündeten Blendgranaten und dem Sprengstoff. Auf der Terrasse knirschte unter jedem Schritt das gesplitterte Glas des Fensters und der Eingangstür. Innen war die Lage schnell zu überschauen, die Datsche bestand nur aus einem Raum mit abgetrennter Nasszelle, deren Kunststofftür offen stand. Auf der Küchenzeile, die nicht vom Wohnraum getrennt war, stand ein Karton mit Einkäufen.

Es gab keinen Schrank, in dem sich jemand versteckt halten konnte, keine Falltür für einen Erdkeller, nichts. Keine Spur von Tina. Fielding durchsuchte jeden Winkel, er musste sich selbst ein Bild von der Lage verschaffen, um die Bilder seiner gefesselten Freundin aus dem Kopf zu bekommen. Ein SEK-Beamter führte ihn schließlich nach draußen und zurück zu Paulsen.

»Tut mir leid wegen eben«, sagte Fielding, der sich etwas gefasst hatte, »aber ich bin in Panik geraten, man liest in letzter Zeit oft vom erweiterten Selbstmord. Ich dachte, Preuß hat sich vielleicht umgebracht und vorher noch Tina.«

»Ist schon okay, wäre mir vielleicht auch so ergangen, wenn es sich um meine Familie gehandelt hätte. Davon kann man sich nicht freimachen. Routine hat dann keiner mehr«, sagte Paulsen.

»Danke. Wie geht's jetzt weiter?«, fragte Fielding.

»Preuß' Wagen steht auf dem Parkplatz, sie müssen zu Fuß weitergeflüchtet sein oder Preuß hat einen anderen Wagen gekapert. Schneider wird sich um die Kollegen kümmern, nachfragen, ob irgendwo ein Pkw-Diebstahl oder eine weitere Entführung gemeldet worden ist. Wir werden einen Mantrailer anfordern, wird ein paar Minuten dauern.«

»Mantrailer? Diese Superspürhunde? Die habe ich mal bei Aktenzeichen XY im Fernsehen gesehen. Ein Mantrailer war auf der Suche nach einem Vermissten und die Fahnder fuhren mit ihm auf einer Autobahn, bis der Hund anschlug und deutlich machen konnte, dass der Vermisste, sicherlich in der Gewalt der Entführer, eine bestimmte Autobahnabfahrt genommen hatte. Dann allerdings verlor sich die Spur. Im Bericht hieß es dann, dass der Mensch in jeder Stunde Tausende Hautschuppen verliert und diese selbst aus geschlossenen Räumen wie beispielsweise aus einem Pkw über die Lüftungsanlage nach draußen transportiert werden. Diese Hautpartikel kann der Spürhund auch nach Tagen noch wahrnehmen und einer bestimmten Person zuordnen.« Fielding wunderte sich über sich, wie lange er in dieser schlimmen Situation monologisieren konnte, aber er wollte sich selbst ablenken. Nur an Tina zu denken, wie es ihr in der Hand des Entführers gehen mochte, würde ihn für alles Weitere blockieren.

»Das haben wir in der Hütte gefunden.« Der SEK-Einsatzleiter trat zu Paulsen und reichte ihm ein Handy.

»Könnte es das von Frau Brinkts sein?«, fragte er Fielding.

Fielding sah es sich an. Ihm fiel auf, dass er es nie bewusst wahrgenommen hatte und nur vage einschätzen konnte, ob es von Tina hätte sein können. Er zuckte die Schultern. »Trotzdem sollten wir die Handy-Ortung versuchen, vielleicht hat Tina ihres noch, aber Preuß müsste auch eins haben.«

Die Spurensuche in der Datsche ergab keine weiteren Erkenntnisse, sie konnten nicht einmal mit Sicherheit sagen, dass Preuß Besuch gehabt hatte, es fehlte ein Indiz wie etwa das verräterische zweite Glas auf dem Tisch. Die ersten Gartennachbarn sahen besorgt aus den Fenstern, einige Mutige kamen heraus.

»Befragen wir die Nachbarschaft, bis der Spürhund kommt«, schlug Paulsen vor.

Die meisten hatten nichts gemerkt. Ja, der Garten sei sehr verwildert gewesen, aber der Eigentümer hatte lange im Krankenhaus gelegen, war im Herbst verstorben und von den Angehörigen wollte sich niemand um den Garten kümmern. Dann sei der junge Mann als Erbe und neuer Pächter aufgetreten. Sie hätten gleich gedacht, der passe doch nicht hierher. Bodybuilder sei er, tätowiert, manchmal sei ein lautes Motorrad gekommen. Wie die Rocker, meinte ein anderer, aber dann sei es ruhiger geworden, vor wenigen Tagen sei hier aufgeräumt worden, der Rasen gemäht und Sträucher zurückgeschnitten, als ob sich jemand auf den Frühling einstellen wollte. Na, das wird ja doch noch was mit dem Neuen, hätte einer gesagt, der sich sogar mit ihm unterhalten hätte. Der Kurt war's, der ist aber heute auf Arbeit, der ist im Schichtbetrieb, den könnense jetzt nicht erreichen. Schlimm so was, was war's denn, Drogen? Was Schwerkriminelles?

Mehr ergab die Befragung nicht. Unterdessen war der Hundeführer mit dem Mantrailer gekommen. Der Golden Retriever nahm die Fährte auf und war kaum noch zu bremsen.

Von der Gartenanlage an der Käfernburg mit der schönen Sicht auf die Stadt und die Drei Gleichen im Hintergrund ging es über das Dorotheenthal zum Veitberg. Dann wurde die Strecke langsam ungemütlich. Die Feldwege wurden schmaler und vor ihnen lag ein Abhang, der runter auf die Bahnstrecke von Arnstadt nach Plaue und an das Ufer der Gera führte. Steil bergab ins Tal, immer dem Fährtenhund hinterher, zeigte sich, dass Preuß anfangs noch die Wege genommen hatte, sich dann aber mit Tina abseits davon hielt, um niemandem aufzufallen. Sie kamen an die Kleingartenanlage an der Kirschallee. Fielding hörte von Weitem den klagenden Schrei eines Pfaus.

»Da unten ist der Tierpark«, sagte Paulsen.

Der Mantrailer streunte den Zaun entlang. Demnach war Preuß nicht der Straße Richtung Brauhaus nach Norden gefolgt, sondern am Maschendraht entlang Richtung Süden. Der Golden Retriever bellte vor dem Zaun. Preuß war hier herübergesprungen und musste Tina gezwungen haben, ihm zu folgen. Das konnte der Hund nicht. Die SEK-Beamten, die die Verfolgung durch den Hundeführer gesichert hatten, öffneten mit einem Bolzenschneider das verschlossene Tor. Der Hund nahm auf der anderen Seite des Zauns die Spur wieder auf und kam quer über das Areal auf der anderen Seite erneut an einen Zaun. Es war Gefahr in Verzug. Mit dem ganzen Tross und dem Hund zurück durch das geknackte Tor, außen im großen Bogen herum, um dann die Spur wieder aufzunehmen, damit hätten sie viel zu viel Zeit verloren. Der vermummte SEK-Beamte zerschnitt mit dem Bolzenschneider den Maschendrahtzaun. Sie zwängten sich durch die Öffnung, allen voran der Mantrailer.

»Was kann das bedeuten, so eine Flucht? Sie wirkt wie kopflos, dieser Kurs durch Gärten und Wege. Was für ein Ziel kann er nur haben?«, fragte Fielding. »Will er sich jetzt mit Tina als Geisel verstecken?«

»Abwarten, was der Hund macht«, wiederholte Paulsen in einem bemüht beruhigenden Ton. »Ich denke, Preuß braucht Zeit, um mit der Situation klarzukommen, er braucht Zeit zum Überlegen. Das ist kein schlechtes Zeichen. Ein überzeugter Täter hätte vielleicht kurzen Prozess gemacht, hätte die Zeugin umgebracht und wäre richtig auf der Flucht, nicht hier so unentschlossen im Arnstädter Unterholz, sondern mit der Bahn oder einem schnellen Wagen. Einen Vorsprung hat er ja.«

Fielding war ernüchtert von der Art, wie Paulsen unsentimental ausblendete, dass eine Freundin von ihm in den Händen eines Verbrechers war. Für die Polizei war Tina nur eine namenlose Geisel. *Aber vielleicht ist der Abstand der Ermittler ja erwünscht, um eine objektive, klar strukturierte Arbeit machen zu können?* Fielding dachte an die Fahrlässigkeit, die er immer an sich feststellte, wenn es sich um die eigenen Vorgänge handelte.

»Und jetzt?«, fragte Fielding. »Hat er sich dahinten in einer der Datschen versteckt und fordert zum Häuserkampf heraus?«

»Hinter dem Areal des Tierparks wird der Weg An der Eremitage schmaler. Nach drei- oder vierhundert Metern müsste ein Steg zum Weg zur Krummhoffsmühle kommen. Oder der Kerl ist mit ihr vorher schon abgebogen. Dann hätten die beiden den Bahndamm und das hier noch niedrige Flüsschen Gera, überwinden müssen«, sagte Carlo Schneider keuchend. Er wischte sich mit dem Handrücken über die Stirn. Schweißtropfen rannen an seinen vollen Wangen herunter.

»Abwarten, was der Hund macht«, sagte Paulsen. »Preuß ist clever. Er ist bestimmt absichtlich am Tierpark vorbei, um

Spürhunde abzulenken, die bei den vielen Tieren vielleicht die Witterung verlieren. Aber da hat er die Rechnung ohne die Mantrailer gemacht, die halten an einer Spur fest, solange es sie noch gibt. Die sind unbestechlich.«

»So ein Hund lässt sich nicht ablenken. Bei anderen, mit schlechter Ausbildung, kann das passieren, dass inmitten von Hunderten von Tieren oder Menschen die Witterung verloren geht. Aber so ein Mantrailer lässt sich nicht in die Irre führen. Der hat die Spur gespeichert und lässt vielleicht nach, wenn er übermüdet ist. Aber da pass ich schon auf«, sagte der Hundeführer.

»Wann ist denn bei dem der Akku leer?«, rief Carlo Schneider. Er hatte einen Gang runtergeschaltet und lief jetzt am hinteren Ende ihres Zuges. Schneider war nicht zu beneiden. Er trug ein Fässchen über der Gürtelschnalle und das Hemd flatterte verwegen aus der Hose wie bei einem Musketier im Galopp. Der Hundeführer zuckte nur mit den Schultern.

»Wann werden denn Wärmebildkameras eingesetzt?«, fragte Fielding.

»Jederzeit, wenn es sinnvoll ist. Jetzt würde es noch nicht viel bringen, es sind zu viele Menschen unterwegs. Wenn wir aber ein einsames, unübersichtliches Waldstück haben, ist es zur Eigensicherung ratsam, mit dem Hubschrauber und Wärmebildkameras die Fläche zu scannen und einzuengen«, sagte Paulsen. »Aber jetzt wäre es wie in einer Fußgängerzone, man wäre förmlich geblendet von so vielen hell leuchtenden Körpern, da sähe man den Wald vor lauter Bäumen nicht.«

Der Hund hechelte über den Bahndamm, der Hundeführer, Schneider, Paulsen, Fielding und einige Beamte des SEK hinterher. Dann stoppte der Hund vor der Gera.

»Ende der Suche«, sagte Fielding enttäuscht.

»Abwarten«, sagte der Hundeführer, »der gibt nicht so schnell auf.«

Der Golden Retriever hob die Nase und schnüffelte. Preuß und Tina mussten hier ins Wasser gestiegen sein, denn sonst hätte der Hund ein paar Meter weiter die Spur wieder aufgenommen. Einmal nass, musste es dann auch Preuß egal gewesen sein, wann er wieder ans Ufer steigen sollte. Also blieb ihnen nichts anderes übrig, als auch durchs Wasser auf die andere Uferseite zu gehen und dort in alle Richtungen zu suchen, bis sich irgendwann die charakteristische Hautschuppenspur vermischt mit Kosmetika von Tina oder auch mit Tabakkondensaten als Ausatmungsspur des Rauchers Preuß wieder einstellen würden.

Aber bevor sie sich die Schuhe ausziehen und die Hosenbeine hochkrempeln konnten, kam der Ruf: »Pause!«

Der Befehl des Hundeführers war kurz und knapp und allen willkommen. Der Hund brauchte Kühlung, sprang in die Gera, schlabberte mit der langen Zunge wie eine Katze Wasser in sich hinein, sprang aus dem Wasser und hatte mit den nass eng anliegenden Haaren plötzlich die Figur eines filigranen Windhundes. Dann schüttelte er sich und plusterte sich wie ein Vogel auf.

»Was hat Preuß für eine Taktik? Ich verstehe das alles nicht«, sagte Fielding, zermürbt von der langen, ergebnislosen Verfolgung, der prallen Sonne und dem Staub. »Ich meine, mich hat der Kanzler als Berater, als zweites Hirn wie eine externe Festplatte engagiert. Ich bin seine rechte Hand und füttere ihn mit Ideen, wenn er mal wieder frischen Wind in die Regierung tragen will. Aber das hier ist so irrational, da hilft doch die besten Ausbildung nichts, wenn man es mit einem kranken Hirn zu tun hat.«

»Wenn es denn so wäre«, sagte Paulsen. »Bis jetzt handelt er aber noch berechenbar und vielleicht auch noch rational.«

»Rational? Sie machen Witze. Er hat Mist gebaut und jetzt benutzt er Tina als Schutzschild und Geisel«, sagte Fielding.

»Er verwendet wiedererkennbare Muster«, versuchte Paulsen zu erklären, »das ist der reine Fluchtinstinkt. Es ist auch nicht ausgeschlossen, dass er sich noch stellt. Ein zu allem entschlossener Täter hätte Tina Brinkts möglicherweise schon an Ort und Stelle zum Schweigen gebracht.«

»So wie Sie kühl und sachlich analysieren, muss man schon verdammt kaltblütig sein«, sagte Fielding verbittert.

»Oder werden«, fügte Paulsen an. »Aber lassen Sie sich versichern, wir vergessen nie den Menschen hinter der Tat – und das schließt das Opfer wie auch den Täter ein.« Der Staatsanwalt machte plötzlich einen nachdenklichen Eindruck auf Fielding. »Preuß wirkt unentschlossen, unsicher und sucht nach einer Lösung für die verfahrene Situation«, fuhr er fort. »Vor allem braucht er Zeit, deshalb die Flucht. Sie wird enden, das weiß er, er weiß nur nicht, wie und unter welchen Bedingungen. Je länger sie dauert, desto erschöpfter wird er und das könnte unsere Chance sein, den Widerstand zu brechen.«

»Weiter!«, rief der Hundeführer.

Wider Erwarten nahm der Hund nicht den Weg durch die Gera, sondern lief am Ufer in südliche Richtung, um über den Steg zur Schrebergartenanlage am Weg zur Krummhoffsmühle zu gelangen.

»Passiert schon mal«, sagte Paulsen. »So ein Hund ist wie ein Mensch, der braucht auch Pausen, um sich zu regenerieren. Prompt hat er doch noch eine Spur gefunden.«

»Wer flieht auch schon mit nassen Schuhen?«, sagte Fielding.

Sein Handy brummte. Werner Kolb rief an. Fielding stöhnte auf.

»Den können Sie jetzt nicht wegdrücken«, riet Paulsen, »das könnte hier länger dauern.«

Fielding rollte mit den Augen und nahm das Gespräch an.

»Wie läuft's, Johannes, mit Landrat Kaufmann alles in Butter?«

»Bin noch am Verhandeln.«

»Was denn, mit Kaufmann?«

»Mit wem sonst. Seit heute hat er die Spendierhosen an und ich komme vor lauter Verwöhnprogramm zu nichts mehr. Deshalb wird das morgen auch nichts werden. Ich sag mal bis Mittwoch.«

Fielding beeilte sich, das Gespräch wegzudrücken. Sollte wirklich was Wichtiges anliegen, würde sich Kolb noch einmal melden. Er hatte trotz aller Besonnenheit, die Kolb an ihm so schätzte, Mühe gehabt, sich unter Kontrolle zu halten.

Die Verfolgergruppe war durch die Gartenanlage an die Landstraße nach Plaue gekommen. Sie mussten aufpassen, dass sie nicht mit den Autos kollidierten. Ein Polizeihubschrauber, von Paulsen angefordert, war von Weitem zu hören und schwebte bald über ihnen. Er kam immer tiefer und kreiste niedrig über der Fahrbahn. Der Wind wirbelte Staub auf, Schneider stoppte den Verkehr. Der Hundeführer wurde vom Golden Retriever zu einem dunklen Fleck auf der Straße geführt, den die anderen durch den aufgewirbelten Staub nicht genau erkennen konnten. Der Lärm der Hubschrauberturbine zerstäubte die Rufe zu einem gespenstischen Nichts. Fielding und Paulsen erkannten, dass der Hundeführer irgendetwas Furchtbares gesehen haben musste, er gestikulierte wild mit den Armen in der Luft. Als der Pilot sah, dass der Verkehr stoppte und die Polizei auf der Fahrbahn alles im Griff hatte, zog er die Maschine hoch und drehte über der Schwedenschanze in Richtung Jonastal ab. Paulsen, Schneider und Fielding liefen zum Hundeführer.

Der deutete stumm auf den nassen Fleck. Fielding wurde schwarz vor Augen. Er taumelte, konnte sich gerade noch fangen und setzte sich am Rand der Straße auf einen Bordstein. Ziemlich genau in der Fahrbahnmitte war ein großer, dunkelbrauner Fleck, der auf dem weißen Mittelstreifen und den eingestreuten gläsernen Reflexperlen tief Rotbraun schimmerte. Allen war sofort klar:

Dies war Blut. Und der Mantrailer schnüffelte so lange an dem Fleck herum, dass allen klar wurde, dieses Blut musste von Preuß stammen. Oder von Tina.

»Kommen Sie mit, ich zeige Ihnen was«, sagte Preuß, dem nach den Nachrichten klar wurde, mit welcher Mission die Zeitungstante bei ihm aufgetaucht war.

Tina Brinkts stand unschlüssig vor der Datsche und hatte sich erst einmal im Garten umgesehen, ob etwas Berichtenswertes für Fielding zu erkennen war, aber alles schien unauffällig, sogar überraschend gut gepflegt, so einen Garten hätte sie dem verkappten Rockertypen Rick Preuß gar nicht zugetraut. Er wirkte eher wie der coole Bodybuilder, der er ja auch sein wollte, der abends mit seinen Kumpels so lange Bier trinkt, bis einer den Arm hebt und abwinkt. Entweder war Preuß hier gar nicht zu Hause oder er führte ein heimliches Doppelleben als Gartenzwerg.

Preuß hatte seine Einkäufe aus dem Wagen auf die Küchenzeile gestellt und kam heraus auf die Terrasse. »Kommen Sie mit, das wird Sie interessieren.«

Tina war es egal, wo das Gespräch stattfand, ob in der Datsche, auf der Terrasse oder auf dem Spaziergang, den Preuß ihr jetzt anscheinend vorschlug. Sie gingen von der Gartenanlage Käfernburg zur Gehrener Straße, die sie überquerten, und dann bergab in Richtung Tierpark und Fasanerie. Hier gab es ruhige Wirtschaftswege, niemand war unterwegs. Für ein intim-vertrauliches Gespräch vielleicht sinnvoller als die beengte, kleinteilig parzellierte Kleingartenanlage, in der die Hecken Ohren hatten. So ging Tina zunächst unbesorgt mit, bedauerte nur, dass sie ihr Diktiergerät in der Redaktion und ihr Handy im Auto gelassen hatte. Mit dem Schreibblock in der Hand konnte sie während des Spaziergangs schlecht Notizen machen. Sie kamen in ein Waldstück, das abschüssig ins Geratal führte. An einer Engstelle ging Preuß vorweg, Tina hinterher, hatte ihn aber gut im Blick und Zeit, ihn zu beobachten. Er hatte trittsichere Sportschuhe an, trug eine der modernen grau-schwarzen Cargohosen, die bei vielen Handwerkern den Blaumann ersetzt hatten. Der Aufdruck auf seinem hellblauen T-Shirt war auf Rücken und Brust verblichen. Das unscharfe Motiv erinnerte Tina an die Fotofrottagearbeiten im Kunstunterricht, als sie Bilder aus Illustrierten mit Verdünnerlösung tränkten und auf Papier pressten. Die Farbpigmente lösten sich vom Träger und wurden spiegelverkehrt auf das Blatt Papier gedruckt. Das Resultat wirkte wie eine fotorealistische Buntstiftzeichnung. Tina sah sich aufmerksam um. So Zickzack, wie sie von der Käfernburg zur Gera liefen, so wanderten auch ihre Gedanken, was sie ärgerte. Schließlich wollte sie sich auf das Interview mit einem Tatverdächtigen konzentrieren. Vom Kunstunterricht sprangen die Gedanken aber jetzt erst einmal weiter zu Johannes Fielding. Sie überlegte, was er wohl gerade machte, ob er auch an sie dachte, so wie sie an ihn, und wann sie das nächste Mal zusammenkämen.

Unten war der Tierpark. Preuß ging vom Weg ab, setzte plötzlich über den Zaun einer Kleingartenanlage. Tina blieb stehen.

»Es wäre nett, wenn Sie mir sagen könnten, wohin Sie überhaupt wollen? Für ein Interview wird es jetzt etwas abenteuerlich. Wie soll ich mir denn so Notizen machen?«

»Der Weg ist das Ziel«, sagte Preuß. »Sie sind doch von der Zeitung, oder nicht? Da haben Sie doch diese Rubrik ›Auf einem Spaziergang mit einem Prominenten‹.«

»Ja, gut, ist zwar eine andere Zeitung. Aber die laufen auch nicht so durch das Dickicht und springen über Zäune.«

»Ich will auf die andere Seite von der Gera«, sagte Preuß. »Und das hier ist eine Abkürzung. Keine Sorge, ich bin bei den Bewohnern bekannt.«

»Auf die andere Bachseite können wir gerne hin, aber wenn wir hier durch sind, gehen wir an der Eremitage entlang. Ist doch viel bequemer.« Sie folgte Preuß quer durch die Anlage.

Bis zu diesem Zeitpunkt hatte Tina nicht den Hauch eines Verdachts, dass Preuß ihre eigentliche Mission durchschaut hatte. Und Preuß spielte weiter mit der Ahnungslosen, schien zu spüren, dass eine wehrhafte Geisel in offenem Gelände schwerer zu bewegen war als eine naive Zeitungsschreiberin, die nur irgendwann Zeit brauchte, um ihre Schreibphase auszuleben. Also erst mal diese Tina Brinkts in die gewünschte Richtung schieben und das unauffällig. Ein paar Minuten später sah er, dass der Weg an der Eremitage menschenleer war, also musste er sich mit ihr nicht durch die Büsche schlagen, sondern konnte zunächst dem Weg in Richtung Süden weiterfolgen, bis eine kleine Brücke über die Gera führte. *Auch recht, und sogar besser als nasse Schuhe,* dachte Preuß.

»Dann legen Sie mal los mit Ihren Fragen«, forderte er Tina auf der anderen Seite der Gera auf, »oder sollen wir erst noch wandern und uns dann oben am Aussichtsturm in aller Ruhe unterhalten und dabei die Landschaft bewundern?«

»Ja, okay«, sagte Tina, »sollte aber nicht zu lange dauern. Ich muss noch ins Büro, der Artikel muss bis Redaktionsschluss fertig sein«, drängelte sie.

»Dann ist gut, dass ich noch eine Abkürzung kenne«, sagte Preuß. Sie waren inzwischen an der Landstraße angekommen, die von Arnstadt nach Plaue verlief. »Klettern können Sie doch, oder?«

»Wenn es ohne Gurte geht? Schwindelfrei bin ich nicht«, gestand Tina.

»Es geht auch nur ein Stückchen hoch, wir wollen auf das Kreuzchen«, sagte er.

»Ach so, warum sagen Sie das nicht gleich, ich dachte schon, das wird eine Entführung«, lachte Tina.

Sie passten die nächsten Autos ab, die von Arnstadt weg oder nach Arnstadt hineinfuhren, liefen über die Fahrbahn. Ein brauner Haufen lag nicht weit entfernt in der Fahrbahnmitte.

Preuß hielt inne. »Moment, da liegt was, kommen Sie mal mit«, sagte er. Zuerst dachte er an eine Jacke, dann war es ein Fuchs, dessen Körper verrenkt und zerschmettert auf dem Asphalt lag, der Kopf in einer roten Blutlache. Die Därme quollen aus der aufgerissenen Bauchdecke. Tina wandte sich voller Ekel ab.

»Ich kann so was nicht sehen«, sagte sie.

»Aber drüberfahren könnt ihr«, schimpfte Preuß los. »Es poltert an der Vorderachse, dann knackt es unter dem Hinterreifen und danach wird wieder Gas gegeben.« Er rupfte breite und lange Löwenzahnblätter vom Fahrbahnrand, wickelte sie um die Hand, zog den Kadaver an den Vorderläufen von der Straße und warf ihn die Böschung herunter, wo er vom Dickicht aus Brennnesseln und japanischem Springkraut geschluckt wurde.

Preuß spuckte auf die Blutlache. »Soll Glück bringen, komm, spuck auch drauf!«, forderte er.

»Nein, nicht wirklich, oder?« Tina sah ihn ungläubig an, Preuß nickte und zeigte auf die Unfallstelle. Tina bewegte sich auf die Fahrbahnmitte zu und wollte schon den Kopf beugen, als Preuß sie energisch zurückzog.

Ein Auto raste hupend an ihnen vorbei.

»So bringt's natürlich Pech«, sagte Preuß. »Aber jetzt geht's.«

Tina tippte sich an die Stirn und schüttelte den Kopf. »Das ist doch purer Aberglaube«, murmelte sie halblaut, spuckte dann aber doch und folgte Preuß einen steilen Pfad hoch auf den bewaldeten Berg. Den Weg war sie noch nie gegangen, es war ein ausgetretener Wanderweg, auf dem man oben zum Kreuzchen gelangte. Schneckchen und Kreuzchen, ein Dreiwortgedicht und jedem Arnstädter Schüler bekannt, vielleicht auch jedem Kind im Kindergarten, weil Wandertage irgendwann jeden zu den beiden Aussichtstürmen auf dem Bergrücken oberhalb der Gera, aber noch in Stadtnähe führten. Tina war als Schülerin immer von der Alteburg aus dorthin gewandert, man kam schnell über den Markt und die Kohlgasse, die sie langsamer lief, weil sie am Rektorat immer stehen blieb und die grünen Blattwerkornamente betrachtete, mit denen die Gefache des roten Fachwerkbaus dekoriert waren, dann weiter durch das Neutor geradewegs zur Alteburg. Ein Burschenschaftsdenkmal der Mathematisch-Naturwissenschaftlichen Verbindungen war nach zwei Dritteln des Wegs angenehmer Haltepunkt, um von der fast zugewachsenen Plattform aus auf Arnstadt zu sehen. Hier überblickte man das rasch wachsende Gewerbegebiet Richtung Rudisleben-Ichtershausen und sammelte dabei Kraft für den weiteren Anstieg und die Wanderung in der Ebene zum Schneckchen, einem kleinen Aussichtsturm, dessen Stufen schneckenhaus- oder spiralförmig außen herum geführt wurden, bis man ab einer gefährlichen Höhe Geländer angebracht hatte. Einen guten Kilometer weiter gab es den nächsten Aussichtsturm, das Kreuzchen, ein Rechteckbau, unten ein offener Raum mit Steintisch in der Mitte und in der Ecke ein Treppenaufgang nach oben, auf die obere Terrasse, auf der ein Rundturm stand. Er war ähnlich klein, aber ausreichend für die Sicht auf den Thüringer Wald mit den zwei Türmen des Schneekopfs und dem Fernmeldeturm auf dem Kickelhahn oberhalb Ilmenaus im hellblauen Dunst des Horizonts. Von Arnstadt sah man Richtung Käfernburg bis zum Riechheimer Berg an der Kreisgrenze zum Weimarer Land. Der Wanderweg war schmal, ein Pfad im Mischwald, der an der Abhangkante Sträucher, kleinere Laubbäume und Kiefern sowie Fichten ausgebildet hatte.

Als sie durch eine größere Fichtenschonung mussten, glich der Pfad einem Tunnel, an dessen Ende die rechteckige schwarze Öffnung zum Kreuzchen das Dunkel des Tunnels verstärkte. Hier oben, am Kreuzchen, hoch über dem weiter gewordenen Tal der Gera mit der Landstraße in Richtung Plaue, kamen die beiden keuchend an. Tina überlegte, wann sie das letzte Mal hier gewesen war. Sie hatte eine Wanderung immer wieder verschoben, weil sie dachte, ihr Chef schicke sie ohnehin bald mal hin für eine Reportage über die Völkerwanderungen der Neuzeit, am Männertag, an Pfingsten oder sonstigen Tagen, an denen es keinen im Haus hält. Tina holte ihren Schreibblock aus der Tasche und einen Kuli. *Schon eine Stunde unterwegs und noch keine Zeile geschrieben*, ärgerte sie sich. Wie sollte sie anfangen? Die Geschäftsentwicklung beschreiben lassen? Kein Problem, wenn sie denn erfolgreich gewesen wäre. Sah nicht danach aus. Nach Peter Holland fragen und so mit der Tür ins Haus fallen?

Preuß keuchte trotz seiner Muskelpakete und schob das auf die filterlosen Zigaretten. Tina ging zielstrebig zu dem Turm, in der Hoffnung, dass sich noch andere Wanderer in dem kleinen Gebäude befanden. Der Vorraum zum Treppenhaus war leer. Hier herrschte eine nüchterne Kälte, die sich wie ein eisiger Schleier auf ihre schwitzende Haut legte. Wasser hatte sich einen Weg vom Obergeschoss durch Beton und Armierung gesucht. Überall standen kleine Pfützen. Sie ging zur Nische gegenüber dem Eingang, ein Halbrund mit rostender Wendeltreppe, zu der drei Betonstufen führten. Sie trat auf die Stahlblechstufen, im Zuge einer ABM-Maßnahme grau gestrichen, wie eine Tafel draußen an der Wand, zusätzlich in Blindenschrift, verriet. Wo die Schuhe über das geriffelte Blech schliffen, war der Anstrich verschwunden.

Matt schimmerte das blanke Metall in dem letzten Lichtstrahl, der bis in diesen hinteren Winkel des Vorraumes reichte. An den Rändern der abgeschliffenen Farbe und an Stellen, an denen noch nicht das Metall durchschien, zeigte sich blutrote Bleimennige. *Wie bei Kratzbildern mit Wachsmalstiften,* dachte Tina. Sie schlich die zehn metallenen Stufen der Wendeltreppe hoch, als könnte sie sich leise aus dem Staub machen. Sie warf einen hastigen Blick auf die Terrasse im ersten Obergeschoss. Niemand war hier, den sie hätte ansprechen können oder der einschreiten könnte, wenn die Situation mit Preuß außer Kontrolle geriete. Der winzige Turm war schnell zu überblicken, daher auch der niedliche Name Kreuzchen. Also niemand im Vorraum, keiner auf der Terrasse über dem Vorraum oder im Turm, der nur aus der ummauerten Wendeltreppe bestand, alles war menschenleer, resümierte sie. Sie stieg weitere sechzehn hallende Metallstufen nach oben. Preuß rauchte unten eine seiner letzten Zigaretten, er schien ruhiger geworden zu sein, aber vielleicht irrte sie sich, weil der Abstand zu ihm größer geworden war. *Kein Wunder, von hier oben komme ich auch nicht weg,* überlegte sie. Es war die vage Idee, oben auf der Aussichtsplattform jemanden zu treffen, wie damals auch, wenn das Wetter die Arnstädter rauslockte, wenn Schulklassen Wandertag hatten, Verstecken oder Schnitzeljagd spielten. Immer war hier Trubel, doch heute war es einsam. Beste Gelegenheit, jemanden ohne Zeugen aus dem Weg zu räumen. Diese Erkenntnis kam Tina, als sie sich über das schwarze Metallgeländer beugte und nach unten sah. Vom Turm aus waren es geschätzte zehn Meter Fallhöhe bis zum Boden. Am Fuß des Turms war wenig Platz, man würde weiter den Abhang hinabstürzen. Aber auch wenn einen das dichte Gehölz am Abhang aufhalten würde, den Sturz vom Turm würde niemand überleben. Direkt unterhalb auf der Landstraße mit den Autos, klein wie Matchboxautos, war eine Teerschleife als Parkplatz ausgestaltet.

Auch hier war niemand, der Rast machte und zufällig auf den Hang gegenüber sehen würde mit dem Kreuzchen, einem Turm mit Anbau, zu schlicht für ein Postkartenmotiv.

»Warten Sie oben, ich komme gleich«, ertönte Preuß' Stimme.

Von unten hallten seine Schritte die Treppenröhre hoch. Sie kamen hallend näher. Jetzt war er unten auf dem terrassenförmigen Zwischendeck. Tina sah rüber zu den im dunstigen Blau verwaschenen, unscharfen Stäbchen des Fernmeldeturms und des noch dünneren Schneekopfturms. Dann sah sie wieder am Geländer herunter. Nicht lange. Ihr wurde schnell schwindelig. Niedriges Geländer und hohe Fallhöhe waren eine Kombination, die sie tunlichst mied. Und warum war sie überhaupt hier? Weil sie von Preuß geführt worden war. Dessen Schritte hatten den Hall des engen Treppenhauses wieder aufgenommen und kamen näher. Preuß und Holland. Auch eine tödliche Kombination? Wieso hatte sie ihn nicht in der Datsche interviewt, warum war sie wie ein Lamm hinter ihm hergelaufen? Hat die Suche nach der Schlagzeile sie blind gemacht? Angst kroch in ihr hoch. Aber Angst war ein schlechter Ratgeber, genau wie Gier, die Gier nach der Sensation. »Junge Redakteurin deckt Mord auf!« Und nach einigen Wochen: »Arnstädter Redakteurin wechselt zum größten deutschen Nachrichtenmagazin!« Das waren die Schlagzeilen, die sie vor Augen gehabt hatte wie ein Wachhund die Wurstscheibe, die ihm an einem Stock hingehalten wird. Naiv und verblendet war sie einem der Hauptverdächtigen dahin gefolgt, wo er sie als Hauptbelastungszeugin problemlos unschädlich machen könnte. Fernab von Nachbarn, von Zeugen, in einem am Werktag nicht frequentierten Ausflugsgebiet von Arnstadt. Sie sah wieder nach unten. Ihr Körper reagierte mit lähmendem Schrecken, als sie nur für einen Moment daran dachte hinunterzuklettern und Geländer, Außenmauerung, Befestigungsklammern oder ähnliche Außenanker als Tritte für eine Flucht zu nutzen. Ihr wurde klar, dass es bei einer Auseinandersetzung nur den Sturz oder die Flucht zurück über die Treppe geben konnte.

Der Hall der Schritte war verebbt. Preuß stand auf der Plattform und sah sie an. Direkt ihr gegenüber auf der schmalen Plattform des Turms wirkte sein Bodybuilderkörper noch imposanter und bedrohlicher. Sie musste versuchen, ihn in ein Gespräch zu verwickeln. Drei Semester Psychologie. Alles umsonst? *Verrückt, was einem durch den Kopf geht, wenn's eng wird,* dachte sie. Wie war das mit den Bildern aus dem Leben, die an einem vorbeirasten im Augenblick des Todes, wenn es zu Ende ging? Sie riss sich zusammen. Nichts, gar nichts raste an ihrem Auge vorbei. Nichts war hier zu Ende, sie würde kämpfen, sagte sie sich, obwohl ihr klar wurde, dass er ihre 170 Zentimeter Körperlänge und gerade mal 60 Kilogramm Gewicht über die Brüstung würde werfen können. Es wäre nicht einmal eine körperliche Herausforderung für ihn.

»Wie standen Sie zu Peter Holland? Es hieß, er soll viele Feinde gehabt haben«, fragte sie mit möglichst fester Stimme. *Den Toten schlechtreden, Preuß als Wohltäter und Befreier darstellen. Empathie mit dem Täter herstellen und rüberbringen,* trieb sie sich an. Die Zunge klebte an ihrem Gaumen, der Mund war vor Aufregung trocken, sie schluckte, der Hals kratzte, die Stimme war belegt, ihre Aussprache fahrig und nuschelnd.

»Mag sein, Holland war einer, der nur Geschäfte auf Kosten anderer machen konnte.«

»Haben Sie Beispiele?«

»Im Dorf hat man viel erzählt, ich stamme aus Röhrensee. Den Bauern Hartung soll er gelinkt haben. Den Hotelier auf der Wachsenburg wollte er auch ausnehmen, allen wollte er Geld aus der Tasche ziehen. Das war seine Masche, erst ein bisschen unbequem sein und dann gegen Geld wieder der nette Unternehmer werden«, sagte Preuß.

»Und dann hat er Sie auch betrogen?«

»Was heißt betrogen? Er hat einen Auftrag nicht bezahlt. Ich hätte ja nachgebessert, wenn es was nachzubessern gegeben hätte. Aber der angebliche Mangel war erstunken und erlogen.«

Er vermied es, sie anzusehen. *Warum sieht er mir nicht in die Augen?*, überlegte sie. *Weil er kein Sadist ist, weil er keine Nähe zum Opfer herstellen will?*

»Und dann konnten Sie sich nicht mehr einigen. Hatten Sie einen Anwalt eingeschaltet?«

»Einen Anwalt? Wissen Sie, wie viel der kostet? Holland wusste genau, dass mir das Wasser bis zum Hals steht. Eine Firma zu gründen, jeden Monat Miete für die Wohnung und Pacht für das Firmengelände zu überweisen, Anzeigen zu schalten, Kunden zu akquirieren, das alles geht nicht von allein, man braucht eine Menge Gründungskapital, sowieso immer mehr, als man hat. Und einen verdammt langen Atem. Und dann kommt endlich ein guter Auftrag. Aber ich kannte Holland, ich wusste, dass die Ernte noch nicht eingefahren war und dass von ihm vielleicht noch eine Überraschung drohte. Aber dass er mich so über den Tisch zieht? Anfangs dachte ich, jeder hat auch seine guten Seiten. Deshalb gibt er mir einen Auftrag, bei dem ich richtig was verdienen kann. Vielleicht kommen sogar weitere Aufträge, dachte ich. Aber Holland wollte nur Leistung ohne Gegenleistung. Er hat mich abgezockt!«, rief er und trat wütend gegen das Geländer. Der tiefe Hall der vibrierenden Metallbalustrade zog durch das Gemäuer und das Treppenhaus verstärkte den Bass wie ein Resonanzkörper. »Er wollte mich zerschlagen und kaputtspielen, damit ich zugrundegehe!«, brüllte er nach einer Pause, in der er mit den Händen das Geländer gepackt hatte und daran zerrte. Eine Übersprungshandlung, um negative Energie abzuleiten, dachte Tina.

»Aber warum? Steigern Sie sich da nicht in etwas hinein, was es so nicht gegeben hat?«, fragte Tina vorsichtig.

»Der wollte nicht meinen Betrieb, der wollte meine Frau! Nichts ist unattraktiver, als erfolglose Menschen. Glauben Sie, ich hätte meine Frau halten können? Mandy und ein Bankrotteur? Was zählt mehr, was denken Sie, Schulden oder ein Porsche? Geld oder ein Habenichts? Wenn es eine Weltformel geben soll, die irgendetwas zusammenhält, dann sind es drei simple Dinge. Geld. Wer Geld hat, hat Macht. Wer Macht hat, schafft Abhängigkeiten. So einfach ist das, Schätzchen. Geld, Macht, Abhängigkeit.«

Die Angst schnürte Tina die Kehle zu. Warum hatte er sie zum Kreuzchen geführt, zu diesem Aussichtsturm, den er vielleicht als Kind schon besucht hatte, mit seinen Eltern, mit seinen Großeltern? *Will der hier eine Lebensbeichte ablegen? Mit der ganzen Welt abrechnen, sich alles von der Seele reden und dann vielleicht eine Bilanz ziehen, die nicht rosig aussieht? Die einen Bilanzsuizid als finale Reaktion vorsieht und zum erweiterten Suizid wird, weil es leichter sein könnte, den letzten Schritt in Gesellschaft zu tun? Was hat er vor?* Tina durfte jetzt nicht die Nerven verlieren und ging alles durch, was helfen könnte. Zeit gewinnen! Das war wohl auch seine Strategie, Zeit zu gewinnen, weil er unsicher war, was zu tun war. Also doch noch nicht zu allem entschlossen? Tina klammerte sich an jeden Strohhalm.

Die Autos auf der Landstraße unter ihnen rauschten brummend in hohem Tempo über den Asphalt. In der Ferne hörten sie einen Hubschrauber.

»Und haben die anderen die Nerven verloren, die auch von ihm hereingelegt worden sind, die vielleicht noch viel mehr Geld an ihn verloren haben als Sie?«

»Was weiß denn ich!«, brüllte er. »Was fragen Sie denn so scheinheilig, Sie wissen doch genau, was passiert ist! Das ist, wie wenn die Katze noch ewig mit der Maus spielt, aber wissen Sie was, wir drehen das Ganze mal um, jetzt spiel ich mal die Katze und Sie sind die Maus. So hab ich das nämlich bei Peter Holland auch gemacht, hab einfach mal die Spielregeln geändert. Die Spielregeln hat sonst nämlich immer er aufgestellt. Wenigstens einmal sollte es nach meinen Regeln gehen.«

»Und Ihre Regeln sahen den Tod vor?«, rief Tina entsetzt.

Der Hubschrauber flog jetzt unterhalb des Bergrückens und war dann im Geratal verschwunden. Er musste ganz tief über der Straße schweben.

»Das wissen Sie doch genau. Sie haben mich im Laden gesehen, als ich das neue Abschleppseil gekauft habe. Wenn ich Sie beseitige, dann könnte ich durchkommen.«

Tina hatte gehofft, Preuß auf Distanz halten zu können, ihn so lange in ein Gespräch verwickeln zu können, bis irgendwann jemand auf der Bildfläche erschien. Der Angriff von Preuß kam jedoch unvermittelt und ohne jegliche Ankündigung. Mit einem Satz war er bei ihr und legte seine Hände wie Schraubzwingen um ihren Hals, drückte jedoch noch nicht zu. Aber ein Entkommen war unmöglich.

»Ich habe alles meinen Freunden und Kollegen erzählt«, sagte sie schnell.

»Ach, wo sind sie denn, deine Freunde? Da geht es dir wohl so wie mir, wenn man sie braucht, ist keiner da.«

»Sie sind kein Mörder, es war eine Tat im Affekt!«, rief sie schon mit heiserer Stimme. Noch hatte er nicht fest zugedrückt. Er zögerte noch.

»Das glaubt mir keiner.«

»Wie war es? Ein Unfall?«

»Unfall ja, aber das wird mir kein Gericht glauben.«

»Wenn Sie mich jetzt töten, ist es sowieso egal, dann war alles Mord. Dann haben Sie zwei Morde begangen. Aber wenn Sie jetzt gestehen, dann spräche das für Sie.«

Tina schien Preuß nicht mehr zu erreichen. Er drückte zu. Tina spürte den eisernen Griff, aus dem kein Entrinnen möglich war. *Zwischen die Beine treten,* das war das Letzte, was ihr einfiel, doch er hatte sie mit seinem massigen Körper gegen das Geländer gedrückt und ihre Beine mit seinen fixiert, so dass sie mit dem Knie nicht zustoßen konnte. Dennoch, die Bilder aus ihrem Leben zogen noch nicht an ihr vorüber.

Mit einem Mal ließ er los.

Tina keuchte, hustete, atmete tief durch, als sei sie nach einem langen Tauchgang wieder zurück an der Oberfläche, rieb sich den Hals. Dann wurde ihr schwarz vor Augen. Einen Augenblick versuchte sie sich zu fangen, dann kippte ihr Oberkörper nach hinten, über das niedrige Geländer, zu niedrig, um sie aufzuhalten, dahinter der Muschelkalkabbruch mit der gähnenden Tiefe zur Landstraße hin.

Alles passierte in Bruchteilen von Sekunden. Die Hubschrauberbesatzung hatte den Entführer im Visier und die Befugnis zum finalen Rettungsschuss. Da die beiden Menschen auf der Plattform zu eng beieinanderstanden, war es allerdings unmöglich, einen präzisen Schuss anzusetzen. Preuß hatte Tina losgelassen, dann schwankte sie und kippte nach hinten auf den Abgrund zu. Preuß hatte sich schon abgewandt, als er sich noch einmal nach ihr umdrehte und ihren Absturz kommen sah. Mit einem Satz sprang er zu ihr hin. Ihr Oberkörper war über das Geländer gekippt, ihre Beine flogen hoch, schrappten über die schwarze Kante des Geländers, als Preuß im letzten Moment mit der linken Hand eins ihrer Beine zu fassen bekam, es umklammerte, aber von ihrem Schwung mitgerissen wurde. Er ließ ihren Fuß nicht los, als er selbst über das Geländer geschleudert wurde. Tina drehte sich im Fallen, immer noch ohnmächtig, Preuß griff in der Luft mit der freien Hand nach den Geländerstreben und konnte sich im letzten Moment an einer der Streben festkrallen.

»Es tut mir leid«, rief er flehend, »da sehen Sie, was dieser Holland aus mir gemacht hat.«

In diesem Moment zog der Helikopter noch ein Stück höher und stand nun schräg über dem Turm des Kreuzchens. Der Sturm der Rotoren zerrte an ihren Kleidern, der Lärm der Turbine war ohrenbetäubend, weckte aber Tina aus ihrer Bewusstlosigkeit. Sie war allerdings so benommen, dass sie nicht realisierte, wo sie war. Der Helikopter schwenkte zurück ins Geratal, um die beiden nicht weiter zu gefährden.

»Helfen Sie mir!«, rief Preuß. »Es tut mir leid, ich weiß nicht mehr, was ich tun kann.«

Er schwitzte stark und seine Hand auch. Er spürte, wie die Finger Millimeter für Millimeter von der Strebe abrutschten. Am anderen Arm hing Tina, deren Bein er unter seine Achsel geklemmt hatte. Er hielt den Fuß fest wie ein Schraubstock. Sein Körper schüttete Adrenalin aus. Er würde keinen Schmerz spüren, es wäre ein Aufprall und im gleichen Moment wäre er tot. Vielleicht war das die Rache von Holland, ihn aus dem Jenseits noch in den Tod zu ziehen. Tina hing immer noch benommen kopfüber unter ihm, sie war sich jetzt aber offenbar ihrer Lage bewusst und versuchte, sich mit den Händen am Naturstein abzustützen. Verzweifelt suchten ihre Handballen Vorsprünge im Mauerwerk, auf denen sie sich abstützen und ihr Gewicht für Preuß senken konnte.

Doch Preuß gab auf, er konnte nicht mehr, die Finger glitten am Rost entlang, Rostpartikel schmirgelten an seiner schwieligen Haut. Seine Hand ließ die Strebe frei.

Fielding hielt den Frühling, wie er sich Ende April und Anfang Mai zeigte, jedes Jahr für ein kleines Wunder, wie die Natur sich der Wärme und dem Licht entgegenreckte, Säfte und Triebe sichtbar wurden, als hätte es die frostige Endzeitstimmung in den grauen, dunklen, unwirklichen Monaten zuvor nicht gegeben. Diese lechzende Durstigkeit der Parkflora, die prallen, übervollen Blumenbouquets vor den Geschäften, aber auch die Rasanz, mit der alles von einer bunten, nimmersatten Stimmung erfasst wurde, sich befruchtete, Samen ausstob und sich danach einer satten Langsamkeit hingab, alles das übertrug sich auch auf die Menschen. Die noch eingerollten Farnspitzen, eingekapselte Triebe der Heckenrosen oder Knospen der Brombeersträucher an den Parkrändern warteten auf die Wärme der Maisonne, um sich wecken zu lassen und sich ungestüm wie eine Flutwelle über Zäune, Mauern und Wege zu ergießen. Fielding sah jedes Jahr mit einem leisen Bedauern auf den Löwenzahn, wenn er sich von gelber Blüte in weiße Paragleiter verwandelt hatte. Dann war der Zeitpunkt gekommen, in der die Schnelligkeit des Frühjahrs in eine geduldige Seitwärtsbewegung abdriftete, die Konsolidierungsphase der Natur, in der sich alles zurücklehnte und abwartete, wie sich der Fruchtansatz in schwere Masse wandelte. Das Handy vibrierte in seiner Hemdbrusttasche. »Vater ist auf dem Weg zur Besserung«, sagte seine Mutter statt einer Begrüßung.

»Schön zu hören, bestell ihm alles Gute von mir«, sagte Fielding erleichtert. »Ich hatte schon kommen wollen. War nur 'ne Menge los hier. Vielleicht klappt's am nächsten Wochenende. Ich bring Axel was Leckeres mit. Bis dahin, macht's gut!«

Tina küsste ihn auf die Wange. Er wollte sich zu ihr beugen, um sie richtig zu küssen, aber sie winkte ab.

»Mir war gerade nur danach«, sagte sie.

»Mir auch«, sagte Fielding, aber sie schüttelte den Kopf.

»Später. Außerdem: Was würde Axel dazu sagen?«

»Axel? Welcher Axel?«

»Ihr beide erwähnt immer einen Axel, wenn deine Mutter dich anruft, und wie sehr er dich vermisst.«

»Ach ja, der Axel. Der ist tatsächlich eine ernste Konkurrenz für dich. Wenn wir uns treffen, ist er immer ganz aufgeregt und leckt mich ab, besonders, wenn ich ihm seine Lieblingsspeise mitbringe, Rinderherz und Nieren oder Lunge. Er freut sich dann immer so über die kleinen Aufmerksamkeiten, dass er heftig mit dem Schwanz wedelt.«

Tina zog eine Grimasse. »Und was hast du jetzt wegen des G8-Gipfels erreicht?«

»Ach, schnell vom Thema ablenken, du investigative Journalistin!« Fielding knuffte sie zart in die Seite. Dann knurrte er, bellte und rieb seine Nase an ihrem Hals. »So begrüßt mich Axel immer!« Er lachte.

Sie standen an der äußeren Burgmauer der Wachsenburg und blickten hinunter auf das Thüringer Becken.

»Du kennst die Auswirkungen des G8-Gipfels in Heiligendamm?«, fragte er.

Tina zuckte mit den Achseln.

»Außer Spesen nichts gewesen. Die teure Zaunanlage für dreißig Millionen Euro wurde angeblich als Schrott vermarktet und die Hotelkette ist in Zahlungsschwierigkeiten. Die Flurschäden durch die Infanterie aus Sicherheitskräften und Demonstranten haben eine ganze Region verwüstet und vermüllt. Willst du das für diese zauberhafte Landschaft? Ich habe den Landrat des Ilm-Kreises und den Bürgermeister davon überzeugt, im Gespräch mit Kanzler Kolb einen Rückzieher zu machen und dankend abzulehnen.«

»Danke. Übrigens, ich habe auch eine Überraschung für dich!«, sagte Tina.

»Oh, bitte nicht noch eine Überraschung, ehrlich gesagt war mir bisher in Arnscht kein bisschen langweilig«, sagte Fielding und versuchte sich dabei am Arnstädter Dialekt.

»Eine Überraschung geht noch. Ich habe heute die Zusage von einer Berliner Redaktion bekommen«, sagte Tina. Fielding schien sie nicht verstanden zu haben. »Johannes, ich kann nach Berlin wechseln!«

Fielding schwieg und überlegte einen Moment.

»Super, Mensch, du gehst ja richtig aus dir heraus, du Temperamentsbolzen!«, sagte Tina, jetzt in leicht verärgertem Ton.

Ihr Smartphone intonierte die ersten Takte von Bachs Tokkata und Fuge. Sie las sich die E-Mail durch und öffnete den Dateianhang.

»Das ist nicht wahr, schau mal.« Mit einer Fingerbewegung vergrößerte sie das Bild auf dem Display.

Ihr Chefredakteur hatte sie gebeten, an der Pressekonferenz des Landrats teilzunehmen. Es ging um die Präsentation einer neuen Werbeaktion: »Wir holen den G8-Gipfel in den Landkreis – Zur Vorstellung der Pressekampagne des Landkreises lade ich Sie herzlich ein«, sagte der Landrat in einer Sprechblase. Auf dem Foto war er mit strahlendem Lächeln in die Mitte der acht führenden Regierungschefs montiert worden, im Hintergrund die Burgsilhouetten der Drei Gleichen.

Fielding grinste nur.

»Manchmal werde ich aus dir nicht schlau«, sagte Tina. »Du kommst aus Berlin hierher, redest mit den Lokalpolitikern, die entgegen euren Festlegungen dann doch machen, was sie wollen, und du regst dich überhaupt nicht auf. Andere würden toben, an die Decke springen oder sonst was machen.«

»Das ist Wahlkampf«, sagte Fielding trocken, »da gelten andere Regeln. Das ist wie bei dressierten Hunden. Alles läuft reibungslos. Kommt aber eine läufige Hündin vorbei, kannst du die ganze Ausbildung vergessen. Oder wie der Spruch, den man Adenauer zuschreibt: Wat kümmert mich ming Jeschwätz von jestern!«

»Oh, Johannes, das ist ein Superuniversalbeispiel. Du redest selbst wie ein Politiker. Komm, erzähl mir lieber noch mal, wie ihr uns am Kreuzchen gefunden habt.«

»Was denn, schon wieder?«, fragte Fielding.

»Beim ersten Mal war ich doch noch halb bewusstlos«, drängelte sie.

»Die Piloten im Hubschrauber hatten uns alles genau durchgegeben, ihr seid am Kreuzchen entdeckt worden und Preuß und du hättet am Abgrund gehangen. Die Besatzung hatte uns alarmiert, musste aber abdrehen, sonst hätten sie euch mit den Rotorblättern von der Muschelkalkkante gefegt – aber in die falsche Richtung. Wir sind also hingestürmt, ich habe dich an der Außenwand des Turms hängend zuerst gesehen, Schneider kam auch hin, rannte aber ohne rechts und links zu gucken gleich auf den Turm hoch. Der ist trotz seiner Fülle kräftig wie ein Sumo-Ringer und erst als er Preuß vom Geländer hochziehen wollte, sah er dich unter dem Preuß baumeln. Der hatte deinen Fuß unter die Achsel geklemmt. Der Preuß ist schon ein harter Bursche. Schneider aber auch. Er packte zu, ein eiserner Griff um den Arm und unter die Achsel, gerade, als Preuß nicht mehr konnte. Ich sprang dazu und krallte mich in sein Hemd. Das riss, aber wir hatten ihn oben und dich mitgepackt. Den Rest kennst du.«

Tina nickte. »Er hat mir leid getan, armer Hund.«

»Stockholm-Syndrom?«

»Was denn, das fragst du mich, eine Fast-Psychologin?«

»Warum denn nicht? Wären Psychologen immun gegen eine emotionale Verbindung zwischen Geisel und Geiselnehmer?«, fragte er.

»Wenn es eine emotionale Bindung gab, dann vielleicht von ihm aus. Aber wahrscheinlich ist es nicht zum Suizid gekommen, weil es Frauen wie mich gibt, für die es sich weiterzuleben lohnt! Und genau das hat er auf der Wanderung erkannt. Okay, andere würden den Spaziergang eine Flucht nennen«, sagte sie und lachte zugleich über ihre gespielte Überheblichkeit.

»Du wirst es wegstecken«, sagte Fielding und gab ihr endlich einen Kuss.

»Was denn, den Kuss?«, fragte sie und es bildete sich wieder ein Grübchen auf ihrer Wange.

Fielding antwortete nicht, sondern nahm Tina fest in die Arme und küsste sie ungestüm.

»Noch mal zurück zu deinem Angebot in Berlin«, sagte er, nachdem sie wieder zu Atem gekommen waren. »Du kannst das Angebot doch auch absagen, oder nicht?«

»Sorry«, sagte Tina, »habe ich da etwas missverstanden?«

»Was kannst du den falsch verstanden haben? Nein, pass auf: Gestern war ich bei Dirk Paulsen.«

»Paulsen, der Name kommt mir bekannt vor«, warf Tina ein. »Aber was heißt denn absagen? Weißt du, was mich diese Bewerbung an Zeit gekostet hat, die Bewerbungsmappe zusammenstellen mit allen Zeitungsartikeln, die ich bisher geschrieben habe, mit neuen Passbildern, teurer Präsentationsmappe und so weiter, fast wäre ich auch noch hingefahren, dann haben aber meine schriftlichen Leistungen überzeugt.«

»Paulsen hast du gesehen, als Peter Holland im Schlosspark tot aufgefunden und eine Pressekonferenz einberufen wurde«, sagte Fielding in ruhigem Ton. »Ein paar Tage später habe ich ihn noch einmal getroffen und er hat mich mit dem Oberstaatsanwalt bekannt gemacht. Die wollen eine Schwerpunktermittlungsgruppe aufbauen, Thema Wirtschaftskriminalität, beide meinen, ich wäre der Richtige, um dort mitzumachen.«

»Und was sagt dein Chef dazu?«, fragte Tina, der inzwischen klar wurde, warum es Fielding egal war, was mit dem G8-Gipfel noch passierte.

»Persönlicher Referent des Bundeskanzlers ist keine Lebensaufgabe, das macht man vielleicht fünf oder sechs Jahre, dann sollte man auf eine andere Stelle rotieren, es verschleißt sonst zu sehr. Werner Kolb habe ich schon vor einiger Zeit informiert, wir haben parallel einen Kollegen eingesetzt, der bislang einspringt, wenn ich auf Dienstreisen bin oder im Urlaub. Das ist aber Luxus und funktioniert nicht auf Dauer, er soll die Rolle deshalb so bald wie möglich von mir übernehmen. Ich habe Kolb heute früh angerufen.«

»Aha, so in der Art: Hallo Werner, ich würde jetzt mal hier in Thüringen bleiben, der Liebe wegen«, sagte Tina belustigt. »Ehrlich gesagt, habe ich mir das Ende bei so einer exponierten Vertrauensstellung etwas komplizierter vorgestellt.«

»Komplizierter wird es vielleicht hier bei euch«, sprang Fielding dazwischen. »Als Neozoon durchbreche ich den Grundsatz Thüringen den Thüringern.«

»Das hast du dem Kanzler aber nicht gesagt.«

»Doch, so ungefähr, aber ich glaube, er hat es nicht wirklich verstanden. Dass man als Deutscher in Deutschland als eingeschleppte, fremde Art gelten könnte, ist außerhalb seiner Reichweite. Aber deshalb habe ich eben auch nicht Hurra gerufen, als du von deinem Wechsel nach Berlin gesprochen hast. Vielleicht können wir uns auf der Hälfte der Strecke zuwinken, wenn wir uns auf der Autobahn sehen sollten, falls du mir deine Wohnung abtrittst. Oder hast du schon einen Nachmieter, den der Vermieter akzeptiert?«

Tina knuffte ihn in die Seite. »In diesem Fall müsste ich mal nachfragen, ob auch ein Untermieter gehen würde.«

Personen

Johannes Fielding	Referent von Bundeskanzler Werner Kolb
Werner Kolb	Bundeskanzler
Dieter Kaufmann	Landrat des Ilm-Kreises
Friedrich Sänger	Bürgermeister von Arnstadt
Sandra Eckert	Angestellte in einer Spedition
Fred Radke	Hauptwachtmeister in der Polizeistation Arnstadt
Carlo Schneider	Hauptwachtmeister in der Polizeistation Arnstadt
Roberto Rentz	Polizeioberrat, Leiter der Polizeistation Arnstadt
Heinz	Wirt vom »Spitzen Eck«
Peter Holland	Windkraftbetreiber und Investor
Tina Brinkts	Stellvertreterin des Lokalredakteurs beim »Arnstädter Tageblatt«
Dirk Paulsen	Staatsanwalt
Christian Stephan	Geschäftsführer eines Windparks
Rick Preuß	Inhaber A&P Design
Mandy Albrecht	Mitinhaberin A&P Design
Tom Kessler	Inhaber von Toms Modeboutique
Karl-Heinz vom Röhrensee	Knecht auf dem Hartung-Hof
Fritz Hartung	Landwirt, Eigentümer des Hartung-Hofs

Danke

Danken möchte ich Günther Paffrath, Schriftsteller, Vorbild und Vater, meiner Mutter Waltraud, meinem Bruder Michael und meiner Frau Andrea, die als Probeleser durch Kritik und Korrekturanmerkungen zum Gelingen des Manuskripts beitrugen.

Der frühere Geschäftsführer der Windkraftanlage Möbisburg, Stephan Hloucal, gab mir wertvolle Hinweise zum Genehmigungsverfahren der Anlagen. Ihm verdanke ich die Recherche in und auf einem Windrad, den grandiosen Ausblick – wie im Buch beschrieben – auf dem Dach des Maschinenhauses und entspannende Momente, die ich Johannes Fielding erleben lasse, auch deshalb, weil Johannes als bester Nebendarsteller im »Kanzlerbonus« um eine Hauptrolle im Nachfolgeband bat, eine Bitte, die ich allzu gern erfüllte.

Mein Dank schließt Veranstalter und Jury des Thüringer Krimipreises 2014 ein, bestehend aus Vertretern des Börsenvereins des deutschen Buchhandels – Landesverband Sachsen, Sachsen-Anhalt und Thüringen, des Thüringer Literaturrats e.V., des Sutton Verlags, der Buchhandlungen Peterknecht in Erfurt und Eckermann in Weimar sowie der Thüringischen Landeszeitung.

Schließlich danke ich dem Sutton Verlag mit seinem Lektorat unter Leitung von Julia Ströbel, die umsichtig, in hohem Tempo und dennoch akribisch das Manuskript in ein Buch verwandelte.

Buchhinweis

Der erste Fall für Johannes Fielding

Nach einem Kreislaufkollaps soll sich Regierungschef Werner Kolb in einem abgelegenen Kurort im Thüringer Wald erholen. Doch auch hier bedrohen ihn Terroristen, zudem wird sich Kolb selbst gefährlich. Denn es gibt ein Staatsgeheimnis, von dem nicht nur er etwas weiß, sondern auch der Vorstand einer Gesellschaft, mit der Kolb einen lukrativen Beratervertrag abgeschlossen hat, schließlich muss er an die Zeit nach seiner Kanzlerschaft denken. Unglücklicherweise wird diese Gesellschaft von Konkurrenten übernommen, denen der Vertrag in die Hände fällt.

Johannes Fielding löst seinen ersten Fall, hier noch in einer Nebenrolle als Referent des Bundeskanzlers. Es geht um Macht und Eitelkeit und die Realität mag nicht weit entfernt sein – eher einen Schritt weiter.

Kanzlerbonus
Johannes Goettsche
(Pseudonym von Klaus Paffrath)

16,80 € | 978-3-937550-13-8

erschienen im Nachttischbuch-Verlag

Johannes Goettsche
KANZLERBONUS
Roman

Buchhinweise

Tod im Eichsfeld

Astrid Seehaus

12,00 €
978-3-86680-992-5

Während eines heftigen Sommergewitters wird Georg Stahlmann auf seinem Hof in Böseckendorf brutal mit der Mistgabel erstochen. Kriminalkommissar Frank Rothe, frisch von Erfurt nach Heiligenstadt versetzt, hätte sich nie träumen lassen, welche Abgründe sich hinter der friedlichen Fassade des Dörfchens auftun. Hass, Neid und Gier brodeln hier seit langem unter der Oberfläche. Fast jeder hat ein Motiv, doch wer ist der Täter? Wie tief in der Vergangenheit muss Rothe graben?

Auf Sendung
Ein Erfurt-Krimi

Beate Baum

12,00 €
978-3-95400-222-1

Erfurt, September 1991. Der Journalist Andreas Rönn recherchiert seit Wochen das Verschwinden von jungen Frauen, die an einer ziemlich freizügigen Sendung des Privatsenders PLT teilgenommen haben. Endlich hat er eine heiße Spur und will den Verantwortlichen stellen – doch als er im Erfurter PLT-Studio eintrifft, ist sein Gesprächspartner tot und Andreas steht als Hauptverdächtiger da. Natürlich will seine Kollegin Kirsten Bertram ihm helfen, aber dazu braucht sie ihren Freund Dale. Und alles wäre viel einfacher, wenn sie nicht gerade wegen Dale mit Andreas Schluss gemacht hätte.

SUTTON KRIMI

Buchhinweise

Mörderische Landschaften
Kriminelles aus dem Osten

R. Borcherding-Witzke, Ch. Sylvester

12,00 €
978-3-86680-872-0

Katzenkiller in Cottbus, gewaltsame Nachbarschaftshilfe in Marzahn, Verwaltungsquerelen in Magdeburg, Senf-Alarm in Erfurt, gefährliche Ostalgie-Partys im Harz, theatralischer Tod in Chemnitz und Immobilien-Intrigen an der Küste: Im Osten geht's mordsmäßig zur Sache.

Mögen Sie's eher blutig oder eher ironisch? Lakonisch oder quirlig? Streifen Sie gern durch den Großstadtdschungel oder hätten Sie's lieber ländlich-sittlich? Bevorzugen Sie das klassische Täterrätsel oder faszinieren Sie die dunklen Seiten der ostdeutschen Seele? Zwischen Erzgebirge und Ostseestrand werden Sie garantiert fündig.

Zeppelin 126
Ein Krimi aus der
Weimarer Zeit

Gunnar Kunz

9,95 €
978-3-95400-166-8

Deutschland 1924. Hendrik Lilienthal, Professor für Philosophie, und Diana, die Frau seines Bruders und Assistentin von Max Planck, nehmen an einer Probefahrt des Zeppelins LZ 126 teil, bevor dieser als Reparationsleistung an die USA geliefert wird. Doch die Mitreisenden entpuppen sich als schwierig, schließlich geschieht ein Mord. Auf sich allein gestellt versuchen Hendrik und Diana, den Täter zu entlarven. Und plötzlich wird es eng im Luftschiff, als den Passagieren klar wird, dass ein zu allem bereiter Verbrecher mit an Bord ist.

SUTTON KRIMI

Buchhinweise

Pink Clover Club
Ein Mecklenburg-Krimi

Richard R. Roesch

12,00 €
978-3-95400-160-6

Eine Dame aus der besten Schweriner Gesellschaft ist in einem Rostocker Luxushotel ermordet worden – eine Dame, die bestens mit Politik und Wirtschaft in der Landeshauptstadt vernetzt war und womöglich auch mit der Schweriner Polizei. Deshalb soll Pawel Höchst, Rostocker Privatdetektiv mit russischen Wurzeln, erst einmal ganz diskret die Hintergründe untersuchen, nicht dass da am Ende ein Skandal droht. Klingt logisch. Aber wieso stößt Pawel dauernd auf einen Schweriner Privatschnüffler, der das Opfer angeblich schon seit Wochen überwacht?

Weitere Krimis und Romane finden Sie unter:
www.sutton-belletristik.de